新新新日报馆

魔都暗影

The New
New
News

新星出版社 NEW STAR PRESS

梁清散 著

图书在版编目（CIP）数据

新新新日报馆：魔都暗影 / 梁清散著. -- 北京：新星出版社，2021.8
ISBN 978-7-5133-4591-0

Ⅰ. ①新… Ⅱ. ①梁… Ⅲ. ①幻想小说-中国-当代 Ⅳ. ① I247.5

中国版本图书馆 CIP 数据核字（2021）第 139668 号

新新新日报馆：魔都暗影
梁清散 著

责任编辑：杨　猛
特约编辑：师　博
责任印制：李珊珊
装帧设计：unclezoo

出版发行：新星出版社
出　版　人：马汝军
社　　址：北京市西城区车公庄大街丙3号楼　100044
网　　址：www.newstarpress.com
电　　话：010-88310888
传　　真：010-65270449
法律顾问：北京市岳成律师事务所

读者服务：010-88310811　service@newstarpress.com
邮购地址：北京市西城区车公庄大街丙3号楼　100044

印　　刷：北京美图印务有限公司
开　　本：910mm×1230mm　1/32
印　　张：10.25
字　　数：300千
版　　次：2021年8月第一版　2021年8月第一次印刷
书　　号：ISBN 978-7-5133-4591-0
定　　价：49.00元

版权专有，侵权必究。如有质量问题，请与印刷厂联系调换。

出场人物

◎ 梁启

在新新日报馆做着无聊工作的归国留学生。性格过于冷静中立，认为做新闻就一定要绝对中立客观，尽可能不介入到事件中去完成报道（即便这个几乎不可能做到）。无论事件大小，尽力都永远冷静，却也有想强出头的一面。

◎ 谭四

一直在中国没有出过国的侠士，武功强，精通各种机械。他只对科学探索感兴趣，对于其他一切都不屑一顾。总是给人有些玩世不恭的感觉，实则重情重义，在自己认定的道义上决不放弃。

◎ "荒江"

中国最早的原创科幻小说的作者，历史上这个人究竟是谁一直没有定论。在本作中，"荒江"乃是上海富商家大小姐，天才少女，破格低龄入学圣约翰大学。在学校期间，她用笔名"荒江钓叟"写了红极一时的科幻小说《月球殖民地小说》（已坑），后又用笔名"荒江"写过不少科技时评。

◎ 辰正

大清国自办的警察学校中，从初等科一直读到高等科毕业的优秀学员，打遍警察学校无人能及。辰正眼中容不下一粒沙子。他抛弃所有身份和名分，只身一人到了上海滩租界，成为一名私警，只为了自己认可的正义，打抱不平。

◎ 雨果·根斯巴克

历史上是一位美国发明家、作家、杂志出版商。他出版了世界上第一本科幻小说杂志。科幻"雨果奖"就以他的名字命名。

在小说中,他效仿儒勒·凡尔纳小说中的情节,准备八十天环游地球。路过上海结识了谭四,由此卷入上海租界的风波。他精通电学,帮助谭四改造电池;并且精擅西洋拳击。

◎ 钟天文

上海滩美人划船俱乐部的划船总教练。八年前,他曾凭借高超的划船技术征服美人,从而进入了一向只对英美人开放的美人划船俱乐部。

◎ 曾传尧

铳报馆的报馆经理。

◎ 范世雅

雅世律师事务所的大律师。

◎ 康揆

南洋公学上院机械特科教习。

钟、曾、范、康被人并称"沪上归国四杰",曾受大清国朝廷派遣赴美留学。

目 录

楔子	001
赛船	005
谢幕	015
事发	025
锅炉	039
朋友	055
茶阵	069
书场	081
叙旧	091
傻子	103
过桥	117
捐客	133
张园	145
查案	159

误判	169
算计	179
奔走	191
寂寥	203
夜探	217
追踪	227
一拳	239
重启	251
契约	261
死关	273
理想	283
激战	295
终局	309

楔子

光绪三十四年初春，也就是西历1908年初，上海这座城市已然成为当之无愧的"东方魔都"。

黄浦江上往来的货船越发繁忙，滚滚浓烟甚至熏黑了黄浦滩上的洋人建筑。各大财团为了能有自己的货运码头，不断在浦西沿岸扩张，弄得黄浦滩被一排排高大货轮阻挡得暗无天日。

而因为电气路灯在租界里大面积推广应用，到了夜晚，与南市华界相比，自然灯火通明，宛如白昼，浮现出一座喧嚣无度的不夜城。

甲午之后，公共租界也好，法租界也罢，都开始再度扩张，吞噬着黄浦江畔的这片土地，就像长了霉菌一样，拦不住地扩散。

水边的霉菌仍旧是最浓密的。黄浦江西岸最古老的租借地变得更加繁华。盖起高楼广厦已然不算什么，哥特的、巴洛克的、洛可可的，中式的、西式的、中西结合的，各色建筑挤得马路越来越窄，永远阴沉的天也越来越暗。建筑加无可加，就往马路上加。公共租界的三马路刚刚铺上了还在试验阶段的沥青路面，熏得马路两旁的商铺门窗紧闭，苦不堪言。没过几天，财大气粗、不可一世的怡和洋行砸钱从澳洲进口一批铁藜木，用这种昂贵的硬木铺就了号称全上海最奢华的大马路。那股子贵气，隔上好几条街都闻得到。

地下的建设同样疯狂。

先是有人提出上海要和伦敦、巴黎、纽约一样挖地下铁路。后又有更疯狂的想法,要在黄浦江下面打一条跨江隧道,直接坐着蒸汽机车就能从浦西抵达浦东。想法提出后,竟立即就有人去实践。结果当然可想而知,隧道刚挖到黄浦江河床下面,江水就破顶涌入,把伟大的幻想家和他的团队淹回了现实。

当然,在这座不断滋生着新奇迹的魔都,有些东西是永远变不了的。

比如说,与三马路垂直相交的这条名为"望平街"的不宽街巷里,长久不变地挤满了大大小小的报馆。外国公墓旁,是响当当的申报馆。一个石库门里也可以挤上七八家名不见经传的小报馆,今天五家,明天十家,有的只是借用别家报馆的一张桌子就又办了一份新报。死死生生,不变的是报馆街的活力。

报人习惯中午起床,到报馆街吃一顿充当早餐的晚午饭,再进到自家报馆开始写稿。因此,这条街到了傍晚才会格外喧嚣。而在报馆街侧面的小巷里,就算到了黄昏也略有些清静。这么一条清静的无名小巷里,只有一家不大不小的二层报馆,报馆成立竟也是第三个年头,多少也算得上是个小小的奇迹了。报馆名叫"新新日报馆",在这个万事推崇一个"新"字的时代,报馆给自己弄了两个"新"字,显得格外努力。

而在报馆里面,同样有着它亘古不变的传统节目……只要报馆经理吕大雄在,就一定能在第一时间听到他的哀号。

"小梁!小梁!"

这次他召唤的是梁启,唯一已经干了一年半还能留在这家报馆的年轻人。

听到吕经理突发心脏病一般的叫喊,梁启心里也在哀号,但脸上的表情却不敢扭曲。还没进经理室就被嘲笑可不是什么有面子的事。大开间里的这帮同僚,个个都在等着没落到自己头上的好戏开场。

"快过来!"真不知道经理这又是发的哪门子神经,整个人都趴在了桌面上,显得歇斯底里,却突然面带笑容,"小梁啊,怎么办啊!你看看你的名字,叫小梁——咱们报馆有小梁,但报纸没销量啊。"

"……"

外面那些家伙绝对在笑了!

不过,梁启当然不会就此傻愣着束手就擒,白白挨一下午的数落。他自是有万全的脱身办法。明显,正在哀号的吕经理把早就安排给梁启的任务忘得一干二净了。

"经理,"梁启一脸焦急地说,"从张园约来的照相师傅已经到楼下了。"

"照相?"

吕经理迟疑片刻,就立即想起,"啊啊"地叫了两声,跳起脚来,推着梁启,让他赶紧下楼。

这可是耽误不得的生意。

出了经理室,不打算和刚才等着看热闹的同僚们斗气,梁启就直接跑着下了楼。

照相师傅和他笨重且昂贵的照相机都在报馆一楼,似乎已经等得有些焦急。梁启话不多说,赶着接生婆一样,把照相师傅连同照相机一股脑儿扔到报馆门口等待着的人力车上,然后跟在车边,催赶着车夫,往吴淞江的舢板厂桥跑。

他们的时间确实相当紧张。因为必须抢在其他报馆的记者之前,占到一个有利拍照的位置。下午一点两刻,吴淞江上将准时开启一场宣传已久、万众瞩目的盛大划船赛事。想抢有利位置的可不止报人。

所有的人都在去往那座桥,然而所有的人都不可能猜到,人就那样死了,死得透透的,在众人的欢庆落幕之后。

赛船

舢板厂桥不在老租界这边，过了泥城浜跑马场，还要往西一些才到。

梁启是头一次从报馆跑着去那么远的地方，感觉自己就和一个苦力没什么两样，体力早已透支，肺叶一直刺痛。更让他悲伤的是，沿着吴淞江跑下来，才刚过垃圾桥，就已经看到让他绝望的大批人流也向同样的方向涌去。

简直就像是去赶庙会。

一场划船比赛，竟能有此等影响力，让人不禁惊叹。不过，比赛确实太过吸引人。虽说比赛只有两支队伍参加，一共五场对决，比赛时长顶多一个半小时，但比赛从公布出来那一天起，就已经备受关注。

这是一场……自从大机械时代到来之后，世界上第一次人机大战——人类和机械的正面对决。

一时间，举世瞩目，不仅上海的报人跑断了腿，连海外媒体也在密切关注。赛事消息发出后的一个月，从欧洲、美国坐着远洋汽轮赶来的已不下十家报纸的记者。这场比赛稳稳地成了国际新闻。

更有意思的是，比赛双方还与世俗成见有着强烈的反差。

代表人类与大自然力量的一方，是靠机械和科技征服世界的洋人。

在舢板厂桥旁边，吴淞江南岸，有一家在原先舢板厂旧址重新盖起来的俱乐部，名为"美人划船俱乐部"。俱乐部虽然在上个世纪就从美国转到印度，最后到了上海，有一种逐渐被发配远东的感觉。但在落脚上海后，他们还是出了不少划船健将，有着傲人的成绩，甚至可以和坐落在公共租界黄金地段的英人划船总会一争高下。

而代表机械一方的，是一帮土生土长的大清国人。他们是一群学生，可以说根本不足以代表大清国，而只是代表他们的学校：南洋公学。

吴淞江南岸路不算宽，但民间码头比较集中，颇有市井氛围。

终于能看到舢板厂桥了，同时也看到了如此集中难得一见的三教九流乱象。看热闹的，做小买卖的，偷钱的，揩油的，叫骂的，四处询问到底这是在看些什么的，桥上桥下，什么人都有。

舢板厂桥不算什么大桥，可是现在的情形活脱脱就是把《清明上河图》给加倍还原出来。本来还打算找一个好位置架照相机，可如今看来，别说挤上去了，就算一早就占好位置，恐怕这会儿照相机也已经挤进河里，漂向大海了。

梁启是绝望的，比梁启更绝望的是人力车夫。

眼看就要成为《清明上河图》的画中人，但车夫说什么也不再往前走半步了。

"我给的钱是到桥头的啊。"

"再往前走，车就出不来了。车挤烂了谁赔？"

实在拗不过，只好把更不情愿的照相师傅给拉了下来，放人力车逃生去了。

照相师傅双脚一落地，看着眼前乱成一锅粥的人流，心情更像要烧煳了的粥。

"先拍一张桥上盛况吧……"梁启苦笑着说道。

照相师傅瞥了他一眼，只是像庙会上护着傻儿子一样，紧紧抱着自己的相机，一动不动。

梁启正打算再次拼死往桥上挤，就一眼看到了救命稻草——一辆华丽的马车，扬着鞭，斜插进人流，向着美人划船俱乐部缓缓驶去。

他认识这辆马车，更认识马车里坐着的两个人。一个形似黄浦滩上乌黑电线杆的瘦高男人，和一位穿着小翻领、泡泡袖、提花洋裙的少女。

看着马车，梁启不假思索，立即跳着脚高喊："荒江！荒江！"

荒江正是那位少女的名字，或者说是她的笔名，更准确地说，是她的笔名之一。几年前，荒江因为智力超群破格进入圣约翰大学，因为年纪太小，于是淘气地用了"荒江钓叟"这样一个极为男性化又老气的笔名，在李伯元的《绣像小说》杂志上连载了轰动一时的科学小说《月球殖民地小说》。小说连载一年多后，她任性地扔笔不写，"荒江钓叟"再也不曾出现。但"荒江"这个简称却成了她后期写作科学类辩论类文章时最常用也是最喜爱的笔名，于是大家就这样叫她。

几年前，梁启也曾是荒江钓叟的忠实书迷，没想到后来竟能和她有着如此深的交情——深到他在人群里连喊七声荒江，荒江却不动声色，头不回，眼不眨，直接从他面前驶过。

梁启目瞪口呆，心想要不喊她身边那根电线杆？电线杆名叫天泽，曾经是荒江的家庭教师，现在是她的贴身经理人，同样是一个能力卓绝的家伙。但……呼喊一根电线杆真的有用吗……

跌入绝望深渊的梁启，终于自暴自弃，开始琢磨如何应对吕经理——那张臭脸一下子覆盖了眼前现实，覆盖了……忽然听到车夫勒缰绳停马车的声音。梁启猛地把吕经理的臭脸从脑子里赶跑，一抬头，正看见荒江半扭着身子向自己掩嘴笑着。

"钟叔叔常来我家。"待梁启他们上了马车，和荒江面对面坐稳后，荒江看了一眼仍旧紧紧抱着照相机、一点儿都不肯松弛下来的照相师傅，不紧不慢地说道，"算你走运，刚好碰上我们。不然，你们就等着比赛结束以后，去拍吴淞江夜景吧。"然后她看向了身边的天泽，天泽彬彬有礼地认可了小姐的假定。

该死的彬彬有礼……梁启心里骂着。幸好他常年混迹报馆，早已练就了喜怒不形于色的本领。

荒江所说的"钟叔叔",正是这次举世关注的赛事主角之一,美人划船俱乐部的总教练的钟天文。别看钟天文已经四十开外,可一身的好体格,仍是上海一埠的小小传奇人物。美人划船俱乐部原本只对美国人和英国人开放,就算是德国人、俄国人、法国人都别想踏进半步,更不用说中国人。但钟天文八年前用自己高超的划船技术彻底征服了那帮自视甚高的美国人,俱乐部大门破天荒地为一个中国人打开了。这个中国人不仅进去了,还给俱乐部带来了改革。这次的人机大战,就是他和南洋公学上院机械特科教习联合促成的。

大概因为荒江的盛名,再加上她家本身就是相当有名的富商公馆,府上总会聚集各种奇奇怪怪的、有着一技或者两三技之长的人,钟天文正是其中之一,这一点梁启同样清楚。从看到荒江的那一刻起,梁启就已经猜到她收到了钟天文的邀请,可以进到俱乐部里面观看比赛。那么同在一辆马车上的人,自然就可以直接蒙混进去。聪明的荒江不可能没有洞察到梁启这点小心思,她是默许了才让他上马车的。

正如梁启所料,马车艰难地抵达俱乐部大门时,守在门前的两个红头阿三只是乜斜着眼,没有阻拦这四个刚下车的中国人,放他们进去了。

美人划船俱乐部院内,除了一栋看上去浮夸、满是拙劣浮雕的巴洛克式二层独栋楼以外,只是沿岸有两间修在水上的木屋和一排临时搭起来的看台。剩下的广阔空间,被百无一用的草坪所覆盖。

洋人喜欢在空地上铺草坪,更喜欢践踏草坪,四个中国人便入乡随俗,踩上草坪,径直走向临时看台。临时看台是拿竹子搭起来的架子,再铺上木板,看上去还算坚固,上面基本已经坐满,全是西装革履的洋人。按俱乐部规矩,应该都是美国人。正因如此,在看台一边坐着的两个中国人就格外显眼。

那两个中国人,一个体型微胖,穿着长衫,戴着圆框眼镜,文质彬彬;另一个身材精瘦,穿着西装,戴了顶圆檐礼帽,一副绅士派头。

只看他们的侧影,就知道这两人是谁了。胖一些的名叫曾传尧,是铳报馆的报馆经理,其能力之强众人皆知。他用两年时间就让《铳报》

成了可以和《申报》《时报》《新闻报》抗衡的响当当的大报，紧接着又创办了《小快活》这份经久不衰的小报，直至现在，报馆已经运营到第七个年头了。另外那位绅士，名叫范世雅，和曾传尧办报同样的时间来到上海，却没有曾那么一帆风顺。他所投身的是律师行业。八年前，整个上海只有十几个律师，其中无一是中国人。而如今，他的雅世律师事务所已然赫赫有名，就连不少华商都开始请律师打经济官司了。

  曾、范两人能坐在这里，当然不是因为他们这些对于美国人来说微不足道的功绩，而是因为钟天文。实际上，两人和钟天文，再加上正在江对岸紧锣密鼓部署参赛机械和操作者的南洋公学上院机械特科教习康搽，这四个人可以说是同年生。这个同年生不是同一年中举，而是同一年去美国留学，又同一年归国。

  荒江和天泽从看台一侧登上，到了曾、范两人身边，十分熟络地打了招呼，便找附近的空座坐下。梁启还是很自觉的，没有跟过去，找了一个既不会挡到观众视线白挨洋人数落，又视野开阔容易架照相机的地方，和照相师傅三下五除二地支好了设备，站着等待比赛正式开始。

  江北岸原本是荒滩，什么都没有，只是堆满了从吴淞江里冲上岸的各种垃圾。现在垃圾清理一空，还和南岸的俱乐部遥相呼应地搭了临时看台。看台上已经坐满观众，全是穿着统一的南洋公学学生制服的少男少女。在临时看台的中央位置，则是一座临时戏台，用途不明。

  因为看到了吴淞江上的什么东西，俱乐部这边的看台上热闹起来。梁启把目光从对岸转向江上，看到已经有人划着船到了远处舢板厂桥前方。是裁判准备就绪了。看来比赛即将开始。

  从临时看台边的水上木屋中传来缆绳放重物的滑轮转动声，不一会儿已然看到一艘赛船漂在水面上，一个身材健壮的金发男人，穿着划船俱乐部统一的比赛运动服，双手握桨，向自己俱乐部一边示意一下，信心满满地把船缓缓划向比赛的起点。

  南洋公学一边，同样有所动作。

  戏台上来了人。

一个身材修长、把制服穿得一丝不苟的学生，登上了戏台中央。与此同时，他背后升起一道弧形的围墙。可以升降的围墙是什么材质，隔着吴淞江看不出来，但显然是有墙以外的作用。制服学生低头看了看戏台台面，似乎是在找准确的位置。他又挪动了几下，终于抬起头，面朝吴淞江讲话。

学生一发声，立即惊动四座。不是说的内容，而是说话的声音异常之大，隔着吴淞江都听得清清楚楚。看台上的洋人个个都是一副大吃一惊的表情，根本没想到对岸的简陋戏台能有这般传声效果。再看曾、范两人，倒是显得格外泰然自若，频频点头称赞，看来是对这个戏台的机关早已知晓。

"经过集体投票，"那个学生站在戏台上向全体参赛选手和观众宣布，"首战决定由'隼鸟号'出赛。"

话音刚落，河滩上一小撮学生沸腾起来，显然是那些与"隼鸟号"相关的学生。他们互相击掌，庆祝自己组所造的船获得最多支持票，首战出场。

小小的庆祝环节很快结束，一位穿着长衫、胖得夸张的男人走到他们前面，说了几句，学生们就都下了看台，向后方走去。那个男人恐怕是因为太胖，走起路来步履蹒跚，没两下就被学生们甩下很远。

那人正是痴迷于机械的康揆，想是成天端坐在机器面前，缺乏运动，竟长得如此之胖。

学生们从看台后推出一辆四轮木板车出来，上面载着样貌极为古怪的"隼鸟号"。康揆喘着粗气赶到赛船下水处，一手不停地抹着脑门上的汗，一手指挥学生们推着平板车过来，按设计好的角度抬起木板，船顺利滑入水中。

下了水的"隼鸟号"更容易看清楚。船身并不大，和一般赛船的单艇单桨不同，它仍旧是旧式规格，左右船舷各有一只船桨。

船上有一个学生，用双桨将船划到比赛的起点，并排停在了划船俱乐部金发赛手的船边。看船体，"隼鸟号"略大一些，但学生的身材和金发赛手比起来,就文弱瘦削得多了。

不是人机大战吗?结果只是给我们看一个瘦小子?机械呢?

恐怕所有人所想象的机械船全都是黄浦滩畔那些蒸汽轮船的缩小版——那种烧着锅炉,冒着表示力量的黑烟,带动两舷巨大明轮打水的机械船。结果却来了一个干瘦小子划着双桨船,招得挤在舢板厂桥上的人们此起彼伏地吹起嘲讽的口哨。而站在岸边的康搂不为所动,只是目不转睛地望着江上,像是目送儿子踏上远洋留学之路。

比赛仍没有开始的意思。

或许只有在划船俱乐部看台上的人才能听到,俱乐部水上木屋里又一次发出放下绳索的声音,木屋下面缓缓降下一艘船,船上有两人,一人划船,一人站在船头。

划船的看上去十六七岁,同样金发,穿着划船赛手的运动服,像个学徒。另一个,西装西裤西式马甲,站在船头,英姿飒爽。

"是钟天文!快拍,快拍一张。"梁启一看见船,就立刻拍着照相师傅叫他快抢拍一张。

"哪有这么快的……"照相师傅虽不乐意,但还是根据梁启的指示,小心调整照相机下面的支架角度,把镜头对准钟天文,一头钻进照相机后面的幕布里去。

从曾、范两人开始,整个看台全体观众忽然都为钟天文的出现鼓起掌来,充满了敬意。

这是多么了不起的一幕,又是多么了不起的人物。虽然钟天文已经年过四十,岁月不可能让他再像八年前那样驰骋河道,但他所做出的贡献,已然无法磨灭。

钟天文的赛船来到己方赛手船的旁边,和金发赛手说了两句。选手像是听了什么部署,频频点头。随后,他又向南洋公学的学生说了些什么,就叫划船的少年把船划离了赛区。

比赛终于要开始了。金发赛手双手紧握船桨,全身肌肉紧绷,蓄势待发,如同拉满的弓。

可南洋公学的学生伸出双手，向远处示意"稍等"。

这动作引来桥上一阵嘘声。但学生全然不为所动，自顾自地在"隼鸟号"的中央鼓捣起什么。他从船尾取出一支摇把，插到双桨之间的一个圆盘中，开始不断地旋转。摇把越转越紧，就算原本不明就里的围观群众也猜出了一二——那个圆盘里必然是一卷相当有力的发条。

"隼鸟号"的发条上满，那个学生向远处的裁判示意准备就绪。裁判看到后，举起了小旗，等待片刻，有力地向下一挥。

第一场比赛……终于开始。

不愧是职业赛手，裁判小旗刚刚挥下，金发赛手的船桨就在第一时间打入水中，整艘赛船如离弦箭一般冲了出去。这样的启动速度，全上海恐怕都无人能及。

可是划出第三桨时，金发赛手就感到哪里不大对劲了。实在禁不住好奇，他不甚专业地回头看了一眼"隼鸟号"。只见那个瘦弱学生似乎才刚刚完成起跑工作，一脚踹向某个机关，根本没有再在船上操控，而是转身一跃，跳入江里，大模大样地游走了。

啊？！金发赛手看到这一幕，不由得慌张了片刻，但由于他的专业素养，手上的船桨并没有停下来，而是一直卖力地打着水。

没了人的"隼鸟号"颤抖起来。圆盘后面，也就是刚才学生所坐的位置，"啪"的一下，从甲板下面弹起来一个什么鬼东西。是……一个腰间挂着只鼓，全身都是力学摇杆和支架的人形骨架。

发条的力道开始传送，人形骨架背后的联动轴转动起来，圆锤形状的手随之重重地敲到鼓上。

"咚"的一声。

鼓敲得十分生硬，一声紧接一声。与鼓声同步的是双桨，每"咚"一声，船桨都会同步去打水。随着圆锤手敲鼓的节奏，人形骨架圆球脑袋上贴着的一张咧着嘴的笑脸不停地左右摇摆起来，像是十分紧张地观看着左右两边竞赛对手的位置一样。

起步没有那么迅猛，但随着敲鼓声越来越快，"隼鸟号"竟也快速地前进起来。

　　南洋公学的这帮学生简直就是一群疯子……看着奋起直追却滑稽可笑的"隼鸟号"，梁启不禁赞叹道。跑这样一场世界瞩目的比赛，竟然会弄出一个毫无意义的鼓手浪费宝贵的能量。那个人形骨架弹起来的时候，学生们一齐欢呼，简直如同认定那个人形骨架才是这艘船的本体。

　　听到背后杀过来这么个玩意儿，金发赛手赶忙握紧船桨，使出全力，不敢怠慢。奈何后面的"隼鸟号"速度奇快，他刚刚划出第十桨就已经感到身后的压迫，忍不住又回了一下头。身后的船，简直就是一只摇头晃脑"咚咚咚"撵上来的小鬼。

　　不过，这艘发条船虽然拥有近乎恐怖的速度，却似乎没有考虑过河上瞬息万变的水流方向。赛船运动，一方面比拼的是力量，另一方面比拼的是所谓水性，也就是对即时水流变化的娴熟应对。因此，"隼鸟号"飞速跑起后，立即就被水流打乱了方向，先是跑着"S"路，随后像是彻底失控，斜向直冲金发赛手的船。

　　幸好赛手刚才又看了一眼，正瞅见"隼鸟号"敲着小鼓，鱼雷一样朝自己飞驰而来。这恐怕是他人生第一次在比赛过程中被吓出一身冷汗来。他来不及思考，全凭直觉，掐准时间，把船桨猛地插进右侧水中，同时身体尽可能地向左侧倾斜，保持整艘船的平衡。

　　水上无法急停，就算技艺高超的赛手，也只有听天由命的份儿。

　　"隼鸟号"咚咚咚地冲了过来，金发赛手竭尽全力压着船，已然濒临崩溃。"隼鸟号"全然没有减速的意思，直冲上来，几乎贴着完全横过来的船头掠过，掀起的浪差点儿把咬着牙保持平衡的金发赛手掀翻。

　　化为没头苍蝇勇往直前的"隼鸟号"，咆哮着冲过去之后，不知又哪根筋不对了，画了一个大大的"C"形。这次它没有一丝犹豫，以迅雷不及掩耳之势直接冲上了北岸的河滩，直扑南洋公学的学生们……

　　发条的力量仍旧很大，"隼鸟号"撞上河滩，侧翻横躺，船桨不停地翘起落下，就像一条在岸上挣扎的鱼。而那个人形骨架贴着笑脸的脑袋被甩出去滚得很远，手却还是停不住地敲着鼓。

学生们见"隼鸟号"冲上岸,自然无法继续比赛,于是纷纷跑了过来。不过,这帮学生没有一点沮丧的情绪,反而跑到"隼鸟号"遗骸旁集体喊了一声"欢迎回来"。随后开始分工,一组人小心地避开不断扑棱的船桨,停掉发条的动力输出,另一组将船扶正。紧接着他们重新分组,两人一组围着"隼鸟号"抄写船上各处记录装置的数据。

金发赛手全然无视那些站在桥上嘘声一片的围观群众,敬业地完成了全程比赛,缓缓划过终点线。

美人划船俱乐部,象征着自然力的人类代表,首战就这样滑稽地不战而胜了……

谢幕

还是那个学生，身材修长，制服穿得一丝不苟。

这次他非常熟练地站对了位置，向对岸微微鞠躬，没有做任何总结发言，直接宣布接下来第二场的参赛船只及队员。

"经过投票表决，双人划船比赛的首战赛船为——'万年清号'。赛手分别是美国马里兰大学留学归国的本校教习张丰先生和……"

话音未落，已经全场骚动。听不懂中文的美国人也很快从身边的人那里弄明白了。梁启忍不住回头去看曾、范两人，果不其然，他们脸上写满了惊异。完蛋了啊！看见那两人的反应，梁启在心里骂上了一百遍。

急也没用……他向对岸望去，看到双人赛船已经下水，两个赛手已然亮相。坐到前面的是一个学生，并无特别之处，而正在登船坐到后排的那个，就是张丰老师，一身绑袖绑腿的侠士打扮，没有一丁点儿老师的样子……

站在江对岸的梁启看到他现身，更是无言以对，只想往地下去钻。或许别人只是觉得这人来历奇怪，打扮也奇怪，梁启却对此人再熟悉不过。他不禁又偷看了一下荒江和天泽，他俩的脸色……也都不大好。

恐怕在场几百人，只有他们三个知道这个张丰到底是谁。张丰什么的，显然是化名，这家伙正是他们那位精通西方科技的侠士朋友谭四。

没人知道当初谭四为什么偏要假扮留美归国人才去南洋公学。梁启清楚谭四的本事，就算谭四说自己是留学生，也不会有人从能力上怀疑他。但梁启还是从一开始就反对他这样做，假扮什么不好，偏偏要假扮留美学生。在大清国，留日学生最多，满大街的年轻人，只要识字的有一半都是留日学生，比当街卖假药的都多。留欧学生也有一些，特别是留德的。可偏偏只有留美学生……三十多年前，容闳把第四批天才幼童带去美国，几年后又被朝廷当流放犯一样勒令召回，此后二十多年，再没人去过美国留学。说是留美学生，怎么看都可疑。特别是南洋公学又有正牌的美国留学生康揆在，岂不是自找麻烦？可是谭四只说，康揆那个胖子不过是个痴迷于机械的呆子，根本不会在意机械以外的任何俗事。况且他说留美学生的身份还有其他用处，也就只好随他便了，谁也没有那么多闲工夫去管其他人的杂事。可是现在……梁启后悔莫及，当初就不该认识谭四这家伙。他就这样在四个正牌留美学生的面前大摇大摆地亮相，真是尴尬至极。

但没谁会顾得上别人的尴尬。谭四已经上了船，和那个学生一起将"万年清号"划到了起跑线。

经过刚才"隼鸟号"的洗礼，大家都明白这艘双人赛船肯定有自己的机关装置。到了起跑线，当着已经等在这里的对手的面，谭四和那个学生一同将一套复杂的连杆机构佩戴到握桨手一侧的手臂上，几乎从肩一直覆盖到手腕。

佩戴好设备后，谭四向远处的裁判举手示意。划船俱乐部的赛手也同样举起了手。

和刚才一样，双方都准备就绪。裁判举旗向下一挥，第二场比赛开始。

代表人类的一方再次在起步上占尽优势。都被对手整整超出一个船身的距离了，谭四他们的装置才算正式运转起来。两人双手握桨，一只手被连杆机构带动，另一只手显然在不断调整船桨入水的角度。这种人机合作式明显要比"隼鸟号"那种放任自流式要合理得多。"万年清号"

虽然一开始落后不少,但由于船桨入水的力量远非人类所及,船速提升奇快,几乎毫无悬念地超过了对手,笔直向前划行,冲过了终点线。

没人在意"万年清号"没有装备笨重的蒸汽机,它的动力到底是从何而来,就像一时间没人在意张丰这个人的微妙身份一样。刚才还在嘲讽"隼鸟号"的人们爆发出了应景的欢呼。

别人的一点点胜利,都能让这帮只是来看热闹的人感到扬眉吐气。太阳一落山,整场比赛都会成为茶余饭后的谈资,说上好几天都不厌烦。当然,这也是梁启他们这些报人得以生存的肥沃土壤。

取胜后,谭四利落地踹了一下他和学生之间的装置,带动他们的连杆机构缓缓地停止了运转。等整个装备都停下来之后,两个人卸掉装备,合力将船划回了北岸。

南洋公学的师生似乎全然不在意输赢,只是用迎接"隼鸟号"一样的方式迎接谭四两人。谭四扮演着教习的角色,所以上了岸没有离开,而是带着学生们指指点点地开始抄写数据。

没有引起什么不愉快的质疑吧?梁启又偷眼看了看台上的两位,好像没有太多异样;远处的康搽他实在看不清楚,不过他也不关心;而钟天文则已经开始和第三场比赛的赛手交代什么取胜法门了。

略松口气,梁启故作镇定地扶着看台围栏,侧脸问照相师傅:"刚才的精彩一幕拍下来了吧?"

"当然没有,速度太快了。"

梁启差点儿没把眼珠瞪出来,可是转念一想,那船上是谭四,没拍到也好,也好……

比赛继续进行,有双人还有多人赛船。划船俱乐部一方的赛手相当专业,每一场都全力以赴,而南洋公学一方也一如既往,每一场都派出稀奇古怪的船。要说精彩,也不乏一些场面着实有趣,只是梁启全然没了观看比赛的心情,不停地催着照相师傅拍照,别的什么都无暇关注。

五场比赛结束,耗时两个半小时,比预计时长多了一个小时,但还算顺利,除了第三场——还没开始比赛,南洋公学派出的一艘形如锅炉的明轮机械船就沉到了江底。锅炉船名叫"湄云号",所有人都觉得叫"霉运号"更贴切。"湄云号"是全封闭式设计,幸好沉下去时驾驶舱还没有关闭,船里的人顺利逃了出来,没有造成人员伤亡。几个学生立刻划船到沉船处,可惜轮番尝试潜水下去都以失败告终,无法抄录他们想要的数据,于是灰心丧气地回到了岸上。

时间拖得有些长,太阳早已从头顶西斜。五场比赛,除了谭四那场胜出以外,南洋公学的船全都因各种滑稽可笑的故障而落败。本来满怀期待的围观群众,自然理解不了什么叫作"试验阶段",只顾着嘲笑南洋公学这帮学生不自量力,出来丢人现眼。

眼看比赛结束,再没什么热闹可以观赏,人们纷纷打算机智地率先离场,在桥上互相推搡起来。

而算是客场作战的南洋公学师生,却一点都没有要离开的意思。有些人打算再对着南洋公学这帮小毛孩起哄,结果看到那个肥硕得夸张的身躯吃力地爬上了戏台,似乎十分着急,像是怕戏台转眼就跑掉。

这是要发表什么赛后感言吗?

爬上戏台的康搂,认真地站到了中央位置,愣了片刻,像是在为自己鼓气。随后,就在所有人都开始好奇这个沉默的机械疯子要说什么时,一直低着头的他,转身捡起两支小旗,向划船俱乐部这边熟练地打了一套旗语。一打完,他就像罪犯逃离现场一样,闷着头,连滚带爬地下了戏台。

全场鸦雀无声,就连南洋公学的师生也都愣住了。只有曾、范两人爽朗地笑了。对岸那个一开始站到戏台上,制服穿得一丝不苟的学生反应神速,一把拉住了康搂,似乎是在询问到底怎么回事。这时的康搂反倒更像是承认错误的学生,低着头,不知说了些什么。经过一番努力,学生问清楚了个大概,还像关爱晚辈一样安慰鼓励了一番自己的老师,然后爬上了戏台。

"各位来宾,"学生站准位置,字正腔圆地说,"敝校教习康搂先生刚才的一套旗语,一方面是表达了对美人划船俱乐部的敬意,另一方面,康先生的意思是希望……"

学生还没说完就停住了,因为无论是站在对方看台正对面的他,还是其他所有人,都看到美人划船俱乐部已经出船了。钟天文换掉了方才的西装,穿上一身和其他赛手相同的赛船装,划着一艘藏蓝色单人赛船,回到吴淞江上。显然,不需要解释,只是看了康揆的旗语,钟天文就已经完全明白并且同意了他的提议。

不过,戏台上的学生还是要把话讲完。停顿了片刻后,他继续说:"康先生希望能再欣赏一次钟天文先生的高超船技表演。"

语毕,钟天文已经划到了江中央,向南洋公学一边举手示意随时可以开始。

几个学生已经紧锣密鼓地准备起来,从看台后面推上来一艘不小的普通舢板下水。舢板上装满了球形浮标,三个学生在船上,一个负责摇橹,两个负责将浮标投掷到设定好的位置。

临时加戏,当然会再次掀起高潮。谁都乐意多看点儿什么,就算看不懂也无妨。而对于梁启这样的报人记者来说,这更是好事,他轻呼了一句:"太好了。"

不过,照相师傅还是听到了,便低声跟梁启说:"早前说好的照片我拍够数了,再拍得加钱。"

浮标已经布置完毕。两排笔直的浮标,夹出一条十分狭窄的通道。走直线是赛船运动员的基本功,就算是在不同的河流中,一般职业运动员只要试上几次,就能靠船感让船笔直前行。但是南洋公学摆出的路径却相当狭窄,基本上只比船身宽出左右一桨的距离,一桨打歪就会撞到浮标。也就是说,这是一次零容错的考验,难度着实不小。

不过,钟天文一定是面带笑容的。他示意了一下,船桨入水,赛船冲出。

大家还没来得及为钟天文担心,他就已经完美地穿出了浮标通道。划船俱乐部一边鼓起了掌,南洋公学一边也在鼓掌。桥上的人虽然不懂什么是"鼓掌",但钟天文好歹是华人,他们也随着拼命地叫好起来。

表演当然没有结束。浮标道变换形状，成了英文字母"S"。

难度陡然增高，钟天文二话没说，立即完成挑战。接下来又是半圆形、"Z"形、环形、双环形……难度一再增高，却终究难不倒这位水上高手，几乎可以重现八年前他同样在这条江上征服自命不凡的美国人的传奇场面。

夕阳已经斜到一边，余晖染红了吴淞江。斑驳的江面上，红光映着一艘藏蓝色赛船，如同战场归来的英雄。但英雄终究也要谢幕，钟天文已不再是八年前的那个一身傲骨、正当壮年的钟天文。在七场精彩绝伦的表演之后，他显然已经体力透支，不能再战。

南洋公学的学生们自然是善解人意的，他们距离最近，也是最能立刻察觉钟天文体能的极限。不用什么铺垫，他们就把舢板摇上前去，向钟天文深深鞠了一躬，开始收回那些球形浮标。

钟天文想站起来回礼，可是已然有些力竭，只好坐在船上点头回敬。一片寂静。过了许久，如雷的掌声突然再次爆发，从南北江畔，也从舢板厂桥，掺杂着叫好声，整条吴淞江似乎都在为钟天文的谢幕欢呼。

不知过了多久，天也渐渐黑了，有些阴云浮上，飘起了阴冷的细雨。

舢板厂桥上的人退场时自然不让人安心，互相推推搡搡，几次有人险些落水，算是划船大赛之后必然出现的余兴节目。只是划船俱乐部的人也好，南洋公学的师生也罢，对此都毫无兴趣。吴淞江北岸，学生们收拾着岸边的残局，同时开始拆卸看台和戏台。俱乐部这边的绅士们则陆续起立，互相摘帽致敬，排队离场。

因为照相机太过笨重，行动不便，梁启和照相师傅只好先挪到一边，看着这些绅士从自己面前走过，准备等到最后再离开。又等了十来分钟，终于轮到自己了，梁启让照相师傅小心些，千万别把宝贵的底片摔坏淋湿了，就像是保护着自己身怀六甲的太太。照相师傅抱着照相机，乜斜着眼睛，让梁启走前面挡着人流，自己嘀咕道："天一黑就下雨，真是见了鬼。"

"说起来，天黑得也够早的。"梁启想应和一下照相师傅，缓和一下气氛，结果可想而知，照相师傅根本不予理睬。梁启只好自己找台阶，掏出新买的怀表看了一眼，长针指在八点钟，短针指在四点和五点之间，"才四点不到三刻，天就开始黑了，确实黑得很早啊……"随着怀表盖子"啪"的一声合上，空气重归冷清。

美人划船俱乐部门口停满了各式马车。在老式的自来火路灯照耀下，一辆辆马车熠熠生辉。马车排队驶到门前，由各自马车上的管家也好车夫也罢下车开门，接自家老爷上车。

只是这种所谓的文明秩序也是个麻烦，一群人排在俱乐部大门口，把不用等马车的人堵在后头，无法先行离开，比如，梁启他们。

原本以为终于可以回去交差休息，结果却被堵在出口不能动弹。不能走，还下起了雨。西洋庭院全是一个模样，连个遮风挡雨的地方都没有。不过不必担心，找遮雨处只要跟着照相师傅就一定没错。出于对自己昂贵设备的爱惜之情，他必然早早就观察好了躲雨点，以备不时之需。

果不其然，照相师傅用一块油布蒙上照相机，吃力地搬着它，坚定地迈开步子返回临时看台。看台之间搭着木板，用意本来是搭看台时搬运建材方便，此时则成了避雨的唯一去处。

远远望去，木板下，映着漆黑的吴淞江，有四个人影。根本不用仔细看就知道那四个人是谁。梁启紧走几步，也到了木板下面。

天泽站得远些，隔着礼貌的距离，荒江正在和曾传尧说自己新文章的构思，范世雅站在一旁点头称赞。

"门口出不去，过来躲躲雨，你们聊，你们聊。"梁启一头钻了进去，满脸笑容。

已经站进来一个人，荒江他们当然不可能真的不管梁启继续自顾自聊下去。荒江斜眼看了一下正在用手帕擦脑门上雨水的梁启，向后撤了半步，让他暴露在那两人面前，主动介绍说："两位先生，我来介绍一下吧，这位是新新日报馆的梁启。"

显然两人听到名字都一愣。发现荒江已经介绍完了，而且没有他们所以为的"超"字，他们表情异样了片刻。幸好梁启对这种反应早已习以为常，只要等待尴尬逝去即可。

"幸会幸会。范世雅，一个不称职的律师。"范世雅率先打破僵局，露出相当标准的微笑，没有拱手行礼，而是相当自然地伸出了右手。

梁启早就习惯了西方的见面礼俗，知道这是握手礼，没有愣神，也伸右手去握，同时说了句："久仰大名。"

"不敢当。"范世雅非常礼貌地完成了整套客套话，微笑着站到一边。

"曾传尧。"曾传尧同样行握手礼，可他只是自报姓名，连铳报馆都不提及。

"久仰大名。"

曾只提姓名，恐怕只有两种可能：其一，认为梁启既然是报界中人，当然只要听到他的姓名，就清楚他到底是怎样的人物，没必要再浪费口舌去说明；其二，就是碍于梁启的报人身份，他有什么芥蒂并不想多说，以免麻烦。

无论是哪个可能，或者说两者皆有，曾传尧这个出了名的狠角，梁启这回算是当面见识了。

都握完手后，正好照相师傅也抱着照相机走到木板底下，梁启为他让出放支架的位置，自己半个身子淋在雨中。而曾传尧已经和荒江重归到刚才的话题之中，他操着中气十足的浑厚嗓音，指出荒江要写的辩文中还有什么漏洞。

梁启听了两耳朵，发现果然逻辑缜密，环环相扣，让人不寒而栗。回想前年自己还不自量力地用笔名和荒江论战，那时便已然惨败收场，要是现在有曾传尧的加持……

雨淅淅沥沥地又小了，俱乐部大门口的绅士们也走得七七八八了，眼看这场木板下的小聚就要散场，梁启多少松了口气。

"小姐，我们的马车到了。"天泽找准时机，上前一步说道。

荒江也是聊累了，便释然一笑，应了一声，就要离开。

"明天下午，张园的南洋咖啡馆再聚。"曾传尧这个人确实古怪，要热情起来又是异常热情，当然首先得是他看得上的人物，比如荒江。

"咖啡？"梁启和荒江同样有些疑惑，不知这是什么。

"就是café，磕肥。"范世雅过来解释道，"那家老板特立独行地起了一个新译名，我们都这样叫习惯了。咖啡馆的老板本人也蛮有意思的。明天刚好又到了我们集会的时候，也欢迎新朋友加入。"

荒江听了挺感兴趣，就又和两人认真约定了时间，然后在天泽的雨伞下走出了俱乐部大门。荒江走后，曾、范二人自然没有继续留下来的意思，和梁启告了别，也一起走了。

没想到他们都有这么深的交情。梁启盘算着要不要靠荒江从他们身上多扒出些新闻来。正想着，照相师傅不耐烦地拍了他一下，说自己还要赶回去洗照片。梁启如梦初醒地一看怀表，又过去了半个小时，肚子也饿得发慌，便和没好气的照相师傅一起离开了美人划船俱乐部。

事发

在报馆街,一天最热闹的不外乎晚饭时间,因为报馆的那些报人都有中午起床、下午来报馆、傍晚吃了晚饭才开工写稿的作息习惯。一日之计在于晨,这个"晨"对于报人来说,却是天黑时分。做饭馆生意的商家自是迎合习惯,让天黑后的报馆街喧嚣热闹得不亚于四马路的风月之地。

梁启从美人划船俱乐部回来,饥肠辘辘,本打算直接回租住的公寓倒头就睡,结果还是先跑到报馆街来,犒劳自己的胃。

去的是常去的面馆,点上一碗过桥面,再加一份三鲜浇头,美餐一顿。

热气腾腾的面刚刚上来,梁启喜滋滋地挑起一根正打算往嘴里送,就见一个愣头愣脑的家伙气喘吁吁冲到自己桌边。梁启吓了一跳,双手护着面碗,抬头一看,发现不是什么恶人,而是自家报馆的一个年轻见习观察员。

观察员一般是四处收集素材汇报给撰稿的人,见习观察员则地位更低一些,还要做一些跑腿打杂的工作。因此一见这么个家伙出现,梁启就知道绝对是报馆吕经理又要传话了。这样一想,他心里颇有些不痛快,自己辛辛苦苦收集了一个下午划船大赛的素材,到了晚上却连一碗面都不能安心吃完。

梁启皱着眉,没好气地问:"又有什么事?我不是都跟经理说过了吗?照片明天才能洗好,我一大早就去取来,耽误不了上报时间。"

"中……"见习观察员气喘吁吁,根本说不上完整的话。

这个见习观察员是地道上海人,怎么突然说起河南口音?

"中……"

"慢点说,别着急。"梁启只好心平气和地抚慰他,"小二,赶紧倒杯茶过来。"

"中……"

"别中不中的了。什么中?什么不中?"

"钟、钟天文……是钟天文……"

"啊?他怎么了?我刚刚还……"

"钟天文死了!"

"哦……啊?!!"

这下梁启也傻愣住了,消息实在突然,让他一时无法理解它的意义。

"死、死在哪儿了?"

这完全就是脑袋发蒙才问得出的话,结果见习观察员的回答更让他蒙了。

"洋泾浜带钩桥下面发现的尸体。"

"啊?!"

梁启再次惊呼一声。

那不就是望平街走到头洋泾浜上的桥吗?梁启不由得探头从小面馆向外张望,感觉都能望见那桥了一样。

不由分说,梁启立马起身,数出可丁可卯六角钱的面钱,放到一口未动的过桥面旁边,恋恋不舍了片刻,拉着见习观察员就出了面馆。出来的一瞬间,他也意识到刚才自己是多么唐突。钟天文突然死亡,自己竟然大呼小叫,恨不得众人皆知。这可是在满地都是竞争对手的报馆街上啊!

想到这里，梁启把见习观察员拉过来，压低声音问："消息从哪儿来的？经理通知的？"

"不是不是，是小弟亲眼所见。"

"通报巡捕房了吗？"

"当然没有。"见习观察员自豪地回答，"巡捕房的人来了，咱们哪儿还抢得到独家。"

那你刚才一进面馆就嚷嚷……分明是吓得慌不择路，却正巧撞见我在吃面，梁启想。

梁启狠狠拍了见习观察员光溜溜的脑门一下，咬着牙低声说："都死人了，还不通报巡捕房！"

被打了一巴掌的见习观察员有点儿蒙，捂着脑门看着梁启。

"还不赶紧，我自己过去看看就行了。"

兵贵神速啊，你这个白痴，通报巡捕房当然还有其他作用，梁启心里暗骂，没有说出口。

"呜……就去就去……"他还是捂着脑门，突然又停下了，"是通报英捕还是法捕呀？"

梁启在他脑门上又打了一巴掌，感觉刚才面钱都打回了七八成。见习观察员不敢多说话，拔腿就朝英巡捕房跑。他刚跑两步，梁启又把他拉住，低声说："通报完立刻去找吕经理，我要今晚就下印厂加号外。"

见习观察员用快哭出来的表情答应着，一溜烟跑了。

跑得可真快，不愧是观察员，梁启暗骂。他也不敢怠慢，饿着肚子快步向带钩桥走去。

洋泾浜属于公共租界和法租界之间的界河，沿岸无论是规划还是治安都极为混乱，但路灯却是有的。大概是英国人要向法国人炫耀，洋泾浜北岸全立上了电气路灯，带钩桥边正有一盏。

明亮的电气路灯下已经围上不少人，正七嘴八舌地说个不停。

梁启不急于钻进去看。瞅见旁边常年在这里摆摊的馄饨面担子，他装作刚巧从此路过，好奇地问了一下担子摊主。

摊主显然还没从惊吓中回过神来,说话语无伦次,但在梁启有技巧的询问下,很快就讲了个大概。

在不到一刻钟前,三马路上几座教堂的大自鸣钟同时敲响六点。听到钟声,摊主就知道一天的晚饭高峰要开始了。就在他准备鼓劲吆喝的时候,无意中往黑乎乎的洋泾浜里瞅了一眼,正看到有个东西漂了过来。摊主跟客人说过去瞅瞅是什么东西,便跑上了带钩桥,踢开睡觉的野狗,从桥栅栏间趴下去看。正好那东西漂过来,跟他来了个脸对脸,把摊主吓得当场尿了裤子。

"脸朝上?"

"朝上。"摊主还是一脸恐惧。

"千真万确?"

"差点儿碰到他鼻子!你说还能是脑后勺?!"

带钩桥就算不是什么大桥,也不可能鼻子碰鼻子,这话多少是有些夸张。不过,这样说来,确实是脸朝上了,场面着实惊悚。

"知道死者是谁吗?"

"我哪儿认得出来!穿着洋人的那种衣服,应该是个斯文人。"

看摊主说不出更多东西,梁启道声谢,就离开了。接下来就真的要扎进人堆里去了。作为一名职业记者,他不费吹灰之力就在谩骂声中钻到第一排,看到了躺在地上的尸体,和蹲在尸体边的人。

尸体没有认错,正是钟天文。身上体面的西装浸透了洋泾浜的恶臭河水。

蹲在钟天文尸体旁边的人,显然不是围观者那么简单。电气路灯把那人照得十分清楚,穿着立领单排扣制服,戴着圆顶檐帽,腰上别着一根二尺多长的短棍。一身职业装,现在老百姓也逐渐习惯了日本汉字称呼——警察。然而,所谓警察不就是巡捕吗?即便现在的警察已有从正规警察学堂毕业的,但没人对洋人租界区的华捕有好印象。在一河之隔的法租界,大名鼎鼎的华人巡捕黄金荣,就是一个借自己特殊身份胡作非为的恶棍。

警察的帽檐遮挡着他的脸,但还是能看到他嘴上叼着一支纸卷烟,烟头的火光忽明忽暗。尽管不是鸦片烟,在这种人的嘴上叼着,还是让人没有一丁点儿好感。

他像是在给钟天文做检查,围观群众因为知道他是警察,都不敢靠近,只能在四周低声议论,这样摆弄一具尸体有多不吉利。

梁启正打算悄悄换个角度继续观察,就听到望平街上传来杂乱的吹哨声。

警察听到,不禁咂了咂嘴,又快速地把尸首下巴向上一抬,瞅了一眼,起了身,围在四周的人群立刻让出了一条路,默契至极,让人群中的梁启都不禁惊叹。警察二话不说,像个罪犯一样,赶在三个巡捕房派来的红头印捕到来前走掉了。

红头印捕胡乱吹着哨子,挥舞着警棍,分分钟就把聚在尸体边的闲人哄散。之后看到了尸体,他们就像抢战利品一样,七手八脚抬起来就走。

一代英杰钟天文,在众人尊敬的鼓掌声中辉煌谢幕,转眼竟落得如此下场,毫无尊严可言,实在可叹可悲。就算面对任何事件力争保持冷静中立判断的梁启,都不禁再度叹息。

梁启随着人流躲开,看着被抬走的钟天文,又向另一边望了望,红色的亮点在不远处忽明忽暗。

没工夫理会什么警察不警察的,现场已经在其他报馆同行有所反应之前就清理干净了,梁启立刻快步往报馆赶。

回到报馆,上了楼,所有同僚的目光全都投到了梁启身上。经理室的门突然打开,吕经理满脸殷切,简直是曹操赤脚迎许攸的架势。

一篇短短三百字的号外,配上了根据梁启描述画出来的骇人现场图,连夜印出。第二天一早,大标题写着《完美谢幕钟天文,夜半丧命洋泾浜》的报纸转眼就被一抢而空。见到如此局面,其他报馆全都只得干瞪眼,此时才知道头一天晚上巡捕吹哨跑了一趟是怎么回事。更让他们郁闷的是,一张提早发售的号外,不仅抢了当日全部热点,销量取得完胜,更让所有关于划船大赛的报道统统成了废纸。哪怕用上了清晰精彩的照片也无济于事，一夜间没有人再会关心那场划船大赛，谁胜谁负都比不过事主当晚命丧黄泉更有吸引力。

到了中午，整个报界都气得咬牙切齿，捶胸顿足。

梁启把当天自己该写的报道提早写完，又补了一条关于"钟天文事件"的说明，一起给了总主笔，正碰见吕经理哼着小曲从楼下上来。

"哎呀，小梁，你可真是我们报馆的宝啊！你这是要去哪儿？"吕经理的心情已经好到了极致，仿佛一场大胜让他当上了上海报界霸主。

"去趟张园。"

"张园好，找个相好的，好好娱乐娱乐。经理准啦，哈哈哈。"

"是去取照片。"

"照片？"经理瞪大了眼睛，失忆了一样。

梁启也不多解释，向经理礼貌地笑了笑，侧身准备下楼。

经理似乎也不在意这些，给了梁启一个背影，向经理室走去。走到一半，忽然又停住，没有回身，只是背对着准备下楼的梁启，怪腔怪调地说："那都是过眼云烟啊，过眼——云——烟——"

他竟唱了起来，完全不知道用的是什么腔调……

照相师傅的店在张园，去那种地方十分头疼，但梁启还是叫了一辆人力车，去了。

张园，一片从诞生之日起就注定不平静的喧嚣疯狂之地，上海怪奇世界的极致浓缩。昔日这里是中国阔商荟萃之所，华丽的马车，高贵的汽油车，载满歌伎的花车，竞速的竞速，斗富的斗富，交易的交易，近日更是来了一群疯子，把张园大门口给围了起来，车人皆不许通过，动工挖地。你要是打听，人们肯定一脸紧张叫你莫要多事——这可不是普通老百姓应该打听的事。

但实际上，人们或多或少也知道了个大概。

这是净社那帮原本霸占河道不上陆地的地痞流氓在干的工程。他们还是不放弃开通地下铁路的理想，不知如何买通了张园主人张叔和，从他的园子门前破土动工。

暴土扬尘的张园大门，现在成了人们最讨厌停留的地方。而最受影响的，恐怕还是那些做照相生意的人。好不容易花大价钱买来一台照相机，就是靠着张园大门的那个金属框架镂空拱门过活。慕名来张园一游的人，太多希望能以沪上第一高厦安垲第为背景，和拱门上"CHANG-SU-HO GARDEN"的字样拍一张合影留念。生意最好的时候，有三四架照相机摆在张园门口，等着为各自的客人拍照留念。

新新日报馆约的那位照相师傅，正是昔日生意兴隆的商家之一。现在梁启来结算照相的尾款，他却还是高兴不起来。何况他也很清楚，前一天自己累死累活差点儿被踩死在舢板厂桥边，到头来拍下的每一个精彩瞬间都成了废纸。

拿了照片，梁启被没好气地打发了出来。

繁华的张园，难得一见地萧瑟。盛极一时的飞龙车，竟也有无人乘坐、停运搁置的一天。像驼峰一样、有着让人心惊胆战的陡坡的轨道，只能映着淡红色安垲第，了无生气。

或许要感谢那份号外，让梁启难得地在下午有些空闲时间。可是当真空闲下来，他才发现实际上没有什么地方特别值得一去，干脆在张园里，沿着安垲第旁边的树林向园子深处走了走。离开安垲第前广场，虽然园子不再那么一马平川，但左右的商家仍旧繁多，弹子房、照相馆、大菜馆、洋货商店、茶棚、咖啡馆……

梁启抬头看看，果然是有这么一家名为"南洋咖啡馆"的地方。回过头，仍旧能瞅见高耸的安垲第尖屋顶，上面有大自鸣钟，看得到时间。早就敲过了下午三点钟，曾传尧和范世雅恐怕是不会赴约了。

"干什么都鬼鬼祟祟的。"

梁启正盘算着要不要走，背后冷不防有人发声。

回头一看，正是荒江的那张小脸。看来她也是特意赴约来的。

今天她只是穿了一身圣约翰大学堂的学生制服，又是另一种正式感。只不过，这身制服是男生制服，再把头发盘起来，戴上一顶檐帽，看上去俨然一个青涩帅气的小男孩，倒也透出几分调皮。

荒江四周无人。再往远处角落里看看，仍旧没有看到那个电线杆一样的男人。这就怪了，形影不离的天泽，竟没在荒江左右。

"你管得可真多。"荒江一眼看出梁启的疑问，却不多作解释。

"哦……帽子不错。"

不清楚荒江此时的情绪，梁启绝不敢多话造次，以免自讨没趣。结果他还是遭了荒江一个白眼。

钟天文的事，荒江肯定已经知晓。天泽不在身边恐怕也与此有关。

"两位，何不里面请？"

南洋咖啡馆的门打开，一个样貌消瘦、颧骨极高的男人微笑着从里面走出。梁启和荒江对视一眼，没有理由不进去，原本就是约在这里，进去等，总比在门口傻站着等体面得多。

主动招呼两人进店的男人，多少看着奇怪。梁启又上下打量了一番这个人，才意识到哪里有问题，他……没有留辫子，梳着洋人才会留的三七分头。

应该是习惯了这种惊异的目光，他领着两人到了一张铺着白色桌布的四方桌，才慢条斯理地解释说："鄙人不才，是这家咖啡馆的老板，实乃新加坡人，并非大清国子民，所以……"他摸了摸后脑，示意不需要留辫子，"这是鄙人的名片。"

他递上两张卡片给梁启和荒江。卡片上写着名字：谷孟松。

谷孟松的穿着也颇与国人不同，更像是洋人家里的管家，西装衬衫，打着领结，左臂搭着洁白的手巾。

"想必两位是为了天文先生的事而来吧。"

谷孟松微笑着开门见山，让荒江和梁启面面相觑，不知如何接话。

"坐吧，鄙人这里一向冷清，没了天文先生，恐怕更寂寥了。"

两人坐下来，四下打量这家咖啡馆，确实是太过惨淡了些。咖啡馆面积不大，但也有五张铺着白色桌布的方桌，每张方桌都配有四张藤椅。进门处有一个高台桌，桌上是红铜色的手动研磨器和像塔一样的铝制咖啡壶，看上去有模有样，别具一格，但就是没有客人。

"天文先生，是一个好人啊。"这样一起头，谷孟松的话便滔滔不绝起来，说他自己如何在庚子事变之后从南洋新加坡来到中国大陆，又怎样在新加坡驻上海橡胶橡皮分公司当翻译做订购，眼看着橡胶股票被凭空越炒越高，无法阻止只好离开，就在这个时候，遇见了钟天文。

"说来也是惭愧，实际上天文先生还小鄙人一岁，结果却成了鄙人的人生导师，让鄙人没有对这个光怪陆离的世界绝望。颓唐一段时间之后，鄙人在天文先生的开导之下逐渐走了出来，重新找到自己的位置。"说到这里，谷孟松苦笑了一下，"别看我这个咖啡馆没什么人气，那是因为中国人还不习惯以咖啡为日常饮料来喝，总觉得是大菜番菜吃后的免费消食汤。可是在这个租界里，还有不少洋人，英国人、美国人，甚至德国人和更远点儿的法国人，他们都渴望着能有一家像样的咖啡馆。开了独一份的地道咖啡馆，客人当然就不愁了。这都是在天文先生指点下才慢慢摸索出来的。"

一说到钟天文，谷孟松的脸色立即消沉，停顿了些许时间，才继续说："天文先生他们四人，每个月都会定期来小店聚会……"他低下头，又停顿片刻，"每月第二个礼拜四的下午三点钟，也就是现在……"

"四人？"梁启忍受不了这种让人窒息的死寂，主动接了话茬。

"'沪上归国四杰'啊，鄙人这个外人都很清楚，Gunpowder曾传尧、Fashioner范世雅、Magician钟天文和……康揆。"如数家珍地说着四个人，却在康揆这里被噎住一样卡了壳，谷孟松就像个蹩脚的说书人，发现听众皱眉连忙解释道，"那都是他们刚到美国时的绰号，要么是名字的谐音，要么是性格特点，反正就是乱起着玩儿，却一直沿用下来。不过，听说康揆先生从小性格就比较古怪孤僻，大概没人敢跟他开玩笑，所以一直没有绰号。其实康先生几乎没来过小店，每次聚会，都是天文先生亲自去南洋公学请他，才会偶尔出席。更多的时候是天文先生拿个匣子过来，按康揆先生附上的说明，掐着时间抽出相应字条来和另外三位先生讨论。"

真是一个怪人啊！

"但不管怎么说,他们四个来到上海,都是一心为了这座城市,齐心协力、各司其职地让这里变成世界瞩目的伟大都市。"

"成了世界瞩目的东方魔都。"荒江若无其事地说。

"那不是四位先生的错。"谷孟松像个土生土长的上海人一样极力辩护,"四位先生也是坎坷啊!大清国对早年的留美学生有多不公,你们自己心知肚明。唉唉!不好意思不好意思,看我这都是怎么了,说起话来没个完。但天文先生——就请原谅鄙人失控这一次吧——天文先生天赋异禀,满怀雄韬伟略,结果卧薪尝胆八年,正要大展宏图,竟突然命丧黄泉,还是那般惨死,真是可惜、可叹、可悲啊。"

谷孟松满是皱纹的眼角飘出了泪花,不过,话已经说到这一步,他也就恢复了常态,拿出一份菜单来递给荒江。

"这是小店的餐食menu,既然是鄙人邀请二位进来小坐的,便没有收钱之理,看二位也是心系天文先生,敬请二位随意,不必客气。"

荒江接过餐单,上下扫了一眼就决定了,抬起头说:"一份西达糕,一杯咖啡。谢谢。"她并没有客气的意思。

梁启没有接餐单,只是说:"一样就好。"

谷孟松恢复了彬彬有礼的侍者模样,微笑点头,后撤几步,转身去了门口的高台桌。从高台桌下面的抽屉中取出一个锡桶,打开桶盖,盛出两大匙焦黑咖啡豆,倒进研磨器中。他缓慢地旋转起研磨器的旋柄,一时间整间咖啡馆都弥漫起咖啡豆被一点点精细研磨的清脆声和咖啡豆固有的焦香味。

或许是见谷孟松逐渐沉浸到了研磨咖啡豆的工作之中,荒江用眼神示意梁启坐近一些,打算开始说点什么。

"确定是脸朝上?"

"恐怕没错。馄饨面摊主正是因为和他脸对脸了,才会那么记忆深刻。这个记忆应该不会出什么差错,他也没有任何理由诓骗我。"

荒江微微皱了皱眉,偷偷往谷孟松的方向看去,只见他把已经研磨好的咖啡粉倒进一只碗,再从抽屉里取出两只鸡蛋,打到了咖啡粉里,用竹筷打散了鸡蛋和粉末,倒进咖啡壶,盛上水,摆放到火眼上。他随手拿过来一件像是闹钟的东西,同样红铜色,拧了拧背后的发条,便离开了进门处的高台桌,去后厨准备西达糕了。

谷孟松离开后,两个人说话轻松不少。在煮咖啡的香味中,两个人对起了前一天晚上的命案细节。

"也就是说,是在六点钟发现的尸体?"

"三马路两头,一边是慕尔堂,一边是圣三一堂,都会准点敲钟,摊主长年在带钩桥边摆摊,钟声不会听错。"

"带钩桥……为什么偏偏是那座盛产野狗和瘪三的破桥……"荒江嘴里说出"瘪三"两个字,毫无粗鄙之感,反而还有些帅气。"咱们把时间重新推算一下。你带着照相师傅离场时,刚好看了表,是下午四点四十分左右。按当时散场速度来计算,钟天文谢幕离开众人视线大约是下午四点二十分到三十分之间,距离发现尸首有一个半小时的时间。"

梁启一边估算,一边点了点头。

"然而这一个半小时并不能全算进去。美人划船俱乐部的围墙之高,沪上有名,而出入口只有那一个。当时的情形你也很清楚,大门外堵满了马车,别说坐车了,就算步行都相当困难。"

"走水路去……去赴死?"梁启有些不敢确定荒江对钟天文的死的真正态度如何,所以说到这里迟疑了片刻,但话已出口一半,只有硬把它说完。

"因为划船比赛,昨天吴淞江停运一整天。那时候江上空无一船,如果他划出船来,不用说正在看台上的我,就算对岸的南洋公学学生,也必然会在第一时间注意到。"

荒江说的没错。梁启不得不皱了皱眉,说:"所以……因为我要赶时间回报馆,所以在离开的时候又看了一下表,是五点过十分。"

"五十分钟,顶到天一个小时的时间,他从舢板厂桥赶到带钩桥,还死了……这之间少说也有八里路吧。"

"恐怕还要多些。"

"坐马车全速跑过去也要有二十分钟，更何况当时散场不久，街上的人想必不少。一个小时的时间，要赶八九里路，并且还被杀了。凶手相当辛苦，效率好高啊。"

"要是——我只是假设——要是他死在了水上，比如就是在划船俱乐部死了，尸体被扔到吴淞江里，一个小时后，漂到了洋泾浜带钩桥。"

"俱乐部的人为什么要杀他们的总教头？"

"不希望中国人一直踩在美国人头上？昨天的谢幕表演确实太精彩了，他的光芒已然压过一切。"

"倒是可以成立，可列入怀疑对象。不过，你不要忘了一个细节。"

"什么？"

"从吴淞江到洋泾浜，必经南北走向的泥城浜。"

梁启点点头，却一时间没有发现破绽。

"还没想到？看来你每次过泥城浜都只是一心要去赌马，从未注意过那条小河浜。泥城浜的水流方向是由南向北的，吴淞江在洋泾浜的北边，我问你，这样一来，尸体是如何逆流而上从吴淞江抵达洋泾浜？"

让荒江一说，梁启立即哑然。这时谷孟松端着两盘刚刚烤好、热气腾腾的西达糕走了过来。

"让两位久等了，小店的烤箱火力尚可，敬请两位细细品尝。"

西达糕实际上是一种甜食糕点，用奶油、糖、面粉、苏打、泡开的玉果粉，加牛奶和苹果酒，将面稀灌入模具送进烤箱里烘烤而成。刚出炉的西达糕，蓬松酥软，还带着淡淡的奶油味和苹果酒的清香。洁白的瓷盘中间摆着淡黄色的西达糕，一边还配上了两种口味的果酱，实在让人食欲倍增。

谷孟松放下两只盘子之后，又回到高台桌，把刚煮好的咖啡倒了两杯，送了过来。咖啡清澈，带着浓郁的蛋香，看得出老板手艺不凡。

荒江和梁启对面前的糕点饮料赞不绝口，可是赞也赞累了，谷孟松仍旧微笑着站在桌边，一点都没有要离开的意思。

本打算把那个警察装扮的人私自验尸一事讲一讲，这么一来完全没了机会。梁启只好拿起小勺，剖开一块西达糕送进嘴里，未发一言。

荒江倒是没有一点拘谨，同样先吃了一口西达糕，脸上立即洋溢出只有吃到美食才会有的幸福表情，就像来到这里本就是为了品尝美食一样。情不自禁地微笑之后，她又微微抿了一口咖啡，同样的笑容又浮现到脸上。她把咖啡杯放下后，不紧不慢地拿起手边的餐巾布，轻拭了一下嘴唇，抬起头向仍旧站在那里的谷孟松说了一声："真好。"

"谢谢。"

"曾、范、康三位先生，不会来了吧。"

"已经过去两刻钟，他们都是极为守时的人物，恐怕是不会来了。"

"感谢您的款待。"

"小姐您太客气了。"说完，他手搭白毛巾，仍然没有要走的意思，"恕我多问一句，小姐，您是一位作家吧？"

谷孟松此言一出，荒江和梁启不约而同地愣了一下。

"没什么没什么，看到小姐让我思起不少往事。我在新加坡的时候，曾有缘和美国大文豪马克·吐温共进晚餐，您眉宇之间有他女儿的灵气。那是一位天真烂漫的小女孩，以后绝对也能成为一代大文豪。"

"谢谢您。"

荒江只是得体地微笑，并没有回答他的提问。

终于，谷孟松离开了他们桌前，退到高台桌后面。

"怪里怪气的。"荒江小声嘀咕着。

能不怪吗，咱俩被请进来的时候，就已经很怪了……梁启心想。碍着谷孟松就在不远处，他这话没有说出口。

"我想知道到底怎么回事。"荒江说着，没什么特别的语气，只是又用小勺切下一块西达糕，挑起，送进嘴里，细细咀嚼，又喝了口咖啡，把嘴上的咖啡拭去。"一个小时的时间，钟天文到底去了哪儿，见了谁，做了什么事。"

"好好好，我去把您想要的信息全都弄来。结果是怎么样，大小姐您自行定夺。"

梁启微笑着吃起自己那份西达糕。

甜美清香的糕点入口，却不知怎么，让他忽而想起兜里的那几张照片。虽然已成废纸，但照片上还凝固着钟天文生命最后几小时里的样子……可是凝固也只是凝固而已，还能有什么用处？

梁启不去想什么照片，脑中立即开始构想一条合理的线索链。这条线索链和调查名单过于单薄，却也多少算是一个开端。只是，真的能查出结果吗？听天由命吧。

不过，不得不承认的是……

这里的西达糕真是好吃。

锅炉

因为一份号外,《新新日报》至少在三五天内都将处于销量优势地位,报馆吕经理因此松了一口气,报馆全体撰稿同样为经理松了口气而松了口气。最大的功臣梁启,自然也有了受益的机会,至少在吕经理松气期间,他算是处于一种半休假状态。

钟天文命案之后第三天,梁启首先去了南洋公学。

南洋公学实乃沪上第一所华人自己筹办的西学堂,筹办人正是盛宣怀盛大老板。已建校十二年的南洋公学,经历过踌躇满志的草创,经历过庚子事变的动荡,经历过学生罢课换校长的风波,如今已经成了一所无人不为其自豪的综合学府。南洋公学不完全是大学,因为它不是只有大学,而是分为外院、中院、上院和特科,可以让学生从小就接受高品质教育,一路升到上院毕业,成为栋梁。

当年建校,盛宣怀选址徐家汇,实在是有先见之明。几次租界扩张,徐家汇这里都没有受到侵占,反而成了华人达官显贵的聚集地,成了另一个上海。

去南洋公学最方便的方法是坐船。梁启只要从洋泾浜叫一艘舢板,一路上行,来到肇嘉浜,过了徐家汇藏书楼外蜿蜒秀美的李漎泾,回到一段江南水乡一样的水路，就到了南洋公学大门。

梁启特意穿了一身长衫马褂，戴着顶圆帽，再戴上那副平光眼镜，像极了教书先生。他跨过南洋公学桥，直接从正门牌楼底下进去了。

路两边成排香樟，正是春季新芽生长老叶落下的时节。一条笔直大道，有种一入南洋公学大门便走上了人生康庄大道的寓意。

建校十二年，校园里的建筑越发有了规模。外院里一群群幼童正在操场上练习棒球，梁启侧头看了一眼，那些幼童个个体格健康，充满朝气。庚子之变后，梁任公曾痛心疾首地写下了《少年中国说》，没想到几年后国人就真的能亲眼见到少年肩负起中国的希望，至少亲眼见到那个苗头。或许是该做一做这些幼童的采访报道了，可惜恐怕不会有什么看点，吕经理不可能同意。

再往前走就是中院。中院楼已在世纪初落成，是砖木结构的古典主义三层洋楼，正南面有柱廊，楼顶有钟塔，钟塔四面镶有时钟，相当气派。不过，梁启并不想耽误时间，便直接从中院楼边穿过。过了中院楼，面前一片开阔，正是南洋公学著名的主操场。半年多前，盛宣怀盛大老板的公子盛司琮个人出资，在这里举办了一场盛大的水龙大会。只是现在操场上，早就没了一丁点儿水龙大会的痕迹。

穿过主操场，就是上院。

上院要比外院、中院复杂得多。建筑三两栋一组，占据相当面积。经济科、体育科、铁路科、农业科、医学科、音乐科等，各有一小片地盘。梁启无暇他顾，径直走向建筑群深处，那里便是南洋公学上院里最具特色的科目：机械特科。

机械特科的院子相当大，因为不仅要有教学楼来完成日常授课，还要有试验楼为学生们提供足够实践机会。试验楼就像颇具规模的工厂群，比起棚户区那些民营手工工厂，条件好上不少。

试验工厂一共有三座，在教学楼的背面，与教学楼一起围成一个口字型，直接从教学楼正中央的大堂穿过来即可进入。试验工厂规格相同，两层楼高，红砖坡顶，典型的仓库结构，烟囱高耸。大型天井一样的空地，夯土地面相当平整，没有植被，也没有装饰，十分直截了当的实用主义风格。正值实践课时间，三座有模有样的试验工厂的烟囱都冒着滚滚黑烟，场面十分壮观，让人不由得心潮澎湃。

三座试验工厂各有分工，左栋主要用于机械元件铸造和材料试验，右栋主要用于机械动力试验，中栋则是设计和组装车间。作为一名富有经验的报纸记者，梁启自然在来南洋公学之前就做好了相应的功课。康撰虽然有自己的教学办公室——鉴于他的资历和地位，还是一间独立办公室，且办公条件优良——可是他偏偏一步都没进过那间办公室，就像长在中栋车间里的树一样，挪出去就会死。

这样一个怪人，能亲自出席划船大赛，也算得上奇迹了。

梁启直接走到中栋的车间厂房门口，还在门外就听到叮叮当当各种组装拆卸机械的声音。他正打算推门进去，却忽然听到背后有人轻喊了一声："梁先生。"

梁启回头一看，是一个穿着南洋公学上院学生制服、样貌清秀健朗的小伙子。

小伙子名叫黄樟，在南洋公学机械特科读书，实际上算是熟人，但从一年前而来的冷漠和轻蔑仍旧没有变过。梁启不禁叹息。去年的西历新年，谭四一伙为了阻止当朝铁帽子王爷铁爵爷炮轰租界，在江南制造总局展开鏖战，就连谭四收养的那个孤儿大招都死在了战场，梁启却在出征之前临时退出了。本是为了去救谭四的恩人，那个叱咤一时的女侠，结果却一败涂地，梁启回来后自然不愿多作解释，情愿挨白眼。

"多日不见，你是越来越精神了。"梁启又上下打量一番黄樟，满脸笑容地说道。

"是来找康先生的吧？"黄樟没有搭理梁启的问候，一脸不符合青春面孔的严肃，开门见山地问道。

"确实。"梁启无可奈何，只好收起笑脸。

"为了钟先生的事？"

"也确实。"

"别费事了,康先生不在。"

"不在?!"梁启一脸吃惊。

"随你信不信,从昨天下午就不见人影了。"

从昨天下午?梁启已经恢复常态,心里却充满了问号。那个传说中绝不出中栋大门的康揆,连"沪上归国四杰"的定期聚会都很少亲临现场,竟在昨天再度离开中栋,而且看黄樟的意思是彻夜未归,到现在也没回来。

黄樟也不与梁启多说什么,只是冷冷地推门进了中栋。

门一开,里面的声音就如同锅炉火门打开瞬间的热气一样扑面而来。比起拆卸机械的声音,一群学生激烈的争论声更为明显,似乎是出了什么岔子。听到争吵,梁启不由自主地往中栋里走去。

"没必要再浪费时间吧,梁先生。"机警的黄樟一下拦住了他。

真是的……一脸严肃干什么,事情都过去一年多了,多少该恢复常态才是。梁启心里抱怨着,不顾黄樟的阻拦,挤到门边看里面的情况。

中栋内部就是一个开放式车间,屋顶的木横梁全部暴露在车间内。以大门为界,左边整齐地并排着几张操作台,右边完全空出来,用于摆放组装机械。此时在场学生全都集中在右边,那里摆放着三台已经拆卸到一半的机械,正是两天前在吴淞江上参加划船大赛的三艘机械船。"隼鸟号"十分显眼,那个打鼓的人形骨架已经躺在了船体一边,露出布满下体的齿轮。三五个学生围着另外两艘,一边拆卸,一边往本子上记录着什么。一共五艘机械船,其中"湄云号"沉了,应该没能打捞上来,那么还少一艘……对,还少一艘"万年清号"。

黄樟还拦在自己面前,梁启向右努了努嘴,说:"我这是来做一个划船大赛的后续报道,不算浪费时间。"

面对一个比自己小了七八岁的学生,一脸讨好实在显得太过滑稽。黄樟原本就没有存心要为难梁启,便嫌弃里哼了一声,不再和这个死皮赖脸的家伙耽误工夫,从门边的架子上取下一个本子,向同伴的方向走去。

远处一小群学生还在争吵，黄樟也很快参与其中。争吵声太过嘈杂，梁启又完全不了解前因后果，所以听不出头绪，只好走近探其一二。

"是我记录的，那又怎样？"

"那就是不负责任！"

"你们组的人全都在推卸责任。"

"那你们组的还没有去打捞沉船呢！"

"又是沉船，沉船要是能打捞谁不愿意去捞？说这些有什么用？"

"哪个组的本事不够一看便明。"

"你这是强人所难。"

"你这是强词夺理。"

"你这是强扭的瓜不甜。"

"你这是强字成语不会用。"

"你……"

听了一会儿，大体上就明白了。后来黄樟并没有参与到争吵之中，只是站在一边冷眼旁观，让梁启心中一阵称赞。

梁启走近"隼鸟号"，打算仔细看看这个怪模怪样的家伙。

"喂！这人是谁啊？！"发现梁启的学生指着他惊呼起来。

一时间，学生们不再争吵，一同将目光投向本已混进学生群的梁启。

梁启只好向各个角度投来的目光报以笑容。

"你到底什么人？"

"一定是哪个组派来偷情报的。"

"你脑子是不是停摆了？有这么老成的学生吗？"

学生们又七嘴八舌地争了起来。

"那就是哪儿来的教习。"

"不像，像买办。"

"买办来我们中栋干吗？"

"一定是哪个洋人看中了我们的船。"

梁启只有呵呵地赔笑，什么也说不出来。

"是新新日报馆的。"黄樟忽然高声说道。

嘿!你小子原来在这儿留了一手。

梁启无奈地看向黄樟,正巧被黄樟解气一样回瞪过来。

不必问,接下来不会有什么好结果。梁启在"滚出去!""我们不欢迎你们这种煽动是非的小人!"的叫骂声中赔着不是退出了中栋。

来到门外,只听见里面的学生们又开始争吵了。

"真是丧气。"

"幸好你认出来了!"

"还不是我先发现的!"

"又是你立功了?"

"你这是又要吵架?"

"你先把少了的数据找回来吧。"

"你……"

"你看你自己都理亏了。"

这帮学生还真是爱辩啊!虽说是被赶了出来的,梁启却一点儿也不着急,更不觉得有什么面子上过不去的地方,只是重新经过机械特科教学楼,穿过朝气蓬勃的校园,出了牌楼正门,过桥左转,在不远处找了家戏园,喝茶听戏去了。

这一待,就一直待到了晚上。等到戏园一片花天酒地、歌舞升平的景象时,他才出来,重新踏上去往南洋公学的路。

南洋公学内并不是处处都有电气路灯。进了牌楼正门,那条白天的康庄大道毫无照明,梁启只能借着阴云遮掩的月色,摸黑前行,如同走在通往墓穴的神道上一样。

路过外院,教学楼、幼童宿舍皆已熄灯,看上去就像趴在操场上的几只睡熟的野生动物。三层的中院楼,一二层是教室,三层是学生宿舍,都没有亮灯,一片静寂。大概是校规规定必须熄灯睡觉。

上院明显就有不小的自由度。

著名的南洋公学操场上,还有三三两两的上院学生在一边散步一边辩论难题。几个科的教学楼倒是都熄了灯，宿舍却还有几处光影。机械特科的教学楼也是一样，些许房间还亮着灯。

穿过教学楼的走廊却没有灯，漆黑一片，只能看见对面出口外映进来的昏暗光亮。

刚走到一半，不出所料地听到右手边有人嫌弃地啧了一声。梁启转过头，向黑暗中微微一笑。

"就知道你夜里会来。"

"还挺机敏，要不要到鄙报来做撰稿？"

"到中栋去吧，现在那里不会有人。"黄樟根本不想接梁启的话茬。

"要是有人更是求之不得了。"

不知道这小子打算故作成熟到什么时候，梁启心中暗笑，跟着他出了教学楼，向中栋走去。

三栋唯有中栋亮着灯。梁启快步赶上黄樟，黄樟则已经猜到他要问什么，抢先说道："是我们留的灯，希望康先生早日能回来……"

黄樟欲言又止。跟在左侧的梁启心中暗喜，这是快要绷不住了。

推门进了中栋，空气比白天沉闷了不少。

在中栋的中线远端，从房梁上垂下来一盏电气灯，正对着一张宽大木桌。电气灯的灯光只够照亮倾斜的桌面和四周少得可怜的一块区域。在漆黑的中栋车间里，像是整个舞台唯一的主角即将开始激情演说。

进来以后，黄樟又去开了两盏电气灯，同样是悬在房梁上，一左一右各照亮中栋车间的一部分。整齐的操作台正好有一张被照亮，桌上空无一物。另一边，大卸八块的"隼鸟号"安静地躺在明暗交界处，带着一丝意味不明的哀怨。

梁启并不关心"隼鸟号"，只是站在桌子旁边，想看看这张和康揆朝夕相处的桌子什么特别之处。不过他也不着急，只要再等片刻，黄樟那小子就一定会主动开口说的。

"梁先生……"

还没等梁启在心中数秒，刚才还站得笔直，让人不由联想起天泽的黄樟，就开口了。

"嗯？请讲。"

"其实我们……"黄樟迟疑片刻，"其实我们就是想听你给一个说法，比如……"

"好呀，我真诚地道歉。"梁启立刻打断了他，"抱歉是我临阵脱逃懦弱无能自私自利鼠目寸光。"

"一点儿也没看出真诚来……"

"那要不我现在跪下，哐哐哐磕三个响头怎么样？"说到做到，梁启转身就要下跪。

"不用了！"黄樟又气又急，语调高出一倍。

梁启笑着说："那么，过去的事就先暂时扔给过去吧，当下的麻烦已经够折腾得咱们团团转了。"

他特意把"咱们"加重了语气。

黄樟努力抿着嘴，不愿就此认输的样子。

梁启上前一步，拍了拍他的脑袋，说："这不就是人生吗？你还年轻得很，别憋着了，憋坏了自己得不偿失。跟我说说，康揆他哪儿去了？"

"……"

"那么，什么时候发现他不在这里的？"

"这太容易发现了，康先生几乎从不出中栋，每天晚上这里都是灯火通明，所以，只要中栋没亮灯，就立刻发现得了。"

黄樟低下头，放弃了抵抗，回答起梁启的提问。

"这么说，是天黑以后发现的？"

"确实。"

"他昨天白天有没有去授课？"

"没有，刚刚结束划船大赛，整个机械特科都在忙着整理试验数据。特殊时期，近一个月基本上所有课程都为划船大赛让步。"

"哦？试验数据啊。原来你们真是把造势那么大、引来国际关注的划船大赛当成一场课外试验了啊。你们可真是把我们糊弄得团团转。"

"是你们太一厢情愿自作多情了,我们从来没有说过什么'人类与科学的角逐''华人的崛起'这些毫无实际意义的空话大话。真正可贵的是真实有效的赛后数据。"

说到"数据"时,黄樟露出了天真的笑容。

"他授课是在这里还是在教室?"轮到梁启冷脸相对。

"那就不一定了。'康先生从不出中栋'只是一种夸张的说法。试验课在中栋,大家主要是在这边——"黄樟指了指左手边那些操作台,"跟康先生学习机械设计。第一排是功能设计组,第二排是计算组,第三排是设计图绘制组,第四排是……"

黄樟还在介绍着,梁启却不再听,把斜面桌前的椅子拉了出来,试着坐了上去。椅子是藤椅,坐上去还有些冰凉,梁启忍不住打了个寒战。而藤椅的宽度惊人,显然是根据康揆的身材特制的。

"康揆他平时就在这里画图纸?"

黄樟正介绍得起劲,被梁启打断,一下子没了心情,说:"没有坐着画图纸的。"

梁启"哦哦"地站起来,伏到桌上,手里假装捏着一支笔,比画起来。

"果然,这样就顺手多了。术业有专攻,确实不假。不过,他整日这么站着画图,怎么还是那么胖?"

"喂!"黄樟不满地低喊一声。

"对不起对不起,你继续。"

黄樟一脸不情愿地继续说:"康先生教会我们很多东西,如何做合理设计,如何定向计算和试验,如何……"

"你们拿什么计算?算盘?"

"那你以为呢?"

"这可够累的。"

"我们人多,一个人分担一部分,最后再由康先生汇总就好。效率非常高。"

"这个康揆可真是比传说中还能干啊!"

"这回划船大赛的五艘船几乎全是康先生一个人设计的。"

"隼鸟号"那个敲鼓人形也是他设计的？这个恶趣味还真是……

"图纸呢？"

"也是他一人完成，十分强大。"

"那可不是一个人用算盘就能完成得了的吧？"

"康先生的能力远超你想象，不要以貌取人。他只要熬上两晚，这些数据就都算出来了。而且你也亲眼见到了，除了一艘船沉了以外，基本上全都正常完成了任务。"

真的吗……梁启苦笑着。

"你们怎么知道他熬了两个晚上的？"

"灯一直开着，而且，两天后数据就都出来了，这就是证据。"

"哦……"梁启若有所思了片刻，"先不说这个，谭四又是怎么回事？"

说到谭四，梁启的语气立刻尖厉起来，忍了很久怎么也要问清楚。

"这……你自己去问谭先生啊，突然质问我算什么本事？反正我能跟你打包票的是，谭先生和你想知道的事情毫不相干。"

"一时兴起，就假冒了一个什么张丰的名字跑来当教习，还参加划船大赛？这兴致还真是清奇啊。"

"就是这么回事。"黄樟回答得斩钉截铁，显得更加可疑。

"算了算了，先说康揆。现在我问些关键的。他在划船大赛结束以后回来了吗？"

"回来了。"

"因为亮着灯？"

"不是，是和我们一同回来的。"

"哦，第二天你们见到他了吗？"

"早晨见过一面，在中栋门口，康先生给我们讲了数据整理的注意事项。"

"门口？"

"没有试验课和设计课的时候，康先生一般喜欢在外面的空地授课。他真的不是你们想象的那种终日不见阳光的怪人。"

"发现数据丢了，是什么时候？"

"昨天下午。我们来报到，并且开始整理数据。结果整理到一半时，'隼鸟号'组首先发现缺了一部分数据。"

"昨天下午没见到康揆吧？也就是说，是在他失踪之后发现的？"

"不能这样就怀疑康先生。"

"那么你告诉我该怎样做，才能名正言顺地怀疑康先生？"

"康先生有什么理由要拿走这些数据？"

"这我哪儿知道！把他找回来直接问问不就知道了？"

"……"

"少了的是什么数据？"

"你能懂？反正从昨天下午开始，各个组就像今天上午一样争论不休。"黄樟一脸苦恼的表情，"也不能怪师兄们，少的都是核心数据。你就算不懂也能明白，都是每一艘船在大赛中的细节表现。我们在船上都装了采集器，记录水流和动力输出之间的关系数据，也就是改进这几艘船所需的一手数据。"

"不如现在再翻翻看，没准儿会有新发现。"

"怎么可能？"

黄樟嘴上反抗着，结果还是跟着梁启一起走向了"隼鸟号"。

敲鼓人形躺在明暗交界处，两眼瞪得溜圆，眼睛下面咧开大笑的嘴不知为何抹掉了一角，却依然夸张。头身比例很不协调，圆圆的大脑袋，暧昧不明的光线，甚是诡异阴森……

被这一侧电气灯照亮的是划船大赛第四艘出场船"福星号"。乍看之下并无奇特之处，小型锅炉和动力轮的组合并不稀奇，至少现在拆卸后，看上去和一般的小汽轮没有太大差别。但只要见过"福星号"下水比赛，谁都不会觉得它普通。"湄云号"直接沉了之后，所有人都为这艘船捏了把汗。这家伙一下水就立刻倾斜，着实让人们以为又是一艘沉船。不过下水之后，外行人也能看出"福星号"的设计极为奇特。沉重的锅炉和作为动力的明轮全都在船尾，而不像平常汽轮那样为了平衡而设置在船中。"福星号"的倾斜，引来舢板厂桥上的观众和划船俱乐部一同惊呼。眼看又要沉了，"福星号"却似乎要开一个大玩笑一样，船头向上以30°的倾斜角度停住，晃了一晃，不再有沉没的危险。

比赛就这样开始了，可惜或许是蒸汽锅炉没能提前备好动力，划船俱乐部的船已经划出大半程，"福星号"才终于动起来。比赛虽然输掉了，但"福星号"的速度仍然震惊全场。倾斜设计原来是做这个用的，一般的明轮机械船的动力轮只有三分之一吃水，而"福星号"因为有30°的倾斜，可以让动力轮有五分之三吃水，输出的动力自然大幅提升，速度也快了许多。

敢于让机械船身倾斜，以此扩大动力轮吃水量，这要对船体、动力等方面多么了解，且多么有信心才能做得出来啊！

看着已经拆卸开来的"福星号"，梁启仍旧感慨万千。

借着灯光，他又假装内行地看了看船体内部，还有锅炉。除了确实能看到一些曾经安放数据采集器的接口以外，其余什么都没看懂。

"'福星号'也完全是康揆一个人设计的？"

"终于感受到康先生的强大了？"

"数据都丢了，还谈什么感受。"

说完，梁启起身不再看船。

"算了算了，今天就到此为止吧。一头雾水，真是越看越乱。"

"明察秋毫的梁大记者都无能为力了？"

"好家伙，咱俩才一起待了不到一个钟，你就学会冷嘲热讽了。"

"承让。"

和冷嘲热讽的语气不相符的是，黄樟已经满足而天真地笑了。

两人不计前嫌地又说笑了几句。梁启无他事可做，便决定先行离开，再看看有什么办法找到失踪的康揆。

"对了，我建议你们不要晚上留灯。"

"我们学校的电力还算充足。"

"你不觉得,以康揆的性格,要是想回来,却发现中栋可能有人,就一定会掉头逃走?"

"倒是有点儿道理,康先生最讨厌和陌生人独处,跟人打个照面都能让他狂躁不已。"

黄樟说着,就把三盏电气灯一起关掉。

中栋重归漆黑。

了无声息……

"什么人?"

梁、黄二人从机械特科的教学楼出来,正准备互相道别,黄樟就看到了一个鬼鬼祟祟却十分惹眼的人影。

块头真是大,梁启拉着黄樟躲到一边夹道后观察那个可疑的人时不禁想。相传帝都万牲园门口就有巨人,可是在此人面前恐怕也算不上什么。可惜身形巨大在此时完全算不得优势,因为那家伙笨拙地趴在教学楼右侧很远处的树后,非但无法隐藏身形,反倒让他更显可疑。

"傻、傻山?"确认自己安全之后,黄樟悄悄说出了这个名字。

"你认识?"

梁启问完,发现黄樟已然不再吱声。借着夹道里的微弱光线,能看出这小子竟然紧张得面色煞白,浑身发抖。他不是会两下子相当实用的关节技吗?就算面对这种巨型大汉,也应该吃不了亏吧。

看来这个叫傻山的人是个狠角。

只是傻山恐怕是真傻……

他终于从那棵起不到一点遮蔽作用的树后面蹿了出来。由于身高体重的原因,他一跑起来就带得尘土飞扬,步子踩在地上咚咚作响。他冲到教学楼的穿堂门前,侧身探头往门里看,将巨大身躯完全暴露出来。若有人从教学楼正面的空地看过去,必定会一眼就注意到一个呆头呆脑的可疑人员要潜入机械特科干些见不得人的事。

可惜夜已深,除了梁、黄两人,再没有谁有幸亲眼见识这样难得的场面。

傻山继续观察了大概五分钟，终于决定钻进机械特科。他在里面横冲直撞，在远处夹道都能听到走廊里他跑来跑去找不到出路的脚步声。再过了些许时间，脚步声终于出了教学楼，渐行渐远。

见黄樟脸上的紧张表情终于松懈下来，梁启这才又问了一次："这个傻山你认识？"

"说不上认识。"黄樟深吸一口气，说，"最近总会见到他在学校附近鬼鬼祟祟。因为个子大得像座山，人看上去又傻得出奇，有同学悄悄打听过，那些人都管他叫傻山。"

"那些人？"

黄樟迟疑了许久，才鼓足勇气再度开口，悄声说道："是净社的人。"

梁启瞪圆了眼睛，明白了为什么黄樟刚才会那么紧张。

这时，就算在机械特科的院外，也能清晰地听到里面传来粗暴的砸门声，紧跟着是门板重重拍在地上的声音。声音显然吵醒了不少已经入睡的机械特科学生，几个宿舍房间点亮了灯。

被吵醒的学生从宿舍窗口望过去，一眼见到是傻山，便不敢造次，纷纷缩了回去。

得知傻山在机械特科的院子里，黄樟总算稳定了一下情绪，梁启连忙带着他换了一个距离教学楼穿堂门更近但更隐蔽的地方重新躲好。

又传来一阵拆砸声音后，沉重的脚步声一步步向大门靠过来。

傻山的硕大脑袋率先探出。如此近距离看傻山，光那脑袋就已经大得骇人，更遑论它还高高在上。梁启不由得咽了一下口水。头先出来，也不探头张望，显然是背着重物，已经压弯了腰。

如山一样的身躯从躲在暗处的梁黄二人面前走过，强烈的压迫感让他们无法呼吸，沉重的脚步声震撼着他们的耳膜。终于，他们看见了这家伙所背着的东西。

锅、锅炉？

要不是这个傻山就在眼前，梁启恐怕都会抑不住惊呼。竟背着一个锅炉出来了！即便只是一个小型锅炉，这也未免太夸张了吧。恐怕那些趴在宿舍窗前往外偷看的学生同样被这种蛮干行为给吓到了……

驮着锅炉的傻山走得很慢，但终究在一步未停地走着，脚步铿锵有力，尽显巨人本色。

看着傻山就这样驮着锅炉走远，梁启才终于又松了口气，转头看看黄樟，问："这个傻山也是……净社的人？"

"是的。"黄樟也多少恢复了常态，"有师兄还亲眼见过他在垃圾桥净社总社那儿进出。应该就是净社的人。"

梁启沉吟不语。

"那个锅炉……"

"看上去像'福星号'的。"

"真是越来越麻烦了。"

朋友

净社，乃是青帮帮口下的一支新贵。从成立到现在一年多时间，就已经遍布整个公共租界的大小河道，可谓是异军突起的奇迹帮会。净社的老头子叫周华明，实际上他一点儿都不老，才是"通"字辈的小辈，这就显得他手腕非凡了。他凭一己之力，迅速把净社搞成了可以和法租界"大"字辈的黄金荣一伙相提并论的恐怖帮会，可见这个周老头子算得上流氓中的青年才干了。这样的青年才干其实最麻烦，是最让人头疼的一类。坚决不恪守青帮老一派的规矩是他们办事的准则，仗势欺人横行霸道是他们的本性。

青帮本来就源于水上，是漕运水手的帮会。在这一点上，净社倒是相当传统。只不过，净社不再做漕运生意，而是在公共租界的大小河流上安营扎寨，四处搭建船屋作为据点，以便在岸上或桥上抢劫之后就近分赃。

原本只是想去南洋公学采访一下康摋，虽然他是一个相当封闭的人，但梁启还是有信心能套出些信息来，结果康摋没采着，却发现净社也掺和进来……

不过这次南洋公学之行，也不是一点儿收获没有，至少从学生们还有黄樟那里知道了这两天康揆的动向。

划船大赛当天，钟天文的个人表演结束后，康揆并没有单独行动，而是跟机械特科的学生们一同回了南洋公学。从舢板厂桥到南洋公学，将近二十里路，就算康揆不与那几艘机械船一起，而是率先和一批学生坐马车回程，也要将近一个钟才能抵达。而从南洋公学到洋泾浜，也有十三四里路的样子，无论是走陆路还是水路，同样没有一个钟头是到不了的。就算康揆马不停蹄赶完所有的路，大概刚到静安寺，钟天文就已经死了。也就是说，一开始对康揆的设想，恐怕全都要推翻重来了。

康揆在比赛结束之后，挥动旗语请求钟天文个人表演，可能也并非事先知道钟天文会死。至少……从钟天文死时他并不在场这一点来看，二者并没有直接联系。

推理到这里，原本已经算是走入死路，正巧傻山这个新变量闯了进来。

黄樟认得出傻山，并说这个人经常出现在他们机械特科。因为样貌吓人，无人敢问，后来知道是净社的人，就更不敢多管，任由他出入。傻山在没有课的时候进过中栋，黄樟对此十分肯定。在这次失踪之前，康揆确实几乎没有出过中栋。那么就可以判断出，傻山和康揆至少有过某种联系。傻山不可能是什么决策角色，但这条线索，直接把净社拉了进来。

净社，不可能不去关注一下了。

确实麻烦啊！

不过，想接触净社，正有个现成的事件可以利用。

事件要从一个月前说起，净社这帮人好死不死地做出一桩"义举"，至少乍一看上去是这样的。

上海开埠六十多年来，洋人蜂拥而至，使得上海越来越庞大，却也越来越拥挤不堪。变化最显著的自然就是浦西沿岸，现如今已然被各国公司的轮船码头挤得满满当当，无一缝隙。黄浦江上更是远洋货轮川流不息。这种情况下，货轮冲撞华人渔船、渡船的事件屡见不鲜，全船被掀翻在江里也是常有的事。一般来说，人们只能忍气吞声，对着扬长而去的轮船干瞪眼，在水里等着从野鸡码头赶过来救援的舢板。

一个月前，黄浦江又发生了这样一起冲撞事件。净社不知是怎么想的，忽然就跳了出来。他们先是派了八九个流氓瘪三跑到肇事公司的码头外大喊大叫，又召集了不少人深入肇事公司的在华工厂，开始煽动工人罢工。这家肇事公司名为"麦森远洋公司"。

开埠后的上海，远洋公司林立。麦森远洋公司实在算不上什么大财团，只是个勉强可以在远东捞一笔的小企业而已。正因如此，他们公司没有能力使什么手腕，没过多久就有要被净社拖垮的趋势。事件继续发酵，只要他们一出船，就会冒出一两艘舢板，远远地借着浪就翻到江里去。之后第二天，在码头外必然会多上一两个挂着拐或者被简陋担架抬来的人加入围坐抗议的行列。仅仅过了一个星期，麦森远洋公司就绷不住了，发出公告，召集从第一次翻船到现在的所有被撞人员及其家属，逐一发放了相当可观的抚恤金，这才算了事。钱一发放完毕，公司码头门前立即清净了，工厂里也再没人煽动闹事，迅速得让人吃惊。

说来这起事件梁启早有关注，诸多细节可以算是他的私藏，本打算等"钟天文身亡事件"的热度过去之后再用，好再赚一票，没想到这么快就要用上了。

也罢，不浪费就行。

只是现在需要立即找一个搭档才行。而这个人选，如此紧急的话……恐怕只有许久未联系的谭四了。

想定计划，立即就去行动。

为了在当天日报下印前填上报道，梁启来不及先去找谭四商量，只好先斩后奏，到时候强行拖他入局。反正那家伙不会介意，梁启对此十分肯定。

从南洋公学回来，第二天一大早，梁启就赶到了报馆，把该写的报道写好，随后迅速跑去吕经理家申请上版。

吕经理这种报界老狐狸，一看就明白梁启打的是什么算盘。

关于净社的这篇报道，并没有像老百姓认为的那样去夸赞他们为国人撑腰长脸，而是直指问题核心：抚恤金的去向。不过，行文用词模糊，语气却斩钉截铁。

"你有多大把握？"

"七成以上。"

"不多啊……"吕经理沉吟片刻，显然是在计算得失，"出了问题你自己一个人担着。"

梁启没想到这一次经理能这么果敢，不由得对他那张早就看腻了的脸生出几分敬意。转瞬之后，这张胖嘟嘟的脸已然恢复了"你别搅了我一大早赶去菜市场买菜的雅兴"的表情。

不过，这副模样反倒更让梁启感到安心，看来经理这关没有阻碍。他正打算尽快从还穿着睡衣的吕经理手里要来改版许可，却见后者眼睛一闪，问道："这回打头阵的倒霉蛋是哪个？"

"南洋公学教习，张丰。"

"什么人……"

"就是您刚才所说的，一个倒霉蛋而已。"

"随便你吧。"

吕经理进到自己家里，过了一会儿，拿着一张亲笔写就、盖了名章的许可书给了梁启。

"小梁啊……"在许可书递给梁启的同时，吕经理竟一反常态，语重心长地说了半句，却又停顿下来。

空气中只剩带着蝉鸣的死寂。

梁启不想让气氛太尴尬，接过许可书，说要赶去印厂，不然一大早赶工的辛苦就白费了，然后便匆匆离开了。

加急上版手续顺利办完，拿了两份还未褪去铅火味的报纸从印厂出来，直接去往黄浦滩，找艘最快的野鸡渡船，过江去找那个"倒霉蛋"。

谭四你这个家伙……不管你这次葫芦里卖得是什么药，我这边的报道已经出来，你是成与不成都得和我绑在一起行动了。坐在野鸡渡船上颠簸过江的梁启，心里也和黄浦江一样波澜起伏。

一条黄浦江隔开两个世界。

浦西高楼广厦，沿着一条黄浦滩大道排开，尽显魔都本色。浦东却半是工厂半是蛮荒，运转的工厂冒着黑烟，不运转的工厂已然被藤蔓杂草重新攻占。浦东陆家嘴的黄浦江沿岸，倒是也有些新兴的工厂和西方列国的货运码头。

野鸡渡船偷偷借洋人的货运码头把客人放下，迅速逃回江上，就像从来没靠过岸一样。

渡了江的人们各有去向，多数是回尚存于浦东的村子，也有到浦东工厂上工的，只有梁启走进了码头边两家工厂高墙之间的夹道。夹道杂草丛生，湿漉漉的，让梁启心生厌弃。每次来这边都要走这条该死的路，真是让人不快。穿出夹道，是一条相对宽阔一些的路，可是刚才的压抑感一点儿也没有减轻，因为这里是坐落在浦东的外国坟山。坟山上满是死在远东上海的洋人的坟墓，墓碑一排排整整齐齐，由一座哥特式教堂守着，看上去更为阴郁。

绕过外国坟山，出现在眼前的便是目的地了，一座现如今看上去并不算大的蒸汽发电厂，也就是谭四的居所、据点、实验室，以及一切。

蒸汽发电厂外观很普通，常见的砖木结构三层坡顶楼，是二十年前英国人在这里盖起的一座用于试验的功率75马力的蒸汽发电厂，试验结束后即被遗弃，现在尽显沧桑破败。不过，这只是外观，里面却不尽然。三四年前来到上海的谭四发现此地后，立即修好了废弃多年的发电机，据为己用，并住在了发电厂里，而发电厂内部……

来找谭四不需要敲门，梁启走到蒸汽发电厂的厚重大门前，推开便进。

扑面而来还是那股带着硫黄味的热气，灌入耳朵的还是蒸汽发电机的隆隆声。

不过……这里给人的感觉却是无尽的冷寂。

曾经，好歹这座蒸汽发电厂里还有大招那孩子，咋咋呼呼没个消停，让人不会感觉到空对着硕大机械别无他物的寂寥。但是去年初的那一仗中，这孩子被活活烧死在江南制造总局的大院里。就是梁启"临阵脱逃"的那一仗，也是让梁启对谭四终究生出几分不满而一时间不愿意再有直接往来的那一仗。现如今，空荡荡的厂房里，一座被改造过的蒸汽发电机在闪着火光的锅炉驱动下拼命旋转，为什么东西源源不断地供着电能。

发电厂里没有开启宝贵的电气灯，全靠从高处几扇玻璃窗投射进来的几束昏黄光柱照明。因此，正对发电厂大门的锅炉炉门里，暗红色的炉火格外显眼。然而，炉门前……原先给锅炉添煤是大招那孩子的工作，可现在，煤还是堆在锅炉旁边，炉门一开一合地放着红光，整个发电厂里只有蒸汽机运转的隆隆声和发电机飞轮旋转的蜂鸣。

如此一想，梁启不禁冒出一身冷汗。

幸好尚有一分理性，他没有夺门而逃，而是蹑手蹑脚地经过灰暗厚重的灰砖石柱，向锅炉走去，想看个究竟。

沙沙的铲煤声也能听得一清二楚，当然仍旧没看到半点人影，只有……一支弯曲得怪异的机械臂？

原来是机械臂！

差点儿以为是发生了什么超自然事件……

这支机械臂的驱动杆固定在地面上，通过双摇杆机构带动被驱动杆做出动作。被驱动杆的顶端是一把铲子，准确地铲入煤堆，铲起一锹煤，平稳地送到锅炉炉门前。炉门两侧也各安装了一根曲柄摇杆，可以在恰当的时刻把炉门扒开，让机械臂将满满一锹煤抛入炉中。

左右两根曲柄摇杆就像两只淘气的精灵一样敏捷，机械臂则是兢兢业业、有条不紊地动作着。

那家伙从来没在乎过大招的有无吧！转眼间就能弄出这么一套机械来替代那个孩子。果然没看错他，真是一台冷血的机器！

"喂，你还要对着那台机械胳膊相面多久啊？"一个声音从发电厂内部搭起来的铁架二层传来。一个熟悉的声音，相当熟悉，就连这种冷嘲热讽的口气也再熟悉不过。"电力传动，消耗的电能远远低于发电机输出的电能,所以使用起来非常合算。好了,你还想看出什么新结论?"

练过武的人都是这种出场方式,悄无声息地出现,突然开口吓唬人……越发令人厌恶了!梁启朝声音传来的方向看去,那里已经没人。梁启立即转头——果不其然,谭四那家伙已经站在了自己身后。

"行呀,多日不见,变敏捷了。"

谭四笑吟吟的,怀里还抱着一只黄色长毛猫,一脸满不在乎的样子,就像两个人从来没有过什么心结,仍是偶然会面的朋友。

梁启心中叹了口气,又看向了他怀里那只猫,不禁想起些更久远的往事。前年的现在,自己还和谭四在租界的大街小巷一起找合适的野猫,去做猫电驱动的自行车。

"呵,你这是又要拿猫发电?"

"我要是说再不想用活体作为动力源,你信吗?"

"废话。"

谭四目光逼人,他怀里的猫却睡得安稳。

既然已经不得不主动过来,就不想让场面变得太尴尬。梁启努力让自己表情正常一些,向前一步,看了看那只黄猫,说:"这猫倒是乖,叫什么名字?"

"马玉。"

"啊?"

"就是中文的猫叫声嘛。"

"谁信啊!"

"领养过来时,好心的英国老太太就信了,还跟着学了好几声。"谭四左手抱着猫,右手摸了摸它的头,"是吧,玉玉?"

猫动了动尾巴,仍旧安稳。

看着谭四依旧若无其事的眼神,梁启叹了口气,说:"找你有正经事要说。"

"呵,我这个人还能做出您认可的正经事?"

谭四抱着猫,径自走开了。梁启干瞪着眼,一点儿脾气都没有,只能等着谭四把猫放到墙角的猫窝里，又走回来。

"说吧，什么正经事？最好有趣一些。"

"你肯定会喜欢的，亲爱的张丰先生——哦不，准确地说是张丰教习。"

"哎哟！"谭四一脸恶作剧被揭穿的表情。

"别装腔作势了。"梁启没好脸色地说，"我写的报道你不可能没看，看过就必然知道我当天就在现场，亲眼看着你摇身一变，成了什么美国马里兰大学留学归国的张丰。"

"梁大记者的雄文，当然是我等卑贱之人每日拜读的不二选择，怎么可能没有看过？那可是轰动全上海的报道。一代英杰钟天文离奇身亡，良知记者不畏惧追查到底——是不是这样的路数？"

"过誉了，梁某人只是做些分内事，远不如还要与净社恶势力周旋的张丰教习果敢勇武。哦，值得一提的是，我还特意为张丰教习印了些名片，怕净社那帮蠢货一时记不住教习的身份。"

语毕，梁启从马甲内兜里掏出了刚刚在印厂一同印出的名片，硬塞给他。

明显能看出谭四眼中一晃而过的迟疑，虽然只一瞬间就又恢复了常态，但还是被梁启捕捉到了。他感到十分满足。

谭四瞅了一眼名片，再加上刚才梁启所说的话，立刻猜出六七成，便煞有介事地说："哦，那这位张丰教习可真是平白无故成了倒霉蛋，成了您梁大记者的枪。"

"唱双簧嘛，总要有一个人站在前面表演吧。况且这位张丰教习的一身本领也不是盖的，梁某人是对他一万个信任才肯邀他打头阵。"

"这也能叫'邀'？"谭四把那张名片在指尖利落地旋转了一圈，露出张丰的头衔：南洋公学机械特科教习。"头衔都写错了。"

"难不成你还没正式入职？"

"入不入职你觉得我会在意吗？"

"这事我也无所谓，你看我的。"梁启又掏出一套名片，给了谭四一张。

名片上写着"雅世律师事务所见习——李同"。

"哈，好啊，咱俩这姓正好配出一个词。"

"张冠李戴。"两人异口同声说道。

谭四拿着名片又看了看，撇着嘴说："这事儿可就热闹了，你是觉得净社和钟天文的死有关，才急匆匆地编排了这一出吧。"

见气氛已经严肃，梁启不再兜圈子，把前一天夜里和黄樟在机械特科中栋见到的情况讲了一遍。谭四听得津津有味。听到傻山背锅炉，他不禁惊讶不已，显然还特意掂量了一下自己的负重能力，露出了认输的笑容。

"到底净社在整个事件中是什么作用，真叫人看不明白。"

"确实十分微妙，那么你觉得范世雅也脱不开干系？"

"既然不能证明没关系，那不如顺便试他一试。"

说着，梁启把那两份刚刚印好的报纸交给了谭四。谭四拿过报纸瞅了瞅，心里更有数了。

"什么时候开始？"

"越快越好，不妨就今天。"

"不用这么着急，况且今天我还约了朋友。"

"朋友……"梁启难以置信地看着谭四。他竟然还能有朋友，或者说，没有透露过姓名的其他朋友？

"不至于这么大惊小怪吧。"谭四面带微笑看着梁启，"你不也为我带来一个新朋友吗？怎么也不介绍？不过，这位朋友抽文明烟抽得太凶了，也是够呛的。"

"啊？！"梁启愣了一下才明白谭四这话是什么意思，一身冷汗地往发电厂的窗外看。钟天文尸体被运走后带钩桥暗处里烟头火星的记忆再度浮现。

"别看了，早就走了。最近要折腾的事可是够多的。"

话是这么说，谭四的语气里却满是不在乎。

此时，玉玉醒了，或者说是想起来活动活动，从猫窝里钻出来，长长地伸了一个懒腰，优雅地走回到谭四身边，没有像一般的猫那样蹭蹭人脚，只是喵地叫了一声，就又走远。

"净社的事，就算是我上了你的套。不过，头阵要你来打。"

"这不可能，我已经计……"

"你觉得你应付得了净社那帮流氓？"谭四不等梁启说完，"别托大了，你就踏踏实实把自己想要的关系都弄到手吧，后面的收尾工作你根本搞不定。"

确实没错……梁启无助地低下了头。

"行了，我去喂猫。你随便转转，愿意看什么就看什么吧，我没你那么小气。"

"……"

谭四忽然又回头说："千万别动那边的机械臂，小心把你的辫子卷进去。也别动蒸汽阀门，别动锅炉炉门，别动电线线圈，别动韦斯登收报机，别动……"

"够了！"

"哈哈哈，别动那些东西，其他的随便看。"

谭四已经摆摆手走远了。

不对，梁启不禁啧了一下，自己这是怎么搞的，连为何伪装"张丰"这个问题都没问出口，一见这家伙就只能被糊弄得团团转。

梁启走后不久，天就渐渐飘起了冰冷的细雨。

谭四把早就准备好却没来得及展示的机械组电源关掉，又检查了一遍有没有漏掉什么操作，便把工作间的门关紧，以防马玉钻进去捣乱，随后提了一包东西，同样离开了发电厂。

外面下着细雨，谭四撑起伞，挎着包，向发电厂门前的树林走去。

树林朦胧阴暗。

这里原本是一片野树林，没有路。而从去年新年之后，一条小径渐渐形成了。

走到树林深处，出现一片空地。空地显然刚辟出来，砍掉了原来的树，又清掉了树墩。空地里只有两座姑且算得上有墓碑的墓。两座墓的样式大不相同。一座算是中规中矩，一个坟包，前面立着木牌当作墓碑，木牌上刻着"通州刘龙之墓"。另一座却只能以"怪异"形容，一台巨大的战斗机械瘫坐在那里，比它前面的墓碑和少许稀奇古怪的贡品更引人注意。那台战斗机械方头方脑，只能看清身下破损不堪的履带和左右两条机械臂，其余部分全被烧痕和锈迹掩盖，破败得不成样子。

谭四打着伞，蹲到同样用木牌代替的墓碑前。木牌上空空如也，只有雨水侵蚀出的斑驳痕迹，没有墓主名字，也没有墓志。

谭四蹲在那里，发了好一阵子呆，才从包里掏出一样东西，平平整整地摆到木牌前的贡盘上。

是一个样子古怪的扳手。

"又做了个新的。"摆好后，谭四低声说道。

"哈！侠骨柔情啊。那小子是叫'大招'吧，你就连个正经墓碑都不给人家弄一个？"

"你的功夫真是一点儿长进都没有，大老远就听见脚步声了。"

谭四不急回身，给扳手支上了一把特制的小号雨伞，才站了起来。

身后这人个子不高，没有打伞，穿着一身邋邋遢遢、敞胸露怀的大袖子长衫，脑袋像个还俗了的和尚，没有辫子，也不刮头，只有一层刺一样硬邦邦的发茬。

"我还需要会功夫？"

这个流浪汉一样的人把手揣到怀里，搓着泥垢回了一句。

说得没错，谭四也是无奈，只好随口问："你来这儿干吗？"

流浪汉向刘龙的墓一努嘴，说："好歹也是杀了七次才死在我的刀下的英雄。"

"是半把剪刀，算不上什么刀。"

"你来试试？"

"我可不干傻事。"

这家伙名叫胜七，真名是什么没人知道，他从荒江那里悟出了一套"胜七领域"的算法，因此得了这个名字。所谓"胜七领域"，是一种神奇的概率。他总能找到一个时刻，无论做什么都能连胜七次。这当然也包括和人决斗。因此，无论对方是多厉害的高手，在完全不会武功的胜七面前都是死路一条——不，是七条。

胜七当然无意争斗，他只是一个嗜赌如命的赌徒而已，没有嗜血的癖好。他走到刘龙的墓前，静默着站了一会儿，像是哀悼，更像是在缅怀，如同一个赌徒在回味一场豪赌。

"这个刘龙是你师弟？他也算是救了你的命吧，当初我是去取你性命的。真搞不清你们这帮练武的人，他把你打了个半死，结果轮到我出马，又拼了命地保护你。"

"行了，今天你怎么这么多话？连个祭品都不带，也敢说是清明扫墓？啰唆完了赶紧走吧。"

"哦？我都忘了今天是清明。"

"我也刚想起来。"

"你这烂嘴我早晚拿剪子给你剪了。"

"就半拉剪子，那不叫剪。"

"……"

两人又在细雨中无言地站着，整个树林逐渐阴沉下来。

"呃……对了，"胜七像是做完了祷告一样，又开口说话，"刚才我过来的时候，遇到个嘴里叼着烟卷的家伙，明显不是什么善茬。"

"哟？胜大侠什么时候变得这么会关心人了？"

胜七没好气地"呸"了一声。

不过谭四倒不总是这样无休止地揶揄别人，他忽然一本正经地说："今后倒是有一件事想求你帮忙。"

"好家伙，谭大侠竟然还有事来求我？"

谭四只是微微笑着。

"行，只要能让我觉得有趣就行。"

"一言为定。"

"一言为定？你想得倒挺美，看本大爷心情吧。"

胜七两只手都已经揣到怀里，看样子是打算离开了，但他突然身形一顿，悄悄凑到谭四身边，低声说："喂，好像有人过来了。"

"……您才察觉啊。"

谭四的笑声一下打破了紧张气氛。

从树林里走出一个打着伞、穿着条纹衬衫和背带裤的年轻洋人。

"喊，还是一个洋人，你又搞什么鬼呢？"

"既然被你发现——"谭四走到那个洋人身边，说了两句英语，又转回身来和胜七说，"我还是来主动介绍一下吧。这位是来自美国的有为青年：雨果，雨果·根斯巴克。他是法国大文豪凡尔纳的书迷，所以他要效仿小说情节，来一次环球旅行。"

"真是鬼扯……"

谭四又跟那个洋人说了两句，洋人一脸认真地用胜七听不懂的英语说着什么。

"他说这不是幻想，靠双手就能实现。算了，跟你解释这些你也听不懂。反正就是他刚好来了上海，刚好坊间传说他最擅长做蓄电池，刚好我急需大量的新式蓄电池，刚好……"

"得了得了，头都大了。你还真是结交甚广啊，我才不管你那什么狗屁蓄水池，有时间好好打理打理你那俩兄弟的墓碑才是正经事。"

胜七摆着手，不耐烦地从他俩身边走过，在飘着细雨的清明暮色中渐渐走远。而那个年轻的雨果，此时也只是看着大招墓上的废弃机甲入了迷。

"那都是上个世纪的玩意儿了，我有好几套机械组等着试电，抓紧时间吧。"

雨果看着废弃机甲，恋恋不舍地点点头。

"你带没带那个手套？"谭四忽然又回头问道，同时双手握拳，在面前挥了挥，"来切磋切磋你们美国的拳击术。"

茶阵

虽说是打头阵，但只要是和净社相关，就还是一块硬骨头啊！

第二天中午，梁启到了报馆，开始准备去净社的必要材料。同僚们自然都看到了梁启增补的报道，这是报人们惯用的手段，可报道对象是净社，所有人都只是在心中呵呵一笑，等着看热闹了。

就在梁启给自己鼓足了劲，准备出发时，吕经理上来了。

吕经理上下打量梁启一番，立即明白是要换梁启来打头阵，开口要说什么，却又咽了回去，只是堆出一脸讨好的笑容说："小梁啊，今晚我家烧鱼，来吃，一定要来啊。要来啊！"

这话说的，就像今天肯定回不来了一样！

梁启没好气地出了报馆，叫了一辆人力车，前往吴淞江垃圾桥。

垃圾桥因为桥边的垃圾处理站而得名。随着人口日益增多，暴增的日常垃圾已经让公共租界不堪重负，于是公共租界在核心区域边界上修了专门运走垃圾的垃圾处理站和垃圾码头。而在它旁边，正是这座名字不好听的跨江大桥：垃圾桥。光绪三十二年（1906），英国人的电气公司开设了有轨电车，而电车要经垃圾桥过江，于是旧桥被改建成了气派的钢结构大桥。铛铛作响的有轨电车竟然就这样和垃圾站产生了联系。

在垃圾站的对面，吴淞江的北岸，公共租界的核心管辖区之外，就是净社总社所在了。

人力车夫说什么也不肯过桥，梁启只好在垃圾桥的南端下车，沿着有轨电车轨道边的步道过桥。

说实话，没有谁会乐意去观察净社总社，因为它长得实在怪异吓人。而从垃圾桥上望去，却刚好能看个清楚。

净社源于青帮，兴于水上，其总社自然离不开水。

吴淞江北岸，垃圾桥一角，建起一座外形骇人的畸形大船屋。或者更准确地说，不是船屋，而应该称为水寨。

在四周全是舢板小船改建成的船屋的包裹下，十艘大型沙船联排组成三角形阵列。沙船去掉最引以为豪的桅杆，把甲板连成一片。新的甲板上盖起了造型浮夸的木楼。木楼就像是拿许多木头牌坊搭起来的一样，四处都可以看到挑出楼顶高高低低毫无规律的木柱。这种如同把插错了的鲁班锁硬堆到一起的建筑风格，应该是从一开始就缺乏规划，后来又不断扩建的结果。不过，引人注目的远不止于此。不知道从什么时候开始，净社总社的拼装船楼中央长出了四根乌黑烟囱，烟囱里冒出滚滚黑烟，从来就没中断过。随着黑烟向天空滚动的节奏，整个水寨的下面还会翻滚出不小的水浪。如此扰动从何而来，不得而知。水寨下面到底还有什么，更不得而知。

一辆有轨电车"铛铛铛"地响着铃从梁启身边驶过。梁启走到垃圾桥尽头，下了桥，再一转，就到了净社总社的水寨码头前。

实际上，站到水寨码头前，反倒并不能直接看到净社总社的那头水上怪兽。这个码头弄得像香火很旺的关帝庙一样，半围着江边的围墙。

水寨的大门肆无忌惮地敞开着，左右有两名大汉把守，就像庙门口的哼哈二将一样凶恶。只不过，他们显然是在训练有素地偷懒，一个在打盹，一个在抠脚。

这一日的阳光出奇地好，鲜有的明媚初春，净社总社门前再无旁人。带着一丁点儿暖意的风拂过那两个大汉，梁启与他们没有一丝目光交错，但他仿佛听到无尽的浪声重叠，感到一片肃杀。

就算已经打过一百次腹稿，梁启还是先深呼吸了好几次，才终于迈开步子，踏出走向净社总社大门的第一步。脚将落未落时，抠脚大汉就已经抬起了眼皮，打盹的似乎也一下醒了，梁启定在原地，两名大汉立即站了起来，吓得梁启赶紧收脚，倒退几步，比刚才还要远了几分，差点儿坐到地上。

梁启正打算就此逃跑了事，才意识到两名大汉实际上根本没有把自己放在眼里，他们站起来，是因为从总社内部出来了人。或者说那家伙根本不知道是从哪里冒出来的，让两个大汉立即不再慵懒，假装一本正经站好了自己的岗位。

梁启下意识地微微后退，用力咽着唾沫，开始后悔为什么偏要找这种麻烦。逃与不逃皆已来不及，从门里走出来的家伙用犀利如钩的目光紧紧锁定了他。他只好强忍着颤抖，换上笑脸，看向来人。

真是一个用全身邋遢诠释着什么叫作正牌流氓的家伙。那人只穿了一件水手蓝马甲，根本没有系扣子，袒胸露肚，露出腰间挂着的一把钥匙……不对，是一根尾端带环的乌黑六棱铁钉，看上去相当恐怖。没戴瓜皮帽，辫子胡乱一扎，后脑的头发蓬乱得实在不像话，倒是脑门光溜溜的，再加上嘴唇左右两边留着两撇小胡子，简直就是一个泥鳅头。但这些都不如他左耳朵豁开的一个大口子引人注目，看着那道口子，让人不由得揪心剩下的半个耳朵会不会一不留神就被撕掉。

梁启看到这家伙的耳朵，立即意识到这个泥鳅头是怎样的人物：净社的二头目——耳朵赵。

竟然第一场交锋就直接遇到二号人物，梁启生出一种不妨任由他人宰割的放弃感。

就在梁启迟疑之际，耳朵赵步伐轻盈，两步就走到了他面前，一个诡邪的微笑之后，甚是阴阳怪气地问："这位先生，是有事找我们净社？不妨里面请吧。"

已经毫无退路，梁启调整了一下呼吸，也说了一声"请"，就跟着耳朵赵，在两名装模作样的大汉眼皮底下，进了大门，登上浮桥，向水上的这座庞然大物走去。

对于普通老百姓来说，恐怕没有谁会希望自己只身进到净社总社里面。而真的进来了，梁启才发现，这里面要比自己想象的还要更恶劣。不夸张地形容，就如同放大了的老鼠洞。

只有到了水上，才会明白不摇晃的陆地是多么难能可贵。

脚下的地板永无停歇地吱嘎作响，晃来晃去。这且不说，这个净社总社的内部连一条算得上给人走的通道都没有。全是木板和木板夹缝之间的夹道，好一点的带上一扇快要脱落的木门或者栅栏门。夹道里点着作用不大的油灯，熏出奇怪的味道，和汗臭味、硫黄味、霉味混在一起。

在这样的夹道中，偶尔会遇到些坐卧其间的人，同样邋里邋遢，没个正形。不过，看到耳朵赵走来，多数会立刻站起给耳朵赵行礼让行。但也有不开眼或者没注意到的，躺在路中间睡着了，或者几个人正围着赌钱甚欢，耳朵赵会直接把他们一脚踢开。耳朵赵下脚之狠，从那些被踢一脚就爬不起来的家伙的痛苦呻吟声中就能真切体会到了。同时，耳朵赵抓壮丁一样在路上随便拎了三个人同行。三人默契地与耳朵赵保持一段距离，走在梁启身后，就像押送犯人一样。

搞不清到底转过了几道弯，又穿过了几间不明不白、昏暗腥臭的房间，耳朵赵终于停在了一扇破破烂烂的木门前，跟在梁启身后的三个人立即拥了上来。可怜的木门像是要给拆下来一样被三个人七手八脚地打开。门内是一间看上去还算宽敞的房间，没有窗，不知道在水寨中的具体位置。

耳朵赵率先进屋，坐到方桌旁，使了个眼神，临时跟班三人组立即跑出房间，到隔壁折腾片刻，端了茶壶和几只茶碗过来。

"坐啊。"耳朵赵朝着梁启挤出两个字。

梁启赶紧坐到了方桌一旁原本就有的凳子上，看着三个人在桌上摆茶碗。

茶碗一共四盏，都倒满了茶，茶壶没有摆在桌上，三盏茶碗摆成一线，另有一盏摆在线的左下角。茶碗摆好后,耳朵赵示意梁启喝茶。

这是……茶阵啊!

见到茶阵,梁启冷汗冒个不停。

怪不得耳朵赵一直也没问自己到底来此何意,原来是要先过茶阵这一关。这可是最要命的事了。如果破不了阵,拿错了茶碗喝错了茶,很有可能是代表要决斗的意思。然而自己根本不是道上的人,一介书生竟自不量力跑来冒这种险……

后悔已无用,临时跟班三人组显然严阵以待,挡住所有的逃跑路线。现在再看这房间,不知是不是心理作用,那种腥臭味竟也有了几分血腥气。难不成破不了茶阵的人,直接就死在这里?

算了,算了。

僵着是死,拿错了也是死,横竖完蛋,不如大胆推断一下。

梁启咬了咬牙,好让自己冷静下来,以免因为心神不宁而分析有误。他定睛仔细观察桌上摆放的茶碗。

按照帮会的知识量来判断,虽说茶阵充满玄机,但根本跑不出老三样的范畴——三国、水浒、八仙。眼下是四盏茶碗,基本上可以过滤掉八仙的隐喻。而水浒中耳熟能详的四兄弟故事,似乎也没有,因此这个茶阵最大可能是三国故事。三国故事里,桃园三结义是帮会最喜欢的,三盏茶碗排成一线,恐怕就是刘关张,那歪出来的一盏代表了什么呢?寓意自己是净社三顾茅庐请来的诸葛亮?不可能,这个耳朵赵显然是一个自命不凡的家伙,怎么可能承认其他人是诸葛亮。那么……就是赵云了?也不可能啊,自己何德何能当得了赵云?难道是——三英战吕布?!更不妙了,那岂不是无论怎么摆都是死吗?不对,三英战吕布的话,应该是围起来才对,三只碗摆在一条线上显然不对劲。

不行,管不了那么多了。反正玄机必然就在单独的那一碗茶上,梁启抬起手,伸向那碗茶。

"嗯?"耳朵赵拉着长声一哼。

梁启的冷汗冒得更凶,但既然手已经伸出,只好一不做二不休,按照一开始的想法,把那碗茶推进了线上。

整个房间顿时悄无声息,一片死寂,所有人似乎都屏住了呼吸,等待接下来应该发生的事情。

大概定格了两秒钟,所有人都没有动作,只有耳朵赵似笑非笑地看着自己。梁启完全不知所措。

对了,茶阵必须要挑一碗茶来喝,不喝茶不算结束。

本以为安全着陆的梁启,一下子感觉自己又站回到悬崖边……别无选择,只好迅速把刚才那碗也搞不清楚到底是代表诸葛亮、赵云,还是吕布的茶,端了起来,仰脖一饮而尽。

就在仰脖的同时,梁启忽然后悔起自己做出的动作。喉咙完全暴露在外,这个时候无论谁下手,自己都是一击毙命的下场。在喝下冰凉苦涩的茶的一瞬,梁启脑中已然浮现出自己喉咙被割开、血喷一丈、倒地抽搐的惨状。

"哈哈哈哈!"

死寂突然就被耳朵赵炸裂般的大笑撕得粉碎。

梁启喝完了茶,茶碗在手中端着,全身僵直。

耳朵赵大笑之后,一副得意扬扬的泥鳅样子,说:"这位先生,你太有意思了!我们是文明帮会,怎么会搞什么茶阵?老土呀!看先生你紧张的,口渴的话随便喝就好了,茶水我们净社管够。哈哈哈哈!"

"哈……"

梁启终于挤出一声干笑。

大概这就算是过了第一关吧……

"赵老板,"见耳朵赵不再大笑,其余三个人也跟着静了下来,梁启便展开了此行的真正攻势,"小弟我……"

"好,很好,你怎么知道我姓赵?"耳朵赵语气平和,但一双泥鳅眼犀利地盯着梁启,几乎要将他刺得千疮百孔。

"赵老板声名远扬,咱大上海哪个不认识您赵老板?哪个敢不认识您赵老板?"

耳朵赵只是哼了一声，捋了捋泥鳅胡子，说："还算懂事。那你叫什么名字来着？"

"这是我的名片。"

耳朵赵不耐烦地把名片捏起来看。他刚皱着眉头拿到眼前，身边临时跟班三人组中的一个就立即上前一步，照着名片上的字读："李……李同。"

话音未落，耳朵赵不知怎的突然爆起脾气，回身就给那家伙一顿胖揍，揍完骂了一句："就他妈你认识字？！"然后坐回方桌旁，似笑非笑地看着脸上有几分紧张的梁启，说，"让李先生见笑了，我的这帮手下，一天到晚没大没小，张嘴就胡说八道。你可能不清楚，我这个人啊，就他妈的烦那种只会动动嘴皮子，根本干不出漂亮事的废物。"

说着，耳朵赵把名片扔回桌上，用食指敲了敲卡片上的字。没等他开口，梁启马上把话接上，说："小弟是雅世律师事务所的见习。"

"律师？又他妈的是什么玩意儿？"耳朵赵回头去问。

刚挨过一顿揍的家伙，还在留着鼻血，忽然被问到，立刻慌了神，用袖子擦了两下鼻血，带着鼻音回答道："就是讼师吧。"

"比较类似，但主要管咱们华人和洋人打官司。"

"我们需要打官司？"耳朵赵再次回头对着三人说。

三人一同用哈哈的笑声让耳朵赵的问话变得更具嘲讽意味。

"您在一个月前，为咱们华人做了大好事，让混蛋洋人尝到了应得的苦头。"

梁启忽然这么说，耳朵赵一时没反应过来说的是哪件事，把泥鳅眼瞪睁得溜圆。

"就是找麦森远洋公司讨回公道那次。"

耳朵赵呵了一声，似乎是想起了那档子事，没有打断梁启，让他继续。

"赵老板和咱们净社是做大事的，这件大事咱们做得漂亮，也给咱们中国人长了志气。不过呢，做大事总是会不小心忘了些小人物。小弟最近这几个星期，就一直在受理麦森远洋公司事件的后续赔偿个案。"

"个案？"

"就是一些您看不上眼的小百姓索赔的案子。"

"那又怎样？"

"这不，帮他们要来了钱之后，他们还专门写了表扬信。"梁启从包里掏出一沓信件，相当有说服力地放在桌上，"就让小弟给您读几封。"

"他妈的表扬你们的信，给我读个屁啊！"

"您一听就知道了，"耳朵赵一暴躁，梁启被吓得不轻，但还是硬着头皮开始读信，"'首先要感谢的是敢于为我们小老百姓出头撑腰的净社。'"

"净社"二字一出，果然收到效果。暴躁的耳朵赵松了眉头，就像原本恶狠狠炸着毛、全身紧绷的野猫被忽然摸了下巴一样。

梁启像是受到了鼓舞，又挑出几封信读了起来。

"'为民族争了一口气，净社好样的！''让洋鬼子们吃屎去吧，净社！''净……'"

"停！刚才那封说是让谁去吃屎？"

耳朵赵一把将信抢了过去，看了看又觉得头疼，扔回了桌上。

"当然是让洋鬼子们吃屎了。我再接着读几封给您听……"

梁启继续读下去，读到耳朵赵的耐心即将再次耗光，他忽然话锋一转，说："可是，就在今天，有这么一份报纸，竟然刊登了一篇不太和谐的文章。"

语毕，他把报纸也从包中掏出，展开在耳朵赵面前。

耳朵赵跷起二郎腿，又哼了一声，一把抄起报纸，举在面前，瞅了两眼，不耐烦地塞给了鼻血，呵斥一声，让他读给自己听。

鼻血用袖子使劲擦了擦鼻子，凑近了报纸，也皱起眉头，卖力酝酿了许久，开始一个字一个字地读了起来。

"星……星星日、报！光、光、光者三十三年！二……"

"操！憋了半天就放出一个蔫儿屁。读这些屁玩意儿干嘛？你没明白我们亲爱的拐弯抹角李先生的意思吗？这他妈的报纸上绝对他妈的有我们的报道，读有我们的！"

"啊？"鼻血慌了神，开始在报纸上四处乱看，显然根本不知道净社的报道写在哪里。

"滚滚滚！"耳朵赵一把将鼻血打到一边，抓起报纸扔给梁启，"就是这样一帮废物，你自己读。"

梁启这一天都在体会着什么叫做如履薄冰，不过接下来冰层将更薄。梁启也酝酿了片刻，主要是酝酿出新的一份勇气来，随后刻意不紧不慢地读起了自己写的文章。

当梁启读到报道中提及净社可能在和麦森远洋公司私下勾连，合谋讹总公司银子时，耳朵赵不出所料地拍着桌子又发起火来。

"他妈的，我们忙里忙外不都是为了咱大清国，为了咱大清国的子民吗？你们说对不对？"

"对！"

"对！"

"对！"站着的三个人就像屋里有回音一样，轮番应和。

这样的反应，正中梁启下怀。

"小弟这次来，就是为了此事。说真的，现在的报馆简直都没了良知，毫无根据的东西就敢随便乱写，根本就是恶意中伤！"

"谁受重伤了？"耳朵赵满眼嗜血的兴奋。

"没有没有，小弟的意思是，咱们不能坐视不管。可能赵老板看不上眼，但这个《新新日报》在前几天刚刚抢了钟天文命案的首发，简直是大红大紫，现在几乎要比《申报》还有影响力。他们的话，不容小觑啊。"

"谁他妈的会去看什么狗屁报纸？连张画都没有。"

"不过，他们最近经常在往康脑脱路（今名康定路，位于上海市静安区，1906年由上海公共租界工部局修筑）那边跑。据小弟的内线说，他们打听到关于那边的一张什么地契的消息，要在上面做些文章。"

一瞬间，包括鼻血在内的三个人一拥而上，七手八脚把梁启按在了地上。

果然全中了,梁启脸死死贴在地上,心中却没了恐惧,只剩下对接下来每一步棋的盘算。

耳朵赵缓缓起身,摘下腰间那根可怕的铁钉,在手里耍着,蹲到梁启旁边。

"李先生,"耳朵赵用六棱铁钉啪啪地拍了拍梁启的脸,"你知道刚才都说了些什么吗?"

那铁钉上还能感到耳朵赵温热的体温,梁启感到一阵恶寒。

被压得太死,梁启挣扎了几次都开不了口。大概多少还想听听他死前的求饶,耳朵赵示意松开一点,让他说话。

梁启大口喘了许久的气后,微微抬起头来说:"赵老板,是您误会了,那些是他们报馆的人在……"

"那又如何?"耳朵赵打断了梁启的辩解,"叫几个兄弟直接把那个什么玩意儿报馆给掀了不就结了?至于你李先生,直接沉到吴淞江里我看是最让人放心的。"

"您不知道报馆都会串稿子吗?"

两年前谭四弄起来的W实业比报馆私下串稿子更可怕,只不过,那东西当然不能暴露,况且现在还存在各种问题,没有调试成功……

"特别是《苏报》被端了之后,"梁启继续说着,"各家报馆都警惕起来,就是怕再出现一家报馆被端掉,稿子就死了的惨剧。"

"这家伙说了一大堆什么乱七八糟的东西?是不是傻了?"耳朵赵拎着梁启的辫子,让他脑袋完全扬了起来。

"二当家的,"鼻血再次不知死地插话,"他的意思好像是说……"

"报馆已经连成一片了。"梁启努力抢话,"要想暴力封锁一个消息,就得把全上海所有报馆统统端了,不然……"

听到这里,耳朵赵算是明白了,猛地松开了梁启的辫子,重新蹲到他面前,用变得冰冷的六棱铁钉拍了拍他的脸,问:"所以,李先生,你来的意思是打算要挟我们净社咯?"

"当然不是了!赵老板您误会了。小弟是和咱们净社站在一头的。

净社为了大清国，为了我们这些老百姓，做了那么多的好事，付出了那么多的牺牲。况且，况且小弟所在的律师事务所，就是专门摆平这种事的。"被按在地上的梁启用尽可能快的语速说，"就算当年的四明公所事件（19世纪发生在上海法租界，由于征地筑路迁坟引起的法租界公董局与宁波同乡会之间的中外流血冲突事件，前后共发生两次，分别在1873年和1898年），要是有我们出马，都不用流血，走动走动就能把事给铲了。我们有信心给您把事办得漂漂亮亮，让净社从此变得更光辉耀眼，当上民族脊梁。"

耳朵赵笑了起来，声音在封闭的房间里格外刺耳，笑声中三人慌忙收手。如释重负的梁启，挣扎着从地上爬起来，扭了扭胳膊，疼得耐不住呻吟了两声才坐了起来。

"李先生，坐到凳子上来。地板太潮了，坐久了会生病。"

梁启爬回到凳子上坐下，重新整理出一副笑容，面向收回了铁钉坐下的耳朵赵，说："赵老板，这点小事，都包在小弟身上便是。"

"说吧，你这般周折，到底是想要什么好处？"

"赵老板果然是明事理的大人物，那小弟就斗胆说了。"

"请。"

"我们把这事给铲了以后，也劳烦净社各位大爷多照应着点我们小小的事务所。"

听后，耳朵赵却只是哼了一声，把鼻血又招呼到身边，阴阳怪气地说："他说要咱们照应着他们的事务所。"

"真是癞蛤蟆想吃天鹅肉。"鼻血赶紧附和着说。

"呸！"耳朵赵毫不留情地又扇了鼻血一巴掌，骂道，"真他妈的是个狗屎脑袋。"

鼻血不知道自己到底又说错了什么，吓得连连后退，不敢吱声。

面露狰狞的耳朵赵扭回头看向梁启的瞬间，又换回了那副让人毛骨悚然的笑脸。

"李先生，你这话就奇怪了。你们的老板是大名鼎鼎的范世雅吧？

这样的大人物还需要我们照应？"

"看您说的，我们老板和您比起来还不是一个地下一个天上？更何况……最近钟天文死于非命，我们老板当然想找个靠山。"

耳朵赵拉着长音，"哦"了一声，笑了。

"不过……"梁启顿了顿，"小弟还有一事求。"

"讲。"

"公共租界的新区地契纠纷，因为有了四明公所惨案这一前车之鉴，多少也是华人里相当敏感的话题，所以……"

"别他妈支支吾吾的！有屁赶紧放。"

"所以小弟想找净社求个人，算是在办事上能有个震慑。"

随后，梁启把傻山的外貌特征描述一番。耳朵赵显然没有认真听，或者说做出了一副不需要自己认真听的姿态，等着手下过来告诉自己到底他要的人是谁。

三个人你看看我，我看看你，结果还是把鼻血推了出来。鼻血咧着嘴，跟跟跄跄地过来，赶紧俯到耳朵赵耳边说了两句。

"哈哈哈哈！原来要的是他呀。小老弟，你还真有眼光。就凭你这眼光，我就信你了。你们几个，带他去领人，好好交代清楚，别给我添堵。"耳朵赵站起了身，"今天这茶喝得有点儿意思，李先生，希望我们以后还有缘能再坐下来喝完茶。告辞。"

目送耳朵赵出了这间泛着鱼腥味的密闭房间后，梁启终于长吁了一口气，差点儿瘫坐到地上。

书场

终于得到傻山了。

梁启暗自庆贺了一下，但也觉得好像哪里不大对劲……

更不对劲的是，这个傻山恐怕是真傻。自从那天被梁启和跟班三人组一起领了出来，他就一直没离开过梁启左右。

傻山在净社总社里有自己的房间，在底舱深处。按常识来说，能在总社有自己房间的都是干部，即便是底舱，那也不容小觑。只是或许因为脑子不灵光，他那间小屋里就如同牢房一样空无一物，连一张床都没有，更不用说那个被驮回来的锅炉的蛛丝马迹。再加上整个工作交代，只是鼻血说了一句"二当家让你这段时间跟着这家伙走"，傻山痴呆地"嗯"了一声就结束。看来想要从这个人身上突破，还要从长计议了。

只是这"从长"，真是有些要命了。

傻山的外貌过于招摇，走在大街上毫不意外地引来众人瞩目。这一点，让惯于躲在安全角落暗中观察的梁启大为不适。原本只是打算有个可以多接触傻山的机会，从他嘴里能套出些线索，结果谁会想到是这样。更可怕的是，傻山这家伙居然到了晚上还跟梁启一起回了他租住的公寓。

"晚上你不回船上吗？！"梁启忍无可忍。

傻山却毫无反应，只有被吓得四处乱窜的路人、街边哭起来的小孩、躲在屋里关着窗子大骂的妇人。

进了石库门，刚才的嘈乱把房东老头都招了出来，结果一冒头就看到这样一个怪物，也着实被吓得不轻。

房东老头被吓得腿软，倒是难得一见的妙景，多少让梁启的心情好了一点，便顾不了其他房客的怒目，带着傻山上了楼梯。傻山沉重的脚步踩在吱嘎作响的木质楼梯上，真是让人备感担心。

上了二楼，走廊极为狭窄，房东老头恨恨地在背后戳着梁启，用极低的声音咬牙切齿地说："你记着，等这家伙不在你身边的时候，有你好看。房租涨一倍。"说完，他迅速逃回了自己的房间，锁紧了房门。

随便吧，梁启没好气地打开了自己的房门。

"我就住这儿。"

没反应。

"床就一张，你看着办吧。"

"扑通"一声闷响，伴着房东老头又骂了几句的杂音，傻山已经倒在了房间正中央，一翻身，睡着了。

这样的人，真的能成干部吗……

梁启小心翼翼地爬到自己床上，极为不安地合上了眼。

和傻山相处，简直可以称为一门难以钻研的技艺了。这个人几乎不说话，只是在必要的时候说一声"好""嗯""什么""知道了"之类，完全不知道他到底有没有想法。也怪不得净社的人会如此放心，放傻山出来。这样一想，真不知道傻山和自己哪个更傻了。

只是时间不等人，既已如此，便按计划进行下一步的部署好了。至于傻山，只好徐而图之，碰碰运气了。

计划继续。

计划第一步：在房间里睡上一整天。

虽然多了傻山如雷般的鼾声，梁启还是坚持下去，一直扛到第二天太阳偏西才终于从床上爬起来——第一步终于完美完成。

计划的第二步则是要为"浦东有能人"的坊间传言开始做铺垫。

造舆论本来就是报馆的分内事,更何况这种双簧戏梁启唱得多了,可谓轻车熟路。可是现在情况略有不同,身边多了一个形影不离的傻山……

报馆是去不了了,而且这次的对象是净社,靠报纸来传播舆论确实效率大打折扣,那帮乌合之众根本不会看报纸。因此,在傻山跟着一起回了住处之后,梁启就开始思考该如何应对。

去满桂香书场。

满桂香书场在四马路与三马路之间,和一品香饭店在同一个里弄内,和英国人盖的跑马场隔着一条泥城浜遥相呼应。它其实只是上海上百个大小书场中的一个,光看规模毫不出奇,比起天乐窝、小广寒那种响当当的大书场来,更显些许寒酸。然而,现如今就算是那些大书场,都会对满桂香眼红,因为他们从四马路一家妓馆挖到了宝——在妓馆中无人光顾,却在书场一夜蹿红,这位红遍上海的女说书,便是妙卿。

妙卿算是梁启的老相识了,在梁启还是初出茅庐的报界新人时,他就常去她所在的妓馆,直入她的房间。不过,他们并非那种关系,因为梁启在妓馆是办正经事的。在上海,妓馆的规矩严密,进了屋拉了帘子,其他人就绝不许再进,所以各界人士有了在妓馆房间里谈事的习惯。而那时的梁启,正是抓准这个规律,每日起早贪黑蹲在妙卿房间里偷听其他房间的谈话,书写当日新闻。

那都是两年多前的事了,谁也没想到妙卿竟然能在其他方面蹿红。有着老交情的梁启,自然也会时常光顾满桂香,只是因为妙卿有了许多金主打赏,他怕误了她生意,几乎没再搭过话。

梁启是掐好时间来满桂香的。泥城浜河边本就是让那些有钱的华人跑马耀武扬威的街道,此时更少不了华丽的马车停在街边。这些人或许是去一品香吃大餐,但更可能是前来满桂香听书的。

满桂香门前支起看板,看板上大幅张贴画,画着妙卿曼妙的容姿,也写着妙卿的大名和今晚的篇目《隔壁王生》。

原来这场要讲妙卿的名篇,怪不得会有这么多的听众赶来。梁启寻思着结束之后怎么才能和妙卿搭上话,迎面撞见满桂香的卖票小厮来打招呼。

"这不是梁……"

卖票小厮本和梁启相熟,看到梁启自然开心,可是一来才说到"梁"字就被梁启瞪了回来,二来猛地发现梁启身后的傻山,顿时被吓得哽咽,一口气没能倒过来,生生地膈肌痉挛起来。

"对,两位。"梁启接着那个"梁"字跟打着嗝的卖票小厮说道。

小厮狼狈不堪地撕了两张票给他们,躲到一边捏着鼻子鼓气治痉挛去了。

这座石库门里弄的一角完全被满桂香改造成了戏楼的样子,书场便在一楼。挑帘进来,二十来张方桌已经座无虚席。里面乌烟瘴气,全是吞云吐雾吸着纸烟或者烟斗的阔少们。

骚动就像扔到湖面的石头激起的浪,从书场大门开始传到深处。当然,这石头就是傻山,所有人都敬而远之地迅速让开了两个桌子的距离,傻山往前走,人群就向后退。同时,不少人把怒目投向了傻山身边的梁启。

傻山还是有点儿作用,正发愁来晚了没地方坐呢。梁启想着,轻松地挑了一张视线不错的桌子,坐了下来,又递给傻山一张板凳。傻山接过板凳,仍是一声不吭,低头瞅准位置,坐了上去。

没塌,很好。

虽然多有不满,也没人敢正面冲突,只好纷纷找了新的位置就座。

嘈杂骚乱还未消停,戏台上就有了动静。两个小厮抬上来一口四腿木箱。

见到这口四腿木箱,台下人已经叫好连连。

小厮们把四腿木箱摆好,打开箱盖,斜着支起来。箱盖开口朝向台下,四条腿短小可爱,像极了一头蹲在台上朝观众张开大口的狮子。调好箱盖角度,一个小厮便开始在木箱的右侧安装那支秀气的摇把。咔嗒一声脆响,摇把装好,两人就退下了。

这口四腿木箱便是妙卿诸多特点之一。

高级妓女到书场演出，虽然是个潮流，但她们绝大多数都是在台上唱一段京剧，说一段评弹而已，就连昆曲都因为难度太高几乎无人愿意挑战。这样把书场当了戏院，她们自然也要有自己的乐器，弹琵琶是最常见的，也有带着小演奏班子唱京剧的，唯独妙卿，一上来就与众不同——她的伴奏乐器是一台大型手摇八音盒，也就是现在摆在椅子旁边的四腿木箱。

而另一大特点就是，她基本不唱，更不搔首弄姿，只是讲，讲坊间或真或假的乱现状，或虚或实的怪趣闻。猎奇也好，雅趣也罢，完全就是妙卿她独自另辟出来的蹊径。

刚才那两个小厮再次上场，这次抬着的是一张西洋式美人榻。

这又是妙卿的另一大独特之处。

从第一次登台演出，妙卿就是这样半卧在美人榻上来说书的。或许只有梁启知道，妙卿她本人就是这么一个慵懒性格，永远一副睡不醒的样子，对谁都是爱答不理，偏偏嘴上从不饶人。她把自己的本性毫不吝啬地在台上发挥到了极致，反而收到奇效。当初听得此事，连梁启都不禁拍手称奇。

台上已经布置妥当，待小厮下台，终于等到了全场主角妙卿登台。

妙卿穿了一条鹅黄色百褶长裙，一件墨绿高领锦缎马甲，从后台一挑帘，徐徐登台。

全场沸腾起来，叫好的，吹口哨的，还有激动得把茶杯碰到地上摔碎了的。

而妙卿不为喧杂所动，依然是慵懒的步伐，冷冷的眼神，向台中央的美人榻走去。只不过……再如何故作冷淡，她还是一眼瞅见了傻山，有了一瞬间的皱眉。

机不可失，梁启就在这一瞬给妙卿使了一个眼色。不过，妙卿已然恢复常态，慵懒地歪在了美人榻上。

美人榻的扶手边，就是八音盒的秀气摇把。没有任何开场白，妙卿侧卧在美人榻上,就像摆弄头发一样,动着手指轻摇起八音盒来。

古怪如钟磬同鸣的前奏响起。

全场静了下来。

"近些天,妾身啊。"妙卿还是那副慵懒的声调,神奇的是声音绵软柔和,却能让全场都听得清清楚楚,"总是睡得不好,真是恼人。"

话音一落,像是演练过千百遍一样,全场齐刷刷地发出了挑逗的起哄声。

"说是去看看医生,开几方药来吃吃。可是妾身又如何出得了门?别说出门,便是出了床榻,哪还有入眠之理?"

拨动八音盒,乐音空灵。

"更何况要真是寻医问药,那老大夫少不了给你来一整套的望闻问切,双指按在你手腕上,摇头晃脑,指头敲得比脉还起劲。妾身左等没有结果,右等没有结果。一曲《空城计》都让老大夫在我手腕上敲完了,还是迟迟不说妾身的病到底是个什么。妾身没了主意,也不能总是让他这么握着手腕不放啊,只好悄悄抬头来看,结果这老头自己倒是睡着了。

"且说这难眠之症,实际上妾身是知道病因的。而且偏偏不是一剂方药能治得的,如果定要寻医问药,岂不强人所难?到头来还要怪罪妾身戏弄医生。真是为难了妾身。"

妙卿有意停顿片刻,台下立即有人轻佻地喊道:"那是因为隔壁的王生!"

喊完后,台下哄笑起来。

妙卿却不反驳也不肯定,只是慵懒地侧过身,再次拨动八音盒,音乐逐渐变得舒缓。

"原来你们都住在那王生的隔壁咯,也是备受不堪入睡之苦?这王生果然为害四方,害得我大清国都羸弱难眠了。

"人生最怕是什么?对门餐馆装新房,隔壁夫妻吵架忙。妾身这睡不好的毛病,就是因为那王生一家,天天吵日日吵夜夜吵,无休无止无休无止无休无止⋯⋯终于,还是把妾身给吵毛了,干脆听他一听,这一对夫妻到底在吵些什么。要是有一点儿不合妾意,干脆杀过去和他们一起吵算了。

"这一听,还真听出了个事情缘由。这对原也是结婚有十年光阴的恩爱夫妻,来了上海,想的不是升官,而是发财。可谁想得到,那王生整日东奔西走,却还是颗粒无收,只害得老婆在家给人洗衣缝补,赚钱养活夫君和独子。

"年前,王生老婆已然忍无可忍,只好得空就去静安寺烧香拜佛,望早日脱离苦海。大概菩萨显灵,这天她在从静安寺回来的路上,就在大街上见了一张破纸,像落叶一样被风吹来吹去,跟自己一样,好不可怜,便心生怜悯,把那张纸捡了起来。这一捡可不得了,翻来一看,竟是一张五十洋元的橡胶股票。王氏多少识点字,立刻明白手中之物价值连城,慌忙塞进怀里就回家。

"王氏不敢隐瞒,把橡胶股票交给了王生。王生一见大喜,立马拿着股票跑去洋行换钱,王氏想拦着说再等等升值都没拦住。不过,那时这股票还是红火,王生足足换回三百洋元(此处涉及晚清的一次重大金融危机"橡皮股票风潮"。"橡皮"是晚清时期对橡胶的称呼。此次金融危机爆发于1910年,小说故事发生时危机尚未引爆,正是橡胶股票价格飙升的时期),一夜间富甲里弄。可有钱之后,也就麻烦了。"

妙卿轻摇八音盒,待了片刻继续。

"这男人一有钱,不外乎就那么几项用处,花天酒地,赌博赛马。再有些钱,包个院子,找个小的,背着老婆快活去了。可偏偏这个王生,是有贼心没贼胆,只顾着张扬自己有钱,却连四马路都不敢踏上一步。"

台下一阵嘘声。

"看看,就知道你们男人都是一副嘴脸。"

虽然这是嗔骂,却看着妩媚动人。

"没胆子进妓馆,没胆子包小妾。哪怕上张园打个弹子球,都没有胆子只剩球。那你们说这个王生怎么办?这无从宣泄的色欲如何是好?人家自有妙法,专看上了咱家对门的茶楼。"

"这茶楼里有个招待女孩,叫小九。长得水灵通透,人也机灵,要妾身看了都喜欢,不怪那王生看中。又是得了重金,自然是一时豪气逼人,把自己家重新装了个遍。有了钱改改生活环境,王氏当然乐意,她怎知这些全是为了对面的小九?

"新居焕然一新,四处都显得贵气。对面茶楼的老板还有小九都看在眼里,终日等着这个王生会有什么动作。

"'我就没见过你这么怂包的男人!'"妙卿忽然模仿起王氏来,那种在老公面前撕破脸的样子瞬间冲破她慵懒的外皮,在所有人面前爆开。

"'我、我不是只进去过一次吗……'"她又模仿起王生,唯唯诺诺的样子惟妙惟肖。

"'对!你就进去过一次。你进去一次还不够?'

"'哪有像你说得那么不堪,我可没揩油小九。'

"'哎哟!你看你看,你自己都说出了揩油。'

"'说没有就是没有!'

"'你这是有钱了硬气了?那票子还不是我捡来的?'

"'现钱可是我去换的,当时你还拦着说要赚大,要不是我当机立断换了钱,转眼那股票就成了废纸一张。'

"'对对对,都是你英明神武,咱家都是你一手拉扯才挨到现在。'

"'你就少说两句不行吗?当着儿子的面。'

"'你还敢提儿子!我跟你说,打你有钱那天起我就都想好了,你想娶小就娶小,你想去四马路就去四马路,只要把这个家给我留住就行。可结果你……竟是看上了对门小九,你看上就看上吧,我全都忍了,大不了骂你个白眼狼忘了当初受穷是谁冬日里洗衣夏日里裁缝才让这个家没人饿死,可结果你……'

"'我不是没去吗!'

"'对!那是你不敢去,你这个怂包。'

"'那你还吵闹什么?'

"'你不敢去你叫儿子去？！'"

"'我……'"

"'儿子总要学着做个男人……'"

"'放屁！咱们儿子，才八岁！'"

"才八岁"三个字话音一落，一人演两角的妙卿又回到本人的角色，却没了刚才的慵懒，侧着坐直了身子，一脸大吃一惊的表情，同时快速摇动八音盒。八音盒放出讥笑一般的乐音，让气氛更加热烈。

"大家看看，妾身这难眠之症是不是冤得很呐。竟是让这种窝囊废给折腾得彻夜难眠。"

还没完，所有人又静了下来。

"这样一想，妾身更是气不打一处来，怎么也要好好教训他一番。

"'可你这！你这也太明目张胆了吧！'

"他们还在吵着，妾身已然夺门而出，推开他家房门就要骂上两句。正看到那王生，虽是被老婆骂着，却一脸春光，迷恋地握着儿子的手，往自己脸上贴着。嘴里还嘀咕着：'老婆子你就别吵了，我只是想借着儿子手摸摸小九嘛，犯不得事，犯不得事。'"

妙卿又是刚才那个吃惊的表情，更为夸张，更为逗笑，全然没了一开始的慵懒，这种反差把气氛推到了最高点。妙卿手摇八音盒，怪异得难以捉摸的谢幕曲也随之响起。

全场一片哄笑。

一口气听罢《隔壁王生》，梁启也觉得甚是过瘾，连茶都忘了喝，这时再喝，里面早就混进了令人讨厌的烟味。

妙卿从美人榻上徐徐起来，敷衍地向台下行了一礼，就回了后台休息。两个小厮立刻上来，重新布置舞台，给四脚手摇八音盒更换了新的音滚，同时把美人榻搬了下去。又等了些许时间，妙卿再度在众人欢呼声中出现。还是那副慵懒眼神，换了一身马褂男装，摇着羽扇，潇洒登场。

她重新走到舞台中央，半倚在八音盒上，一手摇着摇把，一手摇着羽扇，再次开始。

不过，接下来是些短笑话，又讲了三个，赢得些笑声，整场演出就算结束了。

演出结束，妙卿立刻离场，这也是她有别于其他女说书的地方。给妙卿捧场的阔少不少，但他们都很清楚这是妙卿的规矩，绝不出台。来听书的，就只是来欣赏妙卿的台上风姿，不得越界。虽然妙卿也因此备受同行姐妹的嘲讽，但规矩还是毅然决然地立起来了。随着她越来越红，更是没人敢破。

绅士阔少们本没有结束就离席的习惯，然而此次略有不同，因为傻山的存在，他们多少有些不适，有的走，有的躲，嘴里抱怨着，还有的把刚从后台出来的小厮叫过去，耳语着什么。

想要轰我们走？梁启猜得八九不离十，却在心里笑了。

那小厮听完吩咐，瞥了眼梁启，或者更准确地说，是偷眼看了一下傻山。傻山正面无表情地用比例极不协调的粗手指摆弄着眼前相形之下小得可怜的茶碗，仿佛什么都没有注意到。小厮向那位衣冠楚楚的绅士作了个揖，便向梁启走来。

"先生，那位绅士说您的朋友实在太有碍观瞻，不知可否赏脸离开？"小厮表情凝重，当然，这话是避开傻山的视线说的。

"哦？"梁启似笑非笑地回应。

小厮用极低的声音说："姐姐捎话，老地方见。"

"要不要演一出再走？"梁启微笑着低声问。

"别别别，您饶了小店吧。"

"多谢了。"梁启放下几角钱小费，拍了拍傻山的胳膊，"走吧。"

傻山站起身来都隆隆有声，同时似乎听到了站得最远的地方传来些许如释重负的欢呼。

老地方？走出满桂香，终于逃脱烟雾缭绕的恶劣空气，深吸了一口带着泥城浜里泛出的臭气的洁净空气后，梁启疑惑片刻，才醒悟那"老地方"到底是哪里。

这个老地方还真是够老的了。

叙旧

"你带着的那个到底是什么生物?"

"只是一座会自己走动的山而已,别太在意。"

所谓老地方,不可能是其他什么别馆。虽然和妙卿有一年没有私下联系过,但梁启了解她的性情,她不可能因为红了就有动力换地方住。

到了昔日妙卿所在的妓馆,不等熟悉的老鸨说出"梁"字,梁启率先伸出两根手指说:"两个人。"

老鸨自是人精中的人精,看到一年未见的梁启,又看到他身后跟着傻山那个怪物,自然知道事出有因,不敢深究,赶紧问:"还是老地方?"

"两个房间。"

"好嘞!"老鸨热情地应着,赶紧叫来小侍女安排。

安排妥当,老鸨没有离开,而是神秘兮兮地走到梁启身边,笑吟吟地低声说:"妙姑娘刚回来,交代了就等您来。她现在是大红人儿了。可是让人头疼啊,就是不接客,老身又拿她没辙,原先都是您关照着她,现在……这不是让白花花的银子全都打水漂了嘛。她只听您的,先生您一会儿就帮着老身劝她几句可好?今晚的费用,外加上您那个……那个朋友的,都算在老身上了,可好?"

"妈妈，您就放心吧。"梁启摆出招牌式的笑容，满是亲和力，"我就先上去了。"

梁启没给一点儿承诺，倒是顺水推舟应允了老鸨请客。

老鸨找了几个姑娘一起来服侍傻山，傻山稀里糊涂地被她们拉拉扯扯地往楼上走。一开始，梁启还担心会出现什么不可阻挡的暴力事件，可看到这样的场景，真搞不清是傻山真傻，还是几个姑娘实在太有魔力，直接迷惑了他的心灵。

掀开妙卿房间的门帘，一切都是久违了的样子。不大的房间，除了一边的床榻，只有一张书桌，书桌上摆放着已经不再接电线的设备：重锤式忽斯登发报机，以及一部可以直接吐出文字或者绘制图画的收报机。这些都是一年前刚开始运转的W实业的遗产，那时还真的发挥过作用，只是现在已经完全停用了。

"呦呵，居然还是一尘不染？"颇感怀念的梁启走到电报机旁，忍不住用手指轻拂了一下，惊叹道。

回头看妙卿，她却根本没有要搭理他的意思。她已经卸完妆，换了便服，和一年多前并无两样，慵懒地靠在床榻上，对梁启毫不遮掩地打着哈欠。

梁启正想说点什么，就听到外面闹了起来。

几个姑娘你争我抢地喊着："哎呀！进不来啊！怎么办！"

这一闹，就连一向慵懒的妙卿都皱着眉坐了起来，啧了一声，说："我先过去看看情况，先把你那怪物朋友安顿好了，咱们再慢慢叙旧。"

还真有大姐的风范。看着妙卿出了门，梁启不禁又是一阵惊叹。

没变的谭四，没变的荒江，没变的黄樟，却是变了的妙卿。

妙卿似乎有什么特别的魔力，出去不一会儿，喧闹就平息了。门帘一掀，妙卿一脸疲惫地走了进来。

"你可把她们坑惨了，回头好好犒劳犒劳她们，带她们去一品香吃个大菜什么的吧。她们一定会高兴。"

"这都不是事儿。"梁启嘴上说得轻松，眼神却有些许不安，一直在往外看。

"那家伙连我们的房门都塞不进去,刚才……"

"他可不是什么朋友。"梁启用极低的声音抢话道。

"别这么含糊其辞。咱们有多久没在这个房间里聊过天了?"

"你可是大红人啊,梁某哪敢……"

"别人不知道,我还能不知道?"这回轮到妙卿抢话,"你救那位女侠,恐怕只有我一个人是全程看在眼里。"

"到头来还是胜七出的手,跟我没什么关系。"

妙卿还想再反驳些什么,忽而从外面传来如雷般的鼾声。

"我去,这家伙到底是傻的。到了妓馆,居然还是说睡就睡着了。"

听到鼾声后,梁启显然放松不少,妙卿也为姐妹们松了口气。

"好了,咱们先别叙旧了,现在是有要紧事才来拜托你。"

鼾声是非常明确的信号,说明这时候讲话最安全。于是梁启把自己所做的计划巨细靡遗地与妙卿讲了,同时也说了因为有傻山如影随形,报纸这个利器完全用不上,只能托妙卿来为"浦东有神人"造势,引起净社注意。

"不就是让他们觉得只有谭四才救得了他们吗?这事容易。"

"不是谭四,是南洋公学的教习张丰。可千万别说错。"

"我能有那么蠢?"

"嘿嘿。"

"别突然卖乖了,你们也真是够胆大的,连净社都敢算计。"

"趁傻山在这里睡着,我回趟报馆。该给我们吕经理汇报一下进程了。"梁启没再接妙卿的话茬,只是利落地整理着自己的东西。

"我看啊,你和那个傻山,半斤八两。"

"对了,顺便给我来个你的印章签名什么的,我们吕经理可是迷你迷得不行。"

妙卿皱着眉,看着这位久违了的朋友,还真打算去研墨。

梁启急忙摆手,尴尬地笑着说:"算了算了,记下了回头我再来取吧,咱俩来日方长。"

语毕,梁启逃离案发现场似的出了房间,趁老鸨还没明白怎么回事,一溜烟蹿上了四马路,向报馆而去。

所谓"灯红酒绿",实在是太适合形容夜晚的四马路了。家家妓馆都生怕自家生意不够红火,在门前楼上挂满红灯笼,照出入夜以后这座魔都所有的欲望。只是一旦离开这条满是欲望呼唤的嘈杂大街,转到支巷里,便立即如同进了另一个世界。这里阴冷潮湿,带着霉臭的气息和屎尿的味道。

这是从四马路回报馆的近道,梁启习以为常。不过,就在走入小巷深处,即将看到望平街的光明之时,他忽感不对。

梁启并不会武功,可是报人特有的直觉让他本能地立即回头去看。一道黑影。还没反应过来到底是怎么回事,他已被一掌击中,昏厥过去。

待到恢复意识,梁启只是感到强烈的头痛带来的眩晕感。

终于,他还是强忍着睁开了眼。

一方面视力还没有恢复,另一方面光线也过于昏暗,梁启只能看到眼前有一点暗红火星和一个身材粗壮的人影。暗红火星时而变亮一下,随后是刺鼻的烟味。

啧,原来是他……

但梁启没有吱声,深知此时如果说了"原来是你"恐怕凶多吉少。

人影叼着烟卷走近梁启,就算看不清到底是什么人,也能真切地感受到危险的气息压迫得人瑟瑟发抖。

或许正是由于恐惧的刺激,梁启完全顾不得头痛的困扰,开始飞快地分析处境。

一间十来尺见方的狭小房间,自己坐在贴近墙根的位置。感觉地面不算冰冷,是木地板。鼻子里几乎被卷烟的味道所充斥,但仔细辨别,感觉还有些发霉的潮湿味道。然而这一点毫无意义,在上海的初春,霉味只是这座城市的背景气息。房间没有窗,隐约只能看到那个人影后面是房门。因此,无论如何喊叫,恐怕都是无济于事,还有可能激怒对方。

自从上次在带钩桥检查钟天文尸体之后,这个烟鬼似乎就盯上了自己。梁启回想起前两天去谭四那里,谭四也提到有个烟鬼跟着来过。所以……

梁启吃力地抬起头,感觉脖子都快要断了。但就在他想再缓缓的时候,却见那个人影忽然动起来——或者说是那个暗红色亮点忽然靠近了自己——梁启还没有反应过来该如何应对,小腹又重重地挨上了一拳。这一拳力道拿捏得很精准,让他既痛到眩晕呕吐,又能保持清醒,不会再次昏厥。

梁启干呕起来,气都喘不上来。

那个人终于开口说话。

"少装糊涂。"略带沙哑的声音,大概是吸烟太多的缘故。声音就在耳边,烟呛得梁启睁不开眼。

好想抛去一个怨恨的眼神,让这家伙知道自己还完全没搞清楚情况,怎么装糊涂。可是估计就算那家伙在他面前,也未必看得清掺杂在干呕的痛苦表情中的那些微妙信息。

那家伙相当懂得张弛有度,只是给了梁启小腹恰到好处的一拳,便退后两步,在黑暗中看着被审问者在痛苦中挣扎。

"咳、咳……这位英雄,您……"

"我说过,少装糊涂,你我早就见过面。"

在没有摸清这家伙的目的到底为何之前,梁启只敢"呜呜"呻吟,不能泄底,更不能冒失地激怒对方。然而,这个人说话字正腔圆,一点口音都听不出来,完全无法判断更多的身份特征,恐怕是受过专门的训练,故而能这样无懈可击。

这个人的声音也未透露他是怎样的情绪。梁启也是控制情绪的高手,自然知道做到这点是何等困难。

"英雄,您想知道什么?要不,咱们先点个灯,慢慢说。"梁启对着漆黑和烟头的光点谄媚地笑着。

没有回应,只有光点传来的烟丝燃烧声。

"我这不是一脑门子糨糊,完全不知道从何说起嘛!要不英雄您来起个头?"

还是没有回应。

"英雄,既然咱们以前见过,何不好好叙叙旧,小弟摆桌酒席,不是难事。"

不待反应过来,那个烟头亮点已经再次来到梁启面前,同时他小腹又挨了一拳。

"咳、咳……咳、咳……英雄,咱们有话好好说,您到底想要……"

又是一拳。

梁启几乎要吐了,缓了好久才终于把气喘顺。

"英、英雄……别再打了,我说,我说,我全都交代……"

"嗯。"

仍旧不带一丝感情。

接下来依旧是烟丝燃烧的声音,梁启嘴里尝到一股血腥味。

"我、我……"

已经不可能再蒙混过关,梁启开始迅速筛选可以说出来的信息。

第一次见到他是在钟天文死时带钩桥边,他在检查钟天文的尸体,之后印捕赶到,他躲到路灯阴影后面,还一直注视着带钩桥现场。刚才他说"早就见过面",想必就是在那个时候。梁启看到阴影里的烟头火光,他必然也看到了梁启投来的目光。接下来,就是在谭四那里,谭四说有个烟鬼也来到他的发电厂附近,说明那一天他是一路跟过了黄浦江的。那么那一天的事想必瞒不过他。再之后,可以确认他一定在身边某处的,就是从妙卿所在的妓馆出来之后。他能知道梁启在妙卿所在的妓馆,多半是梁启进去之前就跟上了,况且那时有傻山在,跟踪简直易如反掌。他既然连黄浦江都能跟过去,其对梁启的关注度绝非一般,那么,他绝不可能不知道梁启和净社有关联。只是到底知道多少,便很难猜测了。有太多未知数了,所以最稳妥的办法还是抛出钟天文来,或许反而能套出些信息。

"是……"连挨两拳引起好长一段时间的干呕,梁启借机尽可能地拖延时间,捋顺思路,"是因为钟天文的死?"

"你有资格反问吗?"

"哎呀,是是是,英雄别再打就好了。钟天文死那天,我确实在现场,还看到了您英勇地去为钟先生验尸。对了,您穿了身警察制服,还会验尸,您是咱们大清国自己的巡警学堂高才生吧?"

梁启这是铤而走险,但对方既然穿着警察制服,警察的身份就没打算隐瞒。

"再次提醒你,别忘了自己的处境,继续。"

"呜……是是是,后来的事情您也都清楚。印捕赶来,处理了现场,所幸没有引起太大骚动。"

"上报了还不够吗?"

"哈,是呀,您说得对,那些报馆就是那样唯恐天下不乱。"

"嗯,继续。"

什么?他并没有反驳……这让梁启多少有些束手无策。虽然没有反驳,但"上报"是他提出的,却有两种完全不同的可能:知道梁启是新新日报馆的报人,或全然不知梁启的真实身份,只是关注钟天文死本身。钟天文之死的报道轰动全城,反倒成了梁启试探的绊脚石。不仅如此,在短短几句对话交锋中,梁启感到他同样是在试探自己,试探自己到底掌握了他多少信息。

这下可是越来越不好玩了。

"钟先生的死,让我们都非常痛心。所以小弟决定不做沉默的大多数,决心把杀害钟先生的凶手揪出来,绳之以法,为先生报仇。"

"揪到了净社那里?"

幸好是漆黑一片,不然当梁启听到这个人口中提到"净社"时的眼前一亮,肯定会被察觉。

不过,"净社"对于两人来说,都是安全牌,因为傻山那家伙太过显眼,如果有意回避反倒显得可疑。

"英雄明察秋毫。"

"为什么盯上净社?"

此时还不能透露傻山背锅炉的事情。

"净社是水上霸主,钟先生的尸体又是在洋泾浜上发现,首先想到的当然是净社。"

这是梁启急中生智想出来的理由,说出来之后发觉也蛮有道理。

"照你的逻辑,划船大赛该是净社举办才对。"

语气仍是不带感情,但是这话本身就带着某种情绪,对净社和划船大赛都有情绪。

或许有机可乘。

"钟天文先生的死,真是可悲可叹啊!还是和那同窗密友实力对决之后遇害,多少有些让人在意。"

"继续说净社。"

"净社……"

原来他关注的是净社。可是这也奇了,自己显然在和净社有交集之前就被盯上了,那他是从一开始就觉得自己会和净社有联系,还是说早就查出了些别的什么?显然,他极力想从自己这里挖出更多关于净社的未知信息。

只要有所求就好办,不妨再套套话试试。

梁启隐去和耳朵赵直接接触这一节,而把茶阵着重讲了一番,像是在传授净社的密语暗号。如果他能反驳对茶阵基本一窍不通的梁启,那就达到效果了。只要有"嗯""继续"之外的正面交锋,就总能抓到些新的枝节信息,逐渐拼接组合。

"进总社里面,没有蒙你的眼睛?"

"没有。"言多必失,此时只要不再被打,尽可能用最少的字回答他的提问就好。

"还活着放你出来了?"

"小弟现在确实还算是活着吧……"

"那就有意思了。你这么说,让我怎么相信你是第一次和净社接触?"

"这……"确实蹊跷啊,梁启本人也一直想不明白其中玄机。

"哼。"那人在阴影中顿了顿,"你是如何接触净社的?"

"直接去净社总社。"

这不是刚刚才说过的吗?

"目的?"

"为了钟天文先生遇害一事。"

"你的身份?"

"……热爱钟先生的普通市民。"

"为什么会在钟天文尸体边出现?"

"呃……刚好路过……"

突然间,对方发起了攻势。

"什么样的工作,会让你在那天晚上有那么高的兴致,穿着一身西装路过臭名昭著的恶贼流窜之桥?"

"我……我是律师事务所的助理。"还不是暴露报馆身份的时候。既然他这么关注净社,不妨就沿用这个假身份。同时,万一他本身和净社有私下联络,抓自己只是一次试探,这样说也算是上了一道保险。"那天晚上刚好给一个客户送文书。"

"从哪儿送到哪儿?"那人突然间又到了梁启身边,强烈的压迫感再次降临。

"从蓝格志拓植公司送到张园。"没有时间细想,只好赶紧说出。因为刚刚听了妙卿的书,里面说到了橡胶股票,现在搞橡胶最大的公司就是这家,所以情急之中脱口而出。

"哦?蓝格志拓植公司在什么地方?"

"是、是他们的一个驻租界办公室……"

"在哪儿?"

"就在英商上海总会旁边……"梁启赶紧想了一个合理的位置。

"哦？"烟气更浓人更近了，"从洋泾浜口到张园，少说也得有八九里路吧。你这瘦弱小的身板，怕是刚到跑马场就已经累得气短了，居然不坐车？"

最后五个字，他是逐字说出的，就算什么都看不见，梁启也能感到对方瞪圆了双眼。

"哎呀，英雄，您可不知道我们经理有多抠门。守财奴啊，一分车钱都不会给，我们这种小职员苦得啊……"

"那敢问你们这个守财经理是谁？哪天我去会他一会。"

"这……"真是被逼到绝路上了，"别别别，英雄，您就饶了小的吧。您要是去了，小的饭碗难保啊。小的可是上有……"

"什么案子？"

"啊？什么'什么案子'？"

只听他呵一声冷笑，梁启感觉自己的辫子被猛地向下一拉，整个头皮都要被撕下来一样，痛得嗷嗷叫了起来。

"案……案子是小案子，不足挂齿，啊——橡胶股票的所属权纠纷……"

"谁和谁的纠纷？"

"有利洋行和……"

"你和净社是什么时候开始接触的？"

梁启刚说到一半，突然又被那人的提问打断，一时间脑子完全卡壳。他刚一停，立刻又被狠狠地揪了辫子。揪辫子比拳击小腹更可怕。小腹挨拳的确更痛苦，但因为生理反应，对于意志力还算坚定、脑袋还不慌张的人来说，多少是一个趁着喘息整理思路的机会。而此时，撕裂头皮的疼痛毫无间歇，让人只能立即回答。

"三！三天前！"梁启号叫着回答道。

"在哪儿？"

"垃圾桥！净社总社！"

"怎么联络？"

"刚好撞见出来的人！"

"呵，不对吧，刚才说的是'守卫通报'。"

"啊！"

梁启已经开始陷入绝望。可就在此时，眼看梁启精神防线已经濒临崩溃，那人突然停手了。同一瞬间，那人竟然已经远离了梁启。要不是那个烟头在黑暗中过于显眼，根本都不知道他已经迅速移动到了这间房子另一端的墙边。梁启终于明白了为什么那人有了突然反应——在烟头亮光附近，传来了开门声。

啊！有人来救自己了？谁？是傻山醒了摸到了这里？不可能。那是……谭四？

梁启根本没心情去猜谜，只是暗喊"不妙"。无论是谁，恐怕都要被伏击了。

就在梁启为门外的人捏了一把汗的时候，门边闷闷的一记拳风已经打向了黑暗中唯一的光点。

电光石火之间，梁启还是有了一丝不切实际的希望，不过转眼他又跌回到失望的谷底。只见那个光点在黑暗中画出了一条极端复杂的暗红色曲线轨迹，躲开了一连串的突袭。

突袭者没有就此罢休，继续穷追不舍地出拳，时紧时慢，时而力足，时而顿挫，两人在木地板上不断地滑动挪步。

所有的动作都是黑暗中进行，只看得到那支烟头的暗红色轨迹变幻莫测。

有那么一瞬，梁启欣赏着那条暗红色轨迹，忘记了刚才被拷问所带来的疼痛和恐惧。

两人过招原本应该越来越紧张，结果那个突袭者却还偷空漫不经心地说了一句："我去，竟然打的是燕青拳。"

"呵，倒是识货。"咬着烟头一直不松嘴的家伙，在接招的百忙之中也不示弱地应了一句。

"我去！换招了？"突袭者的声音略带惊讶，但听得出他出拳依旧有条不紊。

果然是谭四。可这是来救自己的态度吗……听着他们一来一往的嘲讽,梁启只有苦笑。不过,已经没时间犹豫了!机不可失,他强忍住胃部痉挛带来的呕吐感,在地上翻了个身,贴着墙根一点一点向门外爬。

显然那个叼烟的家伙发现了梁启在往外爬,但黑暗中的谭四拳拳紧逼,那家伙想去抓梁启,却无法分身。

终于,梁启爬出了这间黑暗的小屋。

小屋出来就是楼道。楼道虽然没有灯,但有窗,窗外的电气路灯照进了光亮。既然窗外是电气路灯,那么此处的位置就好判断多了。是在公共租界,而且是几条横向的主干道之一。

听外面街道寂静,恐怕已经是深夜。

顾不了太多了。梁启爬到楼道里,扶着墙缓缓站起来,感觉力气恢复了不少,双腿也没有那么打战,便尽可能快地向楼下跑去。

梁启东倒西歪地还没有抵达一楼,就听到刚才那间小屋里传出一连串奇怪的声音。先是有什么重物砸到地板上,本以为是打斗的人中有一个被摔到地板上,但他立即否定了这个猜想。随后又传来一连串听起来甚是悦耳的机械声。是那种零件突然散落,又立即重组起来后的声音。齿轮的咬合,还有环扣的对接,咔咔作响。

梁启愣了片刻,又听到那间屋里传出沙哑的叫骂:"卑鄙的家伙!有本事堂堂正正地打一场啊!"

随即再无打斗,只剩下金属和墙壁碰撞的声音,感觉相当粗暴。

梁启扶着墙,终于走出了这栋小楼。

原来是在泥城浜和洋泾浜交界的位置。

又回头看看刚才被困的地方,梁启心中一叹:到头来,还是靠谭四又一次来营救……

傻子

梁启没敢再去报馆，直接回了妓馆。可以说，他的心情已经差到了极点。

他不喜欢被救，这样显得自己非常没用，让人心有不甘。比起这个，他更不喜欢的是被打，特别是被打得鼻青脸肿。疼，自然是重要原因。脸上挂彩，必会引人注目，无论是善意的还是嘲讽的，梁启都不喜欢。作为一个报人，能融入事件现场的影子中，才是理想状态。尽可能不引人注目，基本上已经成了多年从业的报人的本能。

而更气人的，是傻山。

虽说不算什么死里逃生，但既然自己鼻青脸肿地回来了，好歹也做了两天搭档的傻山却对自己不闻不问，如同什么都没有看到一样，只知道傻傻地跟在梁启身后。

当初借来傻山，虽说是伪装，但也是希望净社给自己一个能在危急时刻出手相助的人，结果这家伙……

这样想着，梁启多少有些泄气。

在把傻山从温柔乡中叫醒带走之前，梁启自然忘不了先找妙卿帮忙打听一下昨晚傻山在床榻上是否漏嘴说出什么来。

结果，妙卿打探一番，带回来的消息是，这家伙竟然一个字也没说，梁启不由得更泄气了。

"嘴这么牢？"梁启不敢相信地盯着妙卿。

"不是嘴牢不牢的问题，那家伙就没开口说过一个字。"妙卿瞅了一眼梁启，"啧，你能不能离远一点儿，看着你的脸就吓人。"

"太冷血了……"梁启嘀咕着，却真的挪远了一点。

"那个怪物，根本就不通人情。好不容易塞进房间，结果看到地板就直扑过去，跟倒了一栋楼一样，轰的一声倒地就睡。几个姑娘忙里忙外累得挥洒香汗，结果……"

"从另一方面说，倒也安心了些。"

"就你会说他好话。一宿过去了，这怪物一直鼾声如雷，吵得整栋楼的人都睡不着。你还是赶紧把他叫醒领走吧。天一亮，你要是撞到鸨母，她绝对抱怨死你。"

那老鸨的嘴脸立刻浮现在梁启眼前。他二话不说，迅速收拾东西，顾不上什么妓馆规矩，跑去傻山房间，三下两下叫醒了他，拖着就走。比从那个小黑屋里逃得都快。

"傻子。"倚在窗边，正好能看到已经上了四马路的两人身影，妙卿低声自语。

四马路已经没了入夜时各家火红灯笼的照耀，只有空洞明亮的电气路灯，让寂萧街道做好了迎接清晨的狼藉的准备。

或许是因为冷风，也或许是因为傻山的沉重脚步，梁启终于清醒过来，意识到刚才有多危险。虽然和傻山已经相处两天，可这么猛地把他叫醒，万一他有起床气，当场把自己徒手撕碎都不是不可能发生的。

幸好……这家伙恐怕是真傻。

可是这种真傻，也是梁启一开始万万没有料到的。

原本以为这个人脑袋不够灵光，又担任了净社的某项重要任务，多少能从他的嘴里套出些信息，特别是康搂的下落。结果此时才明白为什么耳朵赵这么容易就答应让傻山来陪梁启办事。这不是一大疏忽，而是一步妙棋。傻山因为智力问题反倒守口如瓶，再加上身材奇特，梁启带他走到哪儿都容易暴露行踪，简直是一举多得的妙招。

不过，不管有多少没能计算在内的变数，该走的下一步棋也还是要走的。

布局已经铺开，妙卿必然能把该传播出去的信息迅速传出去。那么在信息发酵之前的这段时间里，梁启只要扮演好自己的角色就好。

而这个角色第一步要做的，自然就是去康脑脱路实地考察一番。

对于一个报人来说，连轴转本就是家常便饭，一宿未睡根本不算什么。就算再加上一身的瘀青疼痛，也还是算不上什么大不了的事。

梁启拖着步子，带着傻山，在冉冉升起的朝辉下，一同步行前往康脑脱路。

有傻山在，坐人力车是不可能的。应该没人敢拉，就算有人吃错了药想拉，恐怕也根本拉不动。坐船却又是梁启所不希望的——在发酵期，必须尽可能少地接触净社成员。

曙光逐渐普照上海。为了讨生活不得不起早贪黑的穷苦人纷纷露了头，做起自己该做的买卖。泥城浜畔已是人头攒动，沿着臭河摆满了早晨应该有的摊位。空气中弥漫着生煎的油烟味、蔬菜的腐败味、报纸的油墨味、彩票的铜臭味……叫卖声、砍价声、争吵声充斥着整个清晨。

过了泥城浜，景象则是三步一变。

从泥城桥过河，马路还算宽阔，路边是奢华的跑马场。因为是清晨，还没有跑马赛事，便看不到那些停靠在跑马场高墙边的一排排华丽马车，和从那些马车里下来衣冠楚楚、进场豪赌的洋人绅士。三三两两破衣烂衫的流浪汉，开始收拾自己少得可怜的家当，离开夜晚的避风场所，进行白日的游荡。还有几辆不起眼的推车，是专为不被允许进场却也想赌马的华人设立的场外马票贩卖点。

过了跑马场，沿大路一直走下去，就能到张园了。只不过，这并不是他们的路线。离开跑马场的高墙不远，他们转入小路，朝西北方向走去。这小路也好，小路之间的小巷也罢，则又是另一番景象。

路越走越狭窄，越走越崎岖。就算是这样一个没有下雨的清晨，小径中也能感到四处都阴暗潮湿，散发着霉臭。

张园以北吴淞江以南这片地方属于公共租界，但因为这里昔日长期是棚户区，成为租界后又被英美财团迅速瓜分，所以变得异常畸形。这里不可能像中区那样，慢条斯理地认真规划出整齐划一的石库门里弄。各家都只想着如何才能在尽可能短的时间里占据更多空间，其中也包括垂直空间。结果自然而然，买来的地上建起的是一座座用竹架子木板子搭起来的下窄上宽的里弄套楼，看上去十分诡异。很多街道如同架起了穹顶，根本无法一眼望到天空。

因为公共租界的无度扩张，洋人用极低的价格"永租"下来原本属于中国老百姓的地皮，再转头赶走原本住在这里的老百姓，要求他们花租金住房。这使得那些本来就住在棚户里的穷苦人和曾经有片地产的农户都变成了无家可归者，只好流浪街头。太多精打细算建起来打算赚钱的里弄套楼全都成了空楼。

街道环境原本已经相当恶劣，又因为楼是空的，街上却满是流浪汉，于是显得更加不堪。狭窄的街道上，到处是老百姓私搭的茅草棚，成了一道道线状的棚户区。为了取暖而燃烧的劣质木材的刺鼻烟气、犄角旮旯各处都有的屎尿臭味，还有人的食物和任何一种尚能存活于此的动物的味道，这一切充斥在有着穹顶一般的阴暗潮湿的街道之中。

这会儿倒幸好有傻山了。

梁启终于第一次觉得有这样一个庞然大物在自己身边，是多么有安全感。如果是往日，给他一百万个理由，他也绝不会进到这片地带中来。去康脑脱路的办法千千万，没有万全把握，谁会神经病一样从这里穿过？

从这片街巷棚户区钻出来，倒说不上是豁然开朗，依旧是狭窄街道，但建筑明显有所规划，算不上光鲜，可好歹是整齐划一的石库门里弄，与街巷棚户区一条窄街相隔，如同阴阳分界。

恐怕过不了多久，这条分界线就又要向前推进了。终有一天，一切都会被污秽无情地吞噬。

再向深处穿行，转过几条看上去精致的小巷，才是一片豁然。

就如同从地下世界钻入人间一样，他从狭窄的小巷冒出头来，正见晌午阳光普照大道，人来人往，让人依稀以为是在公共租界中区。

康脑脱路，正是当年公共租界越界筑路扩张侵蚀华界的主要大街之一。

道路平坦夯实，不是硬地，适合跑马车。街两边建筑齐整，却没有中区那么多的商铺，全是些不对外开放的会所和高级公寓，彰显着洋人不可一世的气势。街道的尽头是一座哥特式天主教堂，这也是洋人世界不变的习惯，修了路必要建教堂。天主教堂与整条洋楼马路相得益彰。

因为已是晌午，街上的人多了起来，却还是和中区大马路二马路没法相提并论。在那边，洋人也好买办也罢，日头下全是行色匆匆，总怕赶不上飞逝的时间一样。在这里，则只剩下有钱有闲人的悠闲舒适，以及大量被调配过来的红头印捕，以及……许多华人？

一到康脑脱路，梁启就已经感到，这里的气氛很不寻常。

街边蹲坐的，三两成群大摇大摆走在马路上的，全都是华人，四处都是华人。甚至那些耀武扬威的红头印捕，都会对这些华人敬而远之，避免正面冲突。比巡捕还要横行，就连洋人看他们的眼神都有三分厌恶七分恐惧，游荡在康脑脱路上的这一群华人，只可能是净社的人了。

净社派来了至少二十人在这里巡街，仿佛整条街就同河道一样，已被他们的势力所控制。

真如毒瘤蔓延一样啊！梁启皱了皱眉，带着傻山上了康脑脱路。

走在康脑脱路上，立刻感到傻山确实是净社的干部，恐怕地位还不算太低。无论多么地痞无赖样子的净社成员，在傻山走过他们身边时，都会立刻肃穆站立，行注目礼。而这个时候，梁启脸上的伤反倒成了一种保护色。在净社众面前，当然不可能让傻山走在后面，于是梁启在傻山左后侧，一脸青肿，看上去就像揍挨了以后被强拉着过来的人一样。

康脑脱路基本上是横向延伸，东边直通吴淞江，西边则贯穿整个昔日的棚户区。傻山和梁启背对吴淞江往深处前行，街道两侧也微妙地开始有所变化。方才那些高级公馆会所逐渐减少，建好却尚未有人入住的洋楼逐渐增多。在这些洋楼门前，都挂有房屋租赁广告。路过广告招牌时，梁启都会留意，可以说这条街全由一家名叫"兆顺地产"的美国公司掌管。

在虹口那边，美国人已经靠租地造屋反噬业主的方式夺下大量土地。看来这条街他们也想故技重施，一口吞并。

虽是走在傻山身后，但近两天两人多少也有了一丁点儿默契，只要梁启发出三两个简短声音，他就知道该继续走还是停留片刻。就这样，梁启两人走不多久，便到了早已查清地址的目的地。

果不其然，和左右那些兆顺地产的洋楼极不搭调，这里是一大片屋不屋棚不棚、破砖烂瓦的废墟楼。废墟楼里成了聚集净社众最多的地方，好像这里是他们默认的基地，或者必须要有重兵把守的要塞。

见傻山出现，这里的净社众同样纷纷行礼。大概众人都认为傻山就是傻子，行礼之后就不再讲更多礼节，恢复了方才的样子，赌钱的，斗殴的，吃酒的，唱曲的，大呼小叫的，在废墟楼的每一个角落里，释放着只有地痞流氓窝才会有的躁动。

只要瞅一眼就能明白他们之间的利益关系。兆顺地产想独吞整条康脑脱路，却唯独净社把守的这片地方，他们没能弄到地契，也没找到持有地契的人。就算是在租界内，洋人要想开发地产，也只有从地主手里买来土地转让权和新的地契，抑或找地主商量，租用土地二三十年，盖房盈利。而兆顺地产擅长后者，却不知怎么让净社那帮乌合之众钻了空子，占了一块土地，让他们无法进行合法开发。

再说回净社。之前梁启有意提及报馆打探到了地契的消息，他们能有那么过激的反应，就说明最关键的地契同样不在他们手中。地契只是一张纸，上面没有名字，不需要做任何转户手续，谁拿到这张纸，地就属于谁。所以如果地契落到美国人手里，那净社就全盘皆输了。假若美国人还要反咬一口，说这些日子净社在这里进行暴力活动，那整个组织受到制裁也不是没可能的。公共租界的洋人早就看净社不顺眼，若是能抓到他们的把柄，就算没办法彻底驱逐，能将其重创，也是洋人们乐于见到的。

回头来说兆顺地产，同样不是无懈可击。他们除了没有净社占领的这片地的地契以外，恐怕其他房产也未必全部合法。只要找出兆顺地产不合法的地方，以1905年之后上海会审公堂在租界进一步强硬起来的势头，想要扳倒他们也不是不可能之事。这一层利害关系，兆顺地产的人自然心知肚明。

这也就是近些年华人律师事务所开始出现的原因，而范世雅的雅世律师事务所自然是华人律师业的典范。在范世雅担当华人律师的华洋公案中，华人在洋人的强权压制下胜诉的案例已是屡见不鲜，足以振奋整个民族的自信。若此事真有人委托给范世雅处理，恐怕康脑脱路整条街的面貌都要为之一变。只可惜，梁启并非真的雅世律师事务所律师助理，更是自认为一名报人，不会过分干预任何新闻事件，只是尽可能躲在角落观察事件的发酵和结局。

在净社总社时，梁启曾说他们报馆打探出了关于地契的消息，这并非一时虚张声势的说辞。康脑脱路本就是梁启近来关注的重点之一，只是因为发现和净社有关，才迟迟不想深入调查。因此，在来到此地之前，梁启便已经对此事的背景有了相当的了解。

废墟楼占地有一亩四分，与旁边的气派公馆比起来，面积不算大，可是当不当正不正地插在中间。楼的原貌已然无存，从废墟框架来看，仅能辨出曾经它是一栋砖石结构的二层楼房。

第二层所剩无几，只有立在废墟里的石柱和残破的木质楼梯表明这里曾经还有一层。

恐怕就连净社和兆顺地产都不清楚这栋二层小楼曾经是什么了。然而，做新闻的梁启却接触到了线索。

梁启带着傻山又在废墟转了一圈，觉得演得已经足斤足两，便出了废墟。

刚从废墟转角走远一些，忽然听到街巷角落发出"嘶嘶"的声音。

什么玩意儿……

梁启往声音的方向看去,只见一张鬼鬼祟祟的脸。那人趴在墙角后面,一直努着嘴向他发出听来有些令人作呕的声音。

要说鬼祟,又和这人所穿的衣服极为不符,那是一身算得上考究的西装。现如今华人穿西装不算什么新鲜事,可穿的人再多,也很少见到像此人这样把西装穿得这么猥琐的。更何况他对此还全然不知。

饶是如此,梁启看到这张墙角后面的脸,心里多少还是喜悦了片刻。竟直接撞上了他,倒是省去了翻地沟把他揪出来的麻烦。

此人名叫李珏,算得上是梁启的一个熟人,或者说是他布下的诸多线人之一。此人的本职工作是个自由买办。所谓"自由",不过是个好听点的说法,实际上就是根本没有固定工作的去处,在各大公司之间周旋,洋人要买什么,他都能办,却又在谁那里都干不长。不过这样打游击一样的工作,正是梁启最需要的。各种各样的一手内部信息,都能在李珏那里打听到一些。而李珏所能"买办"的,实际上绝大多数也要靠梁启所掌握的情报网,否则就调配不出优于竞争对手的最优方案。

可谓是互通有无、互助互利的健康关系了。

显然,李珏在召唤梁启的同时,也一眼看到了傻山,并且被吓得不轻,双腿一软,差点儿一屁股坐到地上。梁启倒是抓准时机,一个跨步到了李珏身边,搀住这个远比常人瘦小的身躯,同时迅速把自己"李同"的名片塞到他的手中。

李珏手中突然多了一张团成球的名片,立即明白了梁启的意思。他以最隐蔽的方式捻开纸团,瞅了一眼名片上的姓名,没工夫仔细看职位之类,就重新站稳,满脸笑容。

"哎呀,怎么这么巧在这么荒郊野地的地方碰着,李先生?"李珏有意强调了"李先生"三个字。

"可不是嘛,真是巧了。李先生您现在是在哪儿高就?"

"不敢不敢,都是本家,何必这么客气见外。小弟我帮着兆丰地产弄弄这条马路。"

两人默契地对视了一会儿,李珏明白,梁启这家伙现在绝对能给自己带来生意上的契机。

"去附近的酒楼坐下来叙叙旧？"

两个人异口同声，这让李珏不禁心中一喜。自己现在确实是被那张地契和满大街净社流氓弄得焦头烂额，更不用说兆顺地产的美国大老爷，一个个就知道给自己施压，没给过一丁点儿实质帮助，害得自己火冒三丈、心急如焚。而梁启这家伙，显然也在为什么事情着急，否则不可能和自己一样急于坐下一谈。他身后跟着的那个庞然大物，李珏早就有所耳闻，是净社的干部级怪物。梁启这样鬼鬼祟祟地塞个假名片过来，恐怕也是被什么事给逼到了这里。无论到底是什么事，只要对方急，且在绝境，就一定能从中榨出利益来。

李珏路熟，便自告奋勇，带着两人去了一家附近的酒楼。

酒楼掌柜显然和李珏十分熟络，可看到傻山，却是不甚乐意接待，生怕吓跑客人。但在傻山面前谁敢造次，掌柜只能甘认倒霉，把三人往里带。李珏像是终于欣赏够了酒楼掌柜那张硬撑着笑容的扭曲面孔，开口说带到幽僻一点的雅座就好。听到"雅座"，掌柜才终于松下口气。

雅座不大，和大堂只用屏风隔开，还是能听得到外面唱曲的嘈杂。而另一边靠着窗子，窗外就是康脑脱路，路上满是净社的人，同样嘈杂得很。

三人就座，梁启选了靠窗的一角，侧脸往外看看，用下巴指了指远处被净社众占领的废墟，开门见山地说："为了那块地方头疼呢？"

李珏心想，要说头疼，恐怕咱俩半斤八两，不过他还是苦着脸不说话，示意有净社的人在这里，无法开口。

"没事，"梁启自然是立即明白，指了指傻山，"他是个傻子。"

就算已经打了好几套腹稿，成竹在心，李珏还是万万没想到梁启竟能如此直接，敢指着净社的干部，说他是傻子。这可不得了……难道自己之前统统都是误判？梁启这家伙虽然用了假身份，却已经成功混到了净社干部的位置？不可能，以自己对梁启的了解，这家伙那点儿本事，净社绝对不可能看得上眼。还当上了干部？简直天方夜谭。可是……越是这么推断，感觉就越是往死胡同里钻。李珏已经是满脑袋的疑问，几近抓狂，却又不敢表现出来。

李珏内心的种种盘算和波动，都被梁启看在了眼里，显然刚才那句话收到了足够的成效。当然，对于傻山，梁启其实从未掉以轻心。梁启说"他是个傻子"，只是因为，从与傻山接触的三五天来判断，如此直说，他不会做出任何反应而已，但这也绝不意味着梁启会真的把他当傻子来对待。让傻山听到的每一个字，都要做好他会全盘交代给耳朵赵的最坏打算。

李珏一边左右权衡着新的利害关系，一边不让气氛对自己太过不利，抢着说道："咱们打开天窗说亮话，看你这回的来意，是……知道那片废墟的地契在哪里？"

梁启一笑，瞥了傻山一眼，道："说到地契，也许咱俩要站在对立面上了。"

"敢情是我自讨来一场鸿门宴。"

"这就是李先生太见外了，咱们还什么条件都没开，怎么就成鸿门宴了？"

"说吧，别藏着掖着了，婆婆妈妈烦死人。"李珏没了好气。

"小弟呢，手头当然没有那里的地契，要是有，也不至于跑到这栋酒楼上来和李先生谈笑风生了。"

"别卖关子，赶紧说吧，你想怎么着？我什么情况你是知道的，我就是一个买办，洋人想买东西，我就帮着办。没什么本事，就是混口饭吃。和您——"李珏早就看过梁启硬塞给他的名片，"李大律师比起来，简直微不足道。"

"关子嘛——该卖还得卖。"

"呸，一个关子能值几个钱！"

"现在这个关子，恐怕可以值一条街。"

李珏差点儿拍桌子骂街，可是一来有傻山在这儿，二来梁启显然是有地契的线索，谁会在看到实惠之前翻脸？好你个梁启，老子也捏着你不少把柄，早晚让你认栽。李珏在心里放着狠话，却咬着牙没有吱声。

他心里盘算着什么，梁启当然猜出了十之八九。饵扔得还算有效果，他便一边看着窗外，一边继续慢条斯理地说："你知道这条康脑脱路是怎么来的吗？"

"废话，谁不知道？"

"说来听听？"

"你太得寸进尺了吧。明知我是给洋人干活的，这是要当面扇我耳光吗？"

"看李兄说的，哪儿有那么严重。你看这儿也没有洋人，就当是咱们朋友找了个谈资闲聊几句，别有负担。"

能没负担吗？李珏心里暗骂，说不准哪天自己的话就登报了。不过，他和梁启合作也不是一天两天了，知道梁启不会把信息源泄露出去，就算写报道也肯定会把该保护的该隐藏的都做好。报人泄露了信息源就等于砸了自己的饭碗，以后别想再吃这口饭。只要关系到切身利害，报人就会诚信。但这次，不可控因素太多了。

"越界筑路的结果，这个大家都知道的，对吧。"梁启把视线挪回雅座里，"别那么紧张，这不都是生米煮成熟饭的事了吗？但我跟你说，你们争的地契就是那时遗留下来的一个繁杂问题，你是不是就提起兴趣了？"

说到这里，梁启偷看了一眼傻山，可惜他依旧无动于衷，就像一座雕塑。

玩弄信息的本领，梁启这几年算是越来越老道。任何信息都有价值，只要抛得准，抛出就会有回报。要是抛得好，没准儿还可以有双份回报。

"九年前闹拳乱的时候，你在哪儿？"

"少兜圈子，说重点。"

"那时候公共租界还被臭河沟泥城浜给拦着，连跑马场都是郊外。这个地方更不是公共租界，还是一大片棚户区。法国人倒是成功扩张了法租界，英美两国当然看着眼红，开始盘算怎么扩张，结果就有了'越界筑路'的办法，康脑脱路……"

"这些连三岁小孩都知道，赶紧说重点。"李珏听得火冒三丈。

"李兄，你看看你，这么不耐烦。康脑脱路的历史捋清楚了，就能找到你们梦寐以求的地契了。"梁启其实是希望傻山有所反应的，可惜依旧一无所获。"康脑脱路就是那时越界筑路计划中的一条。看看现在的地图就知道，这条路几乎横贯了庚子之后的整个公共租界新区。别着急，听我慢慢来说，咱得先了解康脑脱路给公共租界赢来了多少租借地面积，才能明白它的意义。当年，英美两国联起手来搞事，在这片棚户区开始勘探，规划铺路的线路。随后，就发现了那个。"梁启再次用眼神示意窗外那座废墟。

"啊？"李珏也忍不住转过头去看，"那个？你说的就那个废墟？当时就有？是什么？就这个样子？"

"是一家医院。"

"医……医院？"

"没错，当时那些洋人，恐怕也都和你现在一样吃惊。而且，那还是一家西洋式的医院。"

"喂，你该不会是瞎编故事来骗我一顿茶钱吧。那破地方要是一所医院，我怎么一丁点都没听说过？"

"谁稀罕你们这破地方的二手晒干茶？"梁启撇着嘴，根本没动过面前那碗茶，三个人里只有傻山在喝。

"你积点儿口德吧。"

"好好好，接着说。发现这家医院，简直比发现敦煌莫高窟还让他们兴奋。我们现在回头看，那简直就是他们扩张租界的天赐之礼。一发现棚户区里的西式医院，他们就立马找了《字林西报》的洋记者去报道。文章迅速登出，里面全是赞扬西方文明光芒万丈，一家西式医院如何在最恶劣的环境里拯救中国老百姓卑微的性命。《字林西报》是英文报纸，但是只要他们刊登什么重要报道，上海其他报纸都会陆续翻译转载。一时间，全上海都在传颂这家被埋在棚户区深处的医院。"

"呵，这我倒是明白了。洋人还真是够阴险，接下来他们是不是就该借势说保护文明医院，修路以清蛮荒？"

"李兄高见，简直是洞察世事啊。"

"别给我戴高帽子，这一手洋人们轻车熟路，把咱们大清国玩弄得蒙头蒙脑多少年了。"

这样的话从李珏那张耗子一样的尖嘴里说出，实在可笑至极。要是说洋人玩弄大清国，那他这样的人就是帮凶，根本脱不开干系。

"如此一来，根本不需要洋人再写什么了。完全没搞懂报纸是怎么操作的华人报人，纷纷开始自发地报道那家医院，有的还特意实地踩点考察，费尽了心思，以为终于抓到一个热点，可结果……人家洋人借着华人报馆无知的帮衬营造的舆论，让修这条路顺理成章地变成了无比正义之事。特别是当时山东那边拳乱越闹越凶，'保护文明火种'当然刻不容缓，势在必行。你说可笑不可笑，借着保护文明的名义就这么侵占了咱们大清国又一片土地。得了，这个说了都是气，不说也罢，接着说这家医院吧……"

"不用了，我这个人啊，没别的优点，就是善于在你这种东拉西扯里抓重点。那个倒霉地方原先是个医院——那很好，只要有了这条线索，我自己就能把藏着地契的人找出来。呵，净社的人，"李珏现在也敢大胆地挑衅傻山了，"绝对不可能比我的人手快。谢了……李大律师。"

"李兄，小弟我白夸你洞察世事了。稍微动动脑子想想啊，要是这么容易就摸到线索了，你怎么从未听说过那个地方曾经是一所医院？"

"这……"都已经站起身要走的李珏又坐了回来。

"你现在的东家兆顺地产是美国人的产业。他们还能不知道八九年前这里的血雨腥风？"

李珏哑口无言。

"现在你还觉得洋主子靠得住吗？"

"你别冷嘲热讽，我都让你给说糊涂了。既然八九年前洋人们，或者说英国人美国人就经手过这个地方，还因为这个什么鸟医院，把一群报人玩得团团转,那为什么他们单单没有这家医院的地契?还招惹到净社,让他们给占了地盘?这合理吗?到底该谁好好动动脑子再讲故事?瞎编也至少要有个限度吧。"

"嘿,脑子还真是快啊。可惜呀可惜,可惜你掌握的情报太少,所以摆在明面上的事情完全连不到一起去。实际上——"

"行了,"李珏毫不客气地打断了梁启,因为他对梁启相当了解,知道这家伙既然说出口,就一定是深思熟虑过,不可能讲漏洞百出的故事来糊弄人,所以既然他说这些矛盾下面有着深层次的联系,就肯定有。但他肯定不会在这个时候说出谜底,因为他必然要做交易,才会讲这么多,"我没时间跟你在这儿闲扯,现在又有净社的人在,你到底想要什么?"

"爽快,敞亮,不愧是认识多年的李家兄弟。我的诉求很简单,净社的大佬不是也在场吗,咱们拉拉手,和解纠纷。"

"和解?笑话!"李珏听了这四个字,突然变得怒不可遏,"你知道他们净社打伤我多少兄弟吗?现在想来和解?你问问那些断胳膊断腿、再也没法上街讨生活的兄弟同不同意再说吧。别把我当傻子耍。就算你不说,我也能查出来。你就后悔今天多嘴透露给我这些信息吧!再会!"

梁启目送李珏愤然离席,却只是笑而不语,因为在李珏发怒的同时,梁启已经悄悄塞给了他一张刚刚在桌子下面写好的纸条。纸条上写着几个关键特征:身高五尺四寸以上,男,华人警察,日常穿警察制服,受过专业刑侦训练,燕青拳,吸烟无度。只要按这些关键特征查明此人的身份来历和生活习性,就会有关于地契的更核心信息拿来交换。

再看看傻山,还在不停地喝着已经冰凉的茶水。真不知道他到底听懂了这场对话中的几成……不过,无所谓了,李珏的线算是放出去了。在利益面前,谁都不是傻子。只等着之后转手交给谭四去收线了。

过桥

若不是钟天文身亡事件，大概有一年时间没有和梁启正经碰过面了，真是一个让人不舒服的契机。谭四心里念叨着，手上却没停，继续摇着橹。

说是在摇橹，实际上只是做做样子，这艘乌篷船是近日来他和那个要周游世界的美国小伙子雨果·根斯巴克一起改造出来的。雨果这个欧裔美籍小伙子虽然年纪轻轻，却已经是游历了半个地球的旅行家，人情世故上早就是个老手，走到哪里都吃喝不愁，还能玩得尽兴。

结果计划赶不上变化。雨果原本打算效仿凡尔纳小说做86天环游世界，在旅途中，刚刚抵达大清国的上海，就停下了脚步，一下沉迷于这个东方魔都不能自拔。之所以会沉迷，一方面是因为这座城市自带魔性——过度奢华的大马路，灯红酒绿的四马路，只要有钱什么都能买到的不夜城；另一方面是因为他遇到了谭四这个奇人。

雨果确实是有一手做蓄电池的本领，但那只是个业余钻研的爱好，偶尔会倒腾些组装好的蓄电池给当地工厂主换些零花钱而已，结果到了上海第一天半夜，这个谭四就摸上门来，说是想聊聊蓄电池。

雨果在大清国各大城市也算待过不少时日，一见谭四的打扮，就知道他是个习武之人。这种武夫，雨果是看不上的，又仗着自己在美国的几年一直在训练拳击,更是不怕黄种人的花架子。

可是万万没想到,这个武夫不仅笑着就把自己打出去的七八拳杀招轻松化解,还忙里偷闲开口说起英语,虽然带有着华人特有的口音,但比大街上的洋泾浜英语不知高到哪里去了。一个武夫会说英语,这令雨果大感惊异。一轮交手过后,雨果跟跟跄跄重新站稳,又愣了许久,才意识到这人原来是要和自己谈蓄电池的事。

真是奇思妙想。虽然不知道谭四是从哪里得到的消息,知道自己善于弄电气设备,特别是蓄电池,但就他所提出的蓄电池改造设想,就连堪称半个电池专家的雨果也大吃一惊。谭四所说的镍碱代替铅酸的构想,简直和远在美国的大资本家爱迪生正在进行的研究如出一辙,更加上他所说的优化电池盒结构以提高输出功率的改进,彻底让雨果决定先留在上海了。

和谭四的合作让雨果意想不到地愉快。这个中国人竟然和自己有着诸多共同之处,比如都是机械迷,都喜欢鼓捣各种稀奇古怪的设备,一进试验车间就不能自拔。特别是前一阵子,两个人没日没夜地设计组装调试再组装,终于造出那艘"万年清号"机械赛船。"万年清号"的动力装置就是雨果根据谭四的构想改造出来的高效蓄电池。吴淞江上说是比赛,其实就是一次试验,试验数据拿回来分析继续改进,就有了现在这艘改造乌篷船的动力装置。

站在乌篷船尾的谭四确实就是摆摆样子,所有的操作,全靠躲在乌篷里的雨果完成。乌篷里已经被各种改造设备塞得满满当当,只是在一大堆复杂的操纵杆后面,有一只圆凳,可供雨果坐着操作。

由于乌篷船的动力是蓄电池,并非蒸汽机,因此在操纵杆后面的那些指针颤抖的表盘上的读数并不表示气压及水温,而是每一个关键节点的电流电压。而这艘乌篷船的下面更是惊人。一根从船底穿出的横轴带动一对贴在船底的双轮,轮是轮船两侧常见的明轮,双轮一顺一逆地旋转,可以造出向前向后、偏左偏右的推动力。

为了避免过多不必要的麻烦,他们等到天黑以后,才用小车把乌篷船运到浦东这边已经下班没人看守的轮船码头下水。

一艘静悄悄的乌篷船横渡黄浦江，向依然灯火通明的浦西驶去。

谭四的想法是走洋泾浜。因为这次下水试船的主要目的是考验蓄电池的耐力，要是走黄浦江，水流太急，会产生太多难以控制的误差。而更主要的原因在于，如果在黄浦江上试船，无论是逆流而上还是顺流而下，走远了万一电池没电，在湍急的江上摇橹多累呀……

黄浦滩上走着的绅士女士根本不会注意到在电气路灯照不到的地方，在岸边停靠的一艘艘巨轮外侧，正有那么一艘水下结构极为古怪的乌篷船驶过。

过了金碧辉煌的英国总会，一下子乌漆墨黑，臭气熏天，到洋泾浜了。

洋泾浜河道本就极窄，三条舢板并行都相当困难，公共租界一侧又常年停靠着一排载有破烂东西的乌篷船，在洋泾浜上行船就更困难了。洋泾浜的公共租界一边同样立有电气路灯，但法租界一边，不知是对黑夜的抵抗太消极，还是洋泾浜本身的气质使然，只感到那里是光亮背后的黑暗。

入夜的洋泾浜，没有白天那种川流不息与嘈杂……

只是刚一进来，就感到有无数道目光投向这艘船，从徐徐驶过的岸边停船上，也从迎面而来的平跨木桥二洋泾桥上。谭四啧了一下，心中暗叹，现在的上海真的是没有一块地方能随心所欲地试验了。在黄浦江上，会有各方外国势力干涉，挡了哪艘轮船的道都会被直接撞翻。法租界水文不熟很难驾驭，而在公共租界内，就像现在，完全无法逃开净社众的眼睛。

再看看坐在乌篷内的雨果，对森森然的目光毫无察觉，还在认认真真地搬动身边方向各异的操纵杆。谭四撇了撇嘴，继续扮演着船夫。

二洋泾桥从头顶越过，前面不远便是三洋泾桥。和朴素的二洋泾桥不同，到了三洋泾桥，四周已经重新热闹起来。客栈、酒楼、通宵达旦营业的商铺，临街而立。乱七八糟停靠的闲船凑在一起，足足占了三分之二的河道，幸好没有过往船只，不然想通过可是要劳神了。

因为河道变窄，雨果不得已放慢了船速，眼睛紧盯着前方，双手握住一根操纵杆，小心翼翼地控制着角度，一点都不敢松懈。而谭四看到的却是，连岸上推独轮车的苦力也有几个开始盯着自己的船。

桥上更是有一道犀利的目光。

没想到净社竟然能有这么快的速度。从过了洋泾浜第一座桥外洋泾桥算起，到三洋泾桥不过五分钟的时间，他们就已经全线戒备了。自己这艘船真有这么稀奇抢眼吗？

就在乌篷船即将从三洋泾桥下缓缓驶过时，谭四一抬头，正看见桥上那人，留着泥鳅胡子，向自己似笑非笑地撇了一下嘴。

三洋泾桥的阴影盖过头顶，新一段河道从桥下的昏暗中徐徐浮现，仍是那样嘈杂，仍是岸边停靠了杂乱船只，仍是狭窄的河道……

桥从头顶掠过，谭四赶紧又抬头去看桥上，那个人果然已经换到这一侧，正望着桥下，露出一脸狞笑，以及手中的一根一尺来长的铁钉。

虽然带着自己那把转轮手枪，可是周遭这么多市民，不可能在这里开枪。谭四正在心中暗叫不好，那人就已经出手。铁钉离手，直奔谭四眉心。谭四倒是不慌张，右脚向旁边一滑步，一闪身就躲开了。可是就在闪身的一瞬，谭四猛然意识到或许这铁钉的目标本来就不是自己，而是雨果。那人好似早就计算好了乌篷船向前行驶的速度，铁钉从谭四面前划过，直奔乌篷下的雨果后脑而去。

原来铁钉后面还有绳索相连，谭四立即右手一圈，抓住绳索，顺势向下一荡。幸是及时，铁钉在专注开船的雨果脑后不远改变飞行方向，直插进篷顶。

一切只是发生在一瞬之间。当铁钉插进乌篷之后，雨果才听到身后的声音，立即回头，正要问发生了什么，却看到一根触目惊心的铁钉就插在自己脑袋后面的乌篷上。

雨果吓了一跳，手上操纵杆一松，乌篷船猛地向左一转，撞上了法租界一侧岸边。雨果赶紧调整操纵杆，却越急越乱，船闷声猛退，又向后方桥墩撞去。谭四并不闪身，双手扶橹，向船尾内侧一敲，船的动力立刻消失，只剩惯性。船橹重新插入水中，用力搅了两下，船就当当正正停在了狭窄河道上。

就在谭四松开绳索去摇橹时，桥上的人已经双手换了牵握绳索的姿势，就等着船停下来。船一停，他立即右手一抖，向后一拉，铁钉像变成了钩子一样，把整个船篷掀起。长长短短的操纵杆像水怪露出水面一样，引得两岸英法租界的围观群众一阵惊呼。

铁钉已经飞回那人手中。他摆开架势，又要扬手掷钉，却与站在船尾的谭四对视片刻，收了钉子——他已经被封住了所有攻路，占不到一点便宜。

见有空当，谭四背对着雨果大喊一声："跑！"

雨果立即复位所有操纵杆，重新启动全船电力，不再小心翼翼，而是猛推前进杆，船蹭着法租界的河岸，蹿了出去，速度之快，让桥上那人为之一惊。可是紧接着，整条洋泾浜仿佛都活了。停靠在岸边的破船，忽然像从坟场里钻出来的野狼一样，三三两两地动了起来。

幸好乌篷船的爆发力强劲，不等前路被堵死，已经冲出了最近的一层包围。从三茅阁桥钻过去，再往前便是无人管辖、阴霾笼罩的带钩桥了。

远远望去，桥上已经站了四个壮汉，一同拿着一张大网，铺天盖地抛下，遮住了带钩桥下面的桥洞……

梁启早就知道在洋泾浜上又出乱子了，他所租住的公寓本就离洋泾浜不远，听得到吵吵嚷嚷全是人。可是他看看如一尊巨佛一样正襟危坐在房间正中央的傻山，就知道自己哪儿也去不了。

只好忍着报人的本能冲动，静听外面的情况。

外面的人声，多是看热闹不嫌事大的附近居民，但其中显然也有……净社众的声音，比如，耳朵赵那阴阳怪气的嗓音。

一开始，他以为耳朵赵率领一批人马杀来抓自己，但转念一想，又觉得这不合理。就以自己的身份来说，根本不需要一群人来抓，傻山就在身边，要想拿人直接传个话就行。耳朵赵的声音近了，多少能听到一言半语。原来是有一艘船不守净社河道宵禁的规矩，从黄浦江开进洋泾浜了。

　　净社的河道宵禁规矩毫无实际意义，就是为了彰显水上霸主的威严。到底从几点开始算是宵禁，从来没有过明文规定，只是公共租界的老百姓默默遵循着天黑不上河的规矩，连洋人都不敢轻易冒险。但总会有个把不知死活或者不懂规矩的船只违规，可都是两三个净社众拎着棍子跳上船打一顿就能解决，这次却……

　　梁启见傻山对外面的嘈杂纷乱无动于衷，便大着胆子趴到了窗边，假装看夜景，实为听动静。

　　耳朵赵早已走远，但似乎已安排净社众去下几座桥埋伏。居然如此兴师动众！可从急匆匆跑来跑去的人那里听到，说是因为船太古怪，小喽啰们不敢造次，才会去通知了头头来定夺。

　　能一下子闹出这么大乱子的人，在全上海恐怕……也只有谭四一个了。

　　梁启皱着眉，心里暗想谭四是不是已经早就把他们俩刚商定好的计划给忘得一干二净，只顾得自己闹个痛快……

　　房门忽然敲响了，就在外面乱糟糟的时候。

　　谭四虽是站在船尾，但船尾翘起的弧度，正可以看清前路。前路已被一张渔网封锁。开船的雨果当然也看到了，不过他相信谭四一定有办法突围，所以根本没有放慢船速，继续全速向带钩桥开去。谭四仅用四步便跳到了船头，途中只是跟雨果说了一声"紧贴左岸"，顺便拎起一根两尺多长的套筒扳手。

　　谭四昂首挺胸，站在船头，颇有大侠风范——假若乘风破浪的气势破开的浪没有那么恶臭，船也没有因为一直蹭着河岸高速前进而发出刺耳的摩擦声的话。

　　乌篷船就这样一头撞向了带钩桥下面的渔网。眼看就要撞进去，谭四向前一探身，伸长了胳膊，让两尺多长的套筒扳手率先触到渔网，随后向右一挑。那渔网就像清早掀起的蚊帐一样，让船飞驰着就钻了过去。

一切都发生得太过迅速，桥上布网的四人一时间竟然毫无反应。直到看到对方扬长而去，才面面相觑，明白过来。

净社的人不会越界到法租界，所以就算四人在带钩桥上一字排开，离法租界一边还是相对稍远，这渔网左侧自然有了点空隙。

捶胸顿足也于事无补，只好期待下一座桥能拦住那艘破船，不然少不了挨耳朵赵的毒打。

谭四掂了掂套筒扳手，重量长度粗细弧度都十分顺手，可是这么来之不易的一样工具，怎么也舍不得拿来当武器打斗。用来挑开渔网就算是完成了它额外的任务，谭四恋恋不舍地把它扔还给雨果。

带钩桥上四人，见船已经跑远，顾不上收网，抛了渔网就往下一座桥跑。四人当然是从公共租界一边去追，奈何沿岸已经有了不少看热闹的人。虽然围观人群看到四人从桥上气势汹汹冲下来，都是吓得赶紧退让，但外围扩散的速度终究赶不上内部逃窜，慌乱的人群反倒把路给堵得更死。四人发了狠，抄起木棍铁棒就往路人身上打，路人有的落水有的哀号，终于把路让了出来。

谭四回头看着，有些于心不忍，却也无能为力。

船倒是保持匀速向前开着，岸上的四个人追得更快，踩着躲闪不及被直接推倒的人，手忙脚乱，但还是抢先赶到了下一座桥郑家木桥上。

四个人跑到桥上，就像四只躁动的猩猩一样，跳着脚向驶来的乌篷船叫嚣。郑家木桥要比带钩桥低矮不少，可是这一回因为没有渔网，也没有最开始那个高手，桥上的人基本上形同虚设。四个人各有各的主意，一个举着刚才在路上捡到的破砖头，一个仍拎着打人的木棍，一个不知从哪儿弄来根长长的竹竿，还有一个则只是脱掉了上衣拧成一团，拼命拍打木桥的围栏。

先是砖头。扔得毫无水平，连洋泾浜的河水都没碰到，直奔岸上飞去，幸好岸边已经无人围观。砖头砸在岸边的石头护栏上，碎成了三瓣儿。谭四摇摇头，本来还打算接住了再丢回去的。

随即而至的是竹竿。竹竿估计有一丈长，拿竹竿的家伙挺懂得借势，照着迎面驶来的船头戳了过去。加上船前进的速度，这一戳力道着实不小，不过谭四只是一个侧身，像是在竹竿上打了个滚一样，再转身面对前方时，那竹竿已经握在了谭四的手中。谭四顺势向后一拉，那人还没反应过来，双手仍是紧握竹竿，于是失去重心，向前一扑，被扯进了洋泾浜，溅起了不小的恶臭水花。

竹竿在手，谭四更是有了战法。手腕左右一抖，挥着棍子不知是扔还是打的那个，以及扔砖的家伙，统统被打下水。

郑家木桥近在眼前，谭四抛开竹竿，向前一跃，双手正好抓住木桥的木栏，借势一曲身，标准的单杠体操动作，就从木栏和桥身之间钻了进去，随后立即单手撑地，一个滚翻，卸掉冲力，跳起身来，照着赤裸上身的家伙当胸一脚，跟着向前一步，单手一撑对面木栏，一跃而过，跳上刚好从桥下驶出的乌篷船。整套动作行云流水，引来远处还在胆大围观的人群一阵惊呼。

那个赤裸上身的家伙，被一脚踹得晕头转向，竟跟着谭四摔了下去，不偏不倚，正朝着开船的雨果头顶落下。而雨果处乱不惊，只一抬头，斜向上打出一记右手勾拳，打皮球一样，把那家伙当空击入河中，又引来一阵叫好声。

一拳打完，雨果迅速又扶回操纵杆。船只是晃了三晃，继续向前驶去。

"耗电情况如何？"谭四见暂时不再会有人来骚扰，放松了些许，问向雨果。

雨果认真看了面前的仪表盘，说道："百分之二十三。"

"那也差不多了。"

谭四嘀咕了一声，却让雨果听到了。虽然最后这一声嘀咕用的是中文，但雨果毕竟在大清国待了相当一段时日，听个语调都能猜出六七成。

"李先生。"

梁启开门，看到一个相貌堂堂的陌生人，年龄看起来不大，眉宇之间却带着深邃老练，像是久经世故。说是陌生人，却依稀感觉在哪里见过……这还不是重点，当这个人看到房里的傻山时，竟一点儿都没有露出惊恐的表情，恐怕来者不善。

"范先生想跟您聊一聊。"面熟的陌生人说道。

范先生？梁启一下明白过来，为什么会觉得这个人如此似曾相识了。眼角鼻子都和范世雅有相像之处，连声音都有几分相似。梁启不由得抿着嘴笑了。

开门的时候，他说的是"李先生"。看来范世雅对自己的行动有了不少了解，以他的能力，恐怕也调查过了……消息从哪里漏到范世雅耳朵里？只有一个可能……李珏。

确实可恶，但各有各的目的，也怪不了他。现在该演的戏份，还是不能偷懒，都得演好。

梁启露出为难的表情，并向屋里瞥了一眼。

"没关系，范先生同样想见见这位英雄。"

正说着，窗外忽然响起了奇异的哨声，像是吹叶子一样的声音，但是明显比吹叶子响很多，声音尖细，甚至有些恐怖。

听到哨音，梁启和来客都愣了片刻，却见傻山突然站了起来。两人一时竟不知所措。就算是和傻山已经相处了一段时间的梁启，也从来没见过这种情形。傻山听着哨音，仍是面无表情，夺门而出。吓得门前两人连忙闪身。

傻山踩着沉重的步子，奔出了公寓。直到脚步声渐渐远去，消失在外面街道尽头，房东老头才终于跳出来，朝楼上的梁启骂了两句。

两个人面面相觑。片刻过后，那人微微一笑，说："既然那个怪物忽然跑了，那么不妨就您单独来一趟吧，梁先生。"

那人忽然改了称呼，显然梁启的身份身份早被识破，梁启只好勉强一笑，点点头。没办法，只能见机行事了。

那人直到现在也没有递上一张他自己的名片，是有意要把身份隐瞒到底吗？还是说，就是为了造成信息的不对等，给梁启施加额外的压力？无论是出于什么目的，梁启还是跟着他出了公寓，走到大街上，和慌乱狂奔的净社众逆向而行，朝公共租界的北区前进。

上海的律师事务所在几年内逐渐增多，主要是因为租界里要按照洋人的法律办事，中国传统的诉讼公堂起不上作用。这些律师事务所专以调解华洋纠纷为业务。既然洋人占了律师事务所的一半工作，当然是离洋人的公堂越近越有利于得到更多案子。在公共租界英领馆附近，特别是圆明园路，除了各家气派公馆外，也是律师事务所的聚集地。范世雅的雅世律师事务所也不免俗，在吴淞江畔圆明园路南端。

本是为了离报馆近些，免去上下班路途劳苦，梁启所租住的公寓在望平街左近，算得上公共租界的中心地带，去圆明园路自然不远。

出了公寓走不远就是三马路，此时原本应该是报馆的报人最忙碌的时候，家家报馆灯火通明焦头烂额才对。结果因为净社在洋泾浜上大闹，现在只剩灯火，没了喧嚣。初春的风阴森森、冷潇潇，吹不动电气路灯，更吹不动后马路上奢华公馆的玻璃窗。

雅世律师事务所并不在街面，而是在弄堂临街的二层。弄堂的石库门实际上在后马路上，走到后马路和圆明园路交界处，进去右转上楼便是。上到二楼可以看到门前立着招牌，没有灯，只是借着夜色可看一二。仅从外面看，赫赫有名的雅世律师事务所，并不气派。

带路人走到事务所单薄的房门前，在用窗纸遮光的玻璃上轻敲了三下。屋内可以看到明亮的灯光，隔着窗纸玻璃无法判断是电气灯还是煤油灯。

两人静候片刻，就听到里面的人缓缓应道："请进吧。"

带路人推开门，让梁启先进了屋。

果然点的是一盏电气灯，灯泡挂在屋顶正中央，灯光耀眼。房间布置极为简洁，与门正对的是一张长桌，桌上满是书卷。桌的左右各有两架顶到屋顶、没有多余装饰的书架，唯一算得上点缀的就是摆在桌上的一座自鸣钟，用铿锵的钟摆声提示着时光在不断流失。

而坐在桌子后面的正是这里的主人——范世雅。

范世雅背后是一扇左右打开的玻璃窗，窗外是寂静的夜色。

"原来只是一个人来的，先请坐吧，"范世雅还是那种温和的语调，"梁先生。"

梁启没打算客气，直接坐在了桌子对面的凳子上。刚好可以瞥见范世雅桌上的书卷，看上去都是些打捆而放的文书，分门别类，看似杂乱，实际极为有序。

"恕范某这么晚叫梁先生前来，白日里案头的工作实在太多，总也腾不出手。吾侄来帮忙打理日常，却又不够争气，全然帮不上忙。"说着，范世雅看了看仍旧站在门口的那人，"稀奇，你先下去吧。我和梁先生单独谈一谈。"

果不其然，是他血亲。范稀奇虽然被说无能，却还是一副彬彬有礼的样子，不动声色，点点头，退出了房间，关上了房门。

"梁先生，我范世雅讲究效率，不做无用功，所以我们开门见山吧，你这几天是一直在调查我天文好友的案子吧。"

"小生哪有什么资格调查案子，只是刚好撞见那样的英杰遇害，怎么可能不想知道真相。"

"梁先生精神实在可嘉，我们大清国的报人如果都像梁先生这样，那启发民智根本不是一句空话了。"

"范先生谬赞，说到报人，曾传尧曾经理那才是我们全体报人的楷模。"

"老曾只是改不掉的愤世嫉俗。"范世雅顿了顿，继续说，"不知梁先生调查到了什么程度，不妨与范某说上一二。好友之死让人痛心疾首啊。"

梁启想了想，没有任何隐瞒的必要，况且以范世雅的实力，恐怕现在手头的线索并不比自己少，隐瞒了反倒不利。便把那天晚上在带钩桥发现钟天文尸体，还有康揆莫名失踪，与范世雅说了。具体的细节，自然还是有所保留，比如关于那个不明来历的警察。

"康揆啊……"范世雅的无奈表情比刚才说侄子无能还真切，"那时候刚到美国，我们还是四个幼童，到了麻省孟松学校读英文，大作家马克·吐温带着女儿来探望我们，就算那时候无事不骂上两句的传尧都表现得恭敬得体。只有康揍他啊……对人家不理不睬，自己坐在角落里，也不知道嘀咕些什么。马克·吐温特意过来和他说话，结果他倒好，反问人家到底懂多少机械常识，不懂就不要随便来搭讪，自己是一定会上耶鲁大学的，到时候造出世界上最大最强的机械。你说说，真是只能当他童言无忌了。"

"康先生也是性情中人了。小生倒是好奇大作家听到这话是什么反应？"

"那可是有意思了，马克·吐温听了哈哈大笑，就是那种美国人的笑声，吓得我们几个连忙想打圆场。倒是大作家自己度量非凡，笑过后点头称赞说：'那岂不是比法拉第还要伟大？'好家伙，结果人家立马顶上一句：'我只搞机械不搞电磁。'大作家再次哈哈大笑，简直让全场人都无比尴尬，幸好他女儿机灵，拉着她父亲要开始跳舞环节。康揍呀，真是不懂一点儿人情世故。"

"真是奇人奇事啊。"梁启发自内心地赞叹道。

"不小心就跑题了。都是陈年往事，年岁一大，就喜欢追忆童年。"范世雅像是在舒缓情绪一样垂目片刻，"他居然会离开南洋公学……是什么时候发现不在的？"

"钟先生发生意外之后第二天。"

"哦……那已经有好多天了啊。可能去的地方，你自然是有线索了？"

"姑且只是一些猜测，恐怕他拿着'隼鸟号'的数据，去了净社。"

"净社……"

梁启尽可能地在明亮的灯光下观察此时的范世雅，却发现他只是在沉吟，毫无情感流露。

范世雅沉吟了好一阵，终于又缓缓地说道："看梁先生脸上的伤，想必吃了不少的苦头。佩服梁先生的胆识，可是李同先生的行为，范某却多有疑惑。"

该来的终究会来，终于要正面交锋了。

梁启连忙承认自己假借雅世律师事务所的名义之事，但事出有因，自己对华人开的律师事务所知之甚少，一时间只能急中生智用了范先生的名号云云。

"外边已经让净社闹得翻天覆地了，你还真是心大。"

两个人都往窗外看了看，就好像从这里能一眼看见洋泾浜似的。

"小生有太多地方思虑不周，也要请范先生多多指教才是。"

"其实梁先生已经算是这代青年中的佼佼者了。只不过……范某惜才，不知梁先生是否愿意到鄙所做事？"

"范先生太抬举小生了，恐怕小生只有写写新闻的本事，要说去做一个叱咤风云的律师，难以胜任。也请范先生有话直言，小生洗耳恭听。"

"呵，那范某就直说吧。为了我天文好友丧命一事追查真相，范某全力支持。康搂失踪，必有缘由，范某会竭尽全力把老友找回。而康脑脱路的康脑脱医院，请不要插手。既然你是报馆中人，当然非常清楚当年庚子之乱时，康脑脱医院到底都发生了些什么，我友老曾从没打算放过他们，请都交给老曾全权处理吧。以他的能力，我想你也应该是信得过的。"

"当然当然，如果是曾经理亲自出手，必会马到成功。"

梁启嘴上恭维着，心里开始揣测范世雅这些话到底是何用意。只是单纯的直接警告？是有意透露线索让梁启继续追查？还是在布下的重重陷阱中放下诱饵？以范世雅在事件中所处的位置以及他本身的地位来说，根本不需要透露出这么多的信息给梁启，只要一句"你离整个事件越远越好"就足够了。

所以，今晚的对话大有玄机，只是一时还无法看透，姑且照旧行事，到时候范世雅要是发难，再想办法对付就是。还有，那个范稀奇，恐怕也是一个变数。

"鸣金收兵。"

"'金'是什么？"

在大清国有段时间的雨果，多少也会说上几句中文。他一边控制着复杂的操纵杆，一边还是忍不住好奇，用蹩脚的中文问了一声。

"就是刚才那种哨声吧。"谭四依然站在船头，没有回头。不过，他意识到雨果估计听不懂，便用英语敷衍地解释了一下。

阴森的哨声响后，乌篷船已经驶过东新桥，朝西新桥而去。岸边原本全是小吃摊，到了晚间借着电气路灯的照耀，正该是生意最兴隆之时，结果已然只剩东倒西歪的摊位，没了摊主。一群又一群的净社众从北面的小巷涌出，有的追着船跑，有的站在北岸叫嚣。虽然岸上乱成一团，但看上去确实在摆出一副围攻的架势。

过西新桥还算相安无事，只是看着净社众无序地涌动。可再往前，就看到了如山一般的压力。不远处便是洋泾浜最后一座桥——北八仙桥，一个异常巨大的身躯站在桥的正中央。不仅身躯巨大，这人双手还高举着一头不知从哪儿弄来的看门石狮，已然蓄势待发，只等谭四他们的船一到就砸下去，架势甚是骇人。

就连一直优哉的雨果，都倒吸口气，浑身僵硬，瞪圆了深邃的双眼。

谭四看到傻山倒是轻松一笑。"行了，附加任务也完成了。"

他不再站在船头，却也没有回到船尾，而是跳到雨果身后，朝着他屁股底下的座位踹了一脚。

雨果猛一回头，还没开口，谭四就用安慰的语气回答了他："没事，这船只是消耗品，电池最重要。"随后俯身把座位下面的电池抽了出来。

船再一次像被突然抽掉了灵魂的躯体一样，没了生气，只是由着惯性向前滑行。

说来也怪，谭四本打算靠他和雨果的本事跳上岸去，闯出一条路逃走。可是向北岸一看，竟然有一块地方空无一人，或者说是刚才还站在那里的人，都已经躺在四周呻吟打滚。这块真空地带正对着一条漆黑小巷，简直就是再好不过的逃跑路线。

管不了是不是陷阱，手举石狮的怪物越来越近，光是那气势就压迫得人喘不上气。谭四把电池塞给雨果，立即跳到船尾，摇了两下橹便已靠岸。净社众正要从两边冲来填补空白，两人却已然翻身登岸，跑进了小巷。

"呵。"小巷里果然有人。

"呵你个鬼！烟味儿八里外就能呛死人。"

谭四根本没有停步，只是忙里偷闲揶揄两句阴影里的人。上次交过手，他可不想在这种地方和这个狠角色再动手。

雨果抱着蓄电池箱跑得飞快，却根本没感受到任何压力。他跟在谭四后面，只是笑着喊一声："你们大清国真好玩儿。"

这句中文说得倒是真地道。

掮客

傻山没有回来。

天已经大亮，可是梁启依然不敢轻举妄动，继续在房间里静候。太阳开始攀升，随后又起了阴云，到了下午，淅沥沥下起了冷冰冰的雨，除了奔走生计的人们还打着伞疲惫赶路，就连苦力都不在街面上淋雨趴活儿。看着窗外，路灯逐渐亮起来，湿漉漉的路面影影绰绰地映着对街建筑，却依然不见傻山的巨大身影。

这么轻易就摆脱掉了？多少有些无趣啊。

没有什么需要带的东西，除了一把雨伞。梁启拿了伞就出了门。近六七天来，因为傻山的存在，房东老头早就习惯了做缩头乌龟，根本不敢再骂。

虽然终于重获自由，但梁启还是不敢去报馆，生怕傻山离开后，那个心思缜密的耳朵赵会派人来跟踪自己，去了报馆恐怕前功尽弃。于是此时最安全又能获得信息的地方，就只有之前带着傻山去过的妙卿所在的妓馆了。

看看日期，正好这天妙卿没有满桂香书场的演出，算是闲时。除了书场，她不会去其他地方，直接去四马路找她即可。

仍旧是灯红酒绿四马路，纸醉金迷名利场。

歌声笑声喧闹声，弥漫在四马路每一个无人知晓的阴暗角落。

梁启算是相当受老鸨欢迎的客人，因为从不拖欠费用，可是这一晚当他打算去妙卿房间时，却看到老鸨面带难色。

没有阻拦，却又好像有什么难处……

搞什么？难不成因为上一次傻山，老鸨对自己记恨在心了？不可能，只要钱给得够，她绝不会在意那些事情。

梁启疑惑着走上二楼，到了妙卿的房间门口，却发现房间竟是放下门帘的，这就代表着房间里有人。

怪了。一来妙卿绝不会接待其他客人；二来，退一万步讲，如果真有客人，老鸨是不可能让自己上来的。思来想去，不得要领，梁启索性不理会妓馆的规矩，挑帘进了房间。

"呀！你这是闯房间啊！"

梁启刚一探头，就听见妙卿似嗔似笑地一喊。

只好硬着头皮进来了。

梁启进了屋，抬眼一看，房间里确实有人！是……

荒江？

梁启的尴尬表情一定非常滑稽。原本总是摆出高姿态的荒江，都咻咻地笑出声来。

"你一个大小姐……怎么好意思跑妓馆……"

"哎哟，还以为梁先生是进步人士，没想到满脑子全是僵化思想，冥顽不化。"荒江说话还是那样不依不饶。

荒江这一身打扮，显然是为了来妓馆而有意为之。她穿着精致的刺绣马甲，合身的长衫，戴着一顶后面有假辫子的瓜皮帽，把头发都藏到了帽子里，从上到下透着俏皮公子哥的劲儿。这样的公子哥真是……好吧，无论怎么装扮都能一眼看出是个女孩子。

见妙卿和荒江是一同坐在床头，梁启便坐到自己常坐的桌边圆凳上，又感觉与她们距离有点儿远，怕说话会被隔壁听到，就端起圆凳想靠近一些。

"真磨叽。"妙卿懒洋洋斜靠在床边，嘲讽着梁启。

梁启知趣地端着圆凳坐了过去，结果没留神，被荒江用一根勿求人戳了腰眼。他差点儿摔到床脚去，荒江却毫不在意，收了勿求人，直入主题，让他赶紧说南洋咖啡馆之后都有什么进展。

不过，梁启还是先问起妙卿那边进展如何。妙卿只是说，刚放出消息，就发现有人来打听，估摸着就是净社的人，一身的鱼腥味。

才过了大概一个礼拜就能收得成效，当然是件好事。但这真的都归功于妙卿的影响力吗？

梁启陷入了沉思。

突然，他的腰眼又被狠狠地戳了一下，梁启哀号着看向荒江。

"谁让你不理我。"

梁启赶紧陪不是，把近半个月来自己收集到的情报统统交代出来。比跟范世雅说的详细得多，比跟那个警察说的痛快得多。梁启条理清晰地把线索和尚不完整的信息都讲了一遍。

妙卿打着哈欠，荒江转着眼珠。

"还真是比想象的复杂多了。如果说一开始就怀疑是净社做的，那现在想来他们未必是真凶，或者说未必没有帮凶，甚至还有更深的主谋隐藏在幕后。"

"也不能随便怀疑别人吧。"梁启猜到荒江是在怀疑谁了，但他觉得在找到确凿证据之前，还是要更客观来调查才好。

"当然不能怀疑，只是一些推测，找到下一步该着重往哪个方向走。先说康揆吧，咱们最开始就把重心偏向他，结果也确实没错，这个人的确有问题。就连范世雅都默认了你所说的'康揆偷偷送数据去净社'的事，恐怕他多少也是知道的。不，以一家律师事务所的情报收集能力来看，他不仅知道，应该还清楚更多细节才对。那么现在的问题就是：其他几位到底都知道多少？"

"钟天文恐怕就是……"

"未必比范世雅知道的多,范世雅明显是想插手争夺康脑脱医院地契的案子。打着他的名号去骗净社,算是你瞎猫碰上死耗子。当然,就算你冒充别的律师事务所,他也照样会找上你。只是现在还无法判断他到底向着哪一边。"

"也可能已经能判断出来了。"梁启本以为妙卿会觉得无聊直接睡着,却没想到她听得津津有味,甚至还用期待的目光催促他不要故弄玄虚,赶紧接着说,"关于康脑脱医院,实际上跟他们四个干系甚大。至少同为沪上归国四杰之一的曾传尧是这样看的。他们四个,应该算是连为一体的。一个人的事,就是四个人共同的事。"

"你刚才说过,范世雅特意强调曾传尧会全权处理,不会放过他们。可报馆不是巡捕房,也不是律师事务所,就算不放过他们,能做什么?而这个'他们'是指的谁?"

"报纸嘛,更重要的是向民众传递事实……扯远了,说说那个'他们'吧,恐怕就是那起陈年旧事的主角之一。"

不能怪荒江对该事一无所知,事件发生时她还很小,就算她再聪明,也不可能巨细靡遗地了解整个事件的来龙去脉。何况这起事件平息之后,多少受到了全上海报界的淡化处理,大家都缄口不提,习惯了快节奏接受信息的民众迅速就将这事遗忘了。只有梁启这样的报界人士,在对事件做过调查之后才可能了解大概的脉络。

"上海报界被洋人玩弄于股掌,自然想报一箭之仇。"梁启先是把前几天对李珏所讲的内容又讲了一遍,接着说,"奈何正赶上庚子事发,只能咽着一肚子的窝囊气,全力关注起华北局势。洋人当然也关心拳乱,但在康脑脱路的开建上并没有松懈。一转眼,一条敞亮的马路就横贯整个沪西棚户区。"

"不对不对,"荒江机敏地打断了梁启,"你一开始说过,范世雅直接提到'康脑脱医院'这个名字,可是当时还没有康脑脱路,没有康脑脱路,又何来康脑脱医院这个名字?"

"你说中要害了,那个棚户区里的医院到底是什么时候有的,叫什么名字,实际上没人知道,就算是最先报道此事的《字林西报》,也根本没提过医院的名字。估计他们发现的时候,医院就没有名字。所以,'康脑脱医院'这个名字就是越界筑路屈辱之后才出现的,偷梁换柱。"

确实是一次猥琐的偷梁换柱行为。所谓的"正义"本来就偏袒洋人,而当马路真的深入那片棚户区的腹地,直达医院时,华人才发现不知道从什么时候起,医院已经人去楼空了。不知道那帮人有没有再打听过昔日医院的管事或者院长的下落,只是知道他们立刻开始打起新的如意算盘。转眼间,无名医院有了名字:康脑脱医院。

洋人确实有着相当的手段,康脑脱医院从挂名成立起,就又切中时代痛处——荼毒大清国的鸦片——成了一家规模庞大的戒烟馆。

荒江咂咂嘴,也对此唏嘘不已,说:"八年前,个顶个的蠢。"

"还有更蠢的。康脑脱医院成立之后,翻回头来,拿着三节算账、现钱结算的诱人条件,开始在华人的报纸上花钱打广告。"

"呵。"妙卿忽而一笑,"这帮洋人还真是把我们中国人的根性给摸透了。"

只要有便宜,就算是碎肉末也要先叮上一口再说的苍蝇性格。

"康脑脱医院结钱结得痛快,更是弄得那帮报馆不计前嫌,服服帖帖。虽然北方拳乱,可在上海本地,简直是一片和谐景象。直到……"

"直到曾传尧的《铳报》出来?"

"没错,直到《铳报》。"梁启看着荒江,"《铳报》当时刚刚创刊,曾传尧也还是个名不见经传的报馆经理。可是这个报纸就跟它名字一样,完全是为了开战而生。他们第一战就看中了康脑脱医院。也许是因为康脑脱医院在当时确实有名,他们所做的戒烟膏药,相当奏效,甚至有不少外省乡绅慕名跑来成箱买走。"

"这就有意思了。"荒江坐在床头晃着双脚,"先不说《铳报》,单说戒鸦片。据我所知,最有效的戒断办法就是禁闭数日,直到戒断。也有几种所谓的戒鸦片药丸,效果都微乎其微。八年前居然能有奇效戒烟膏药,我就算没见过那膏药具体是什么样的,也能猜出那膏药绝对有问题。"

"所言极是。膏药问题大了去了。恐怕曾传尧也是从你这个思路出发，敏锐地察觉到疑点，便派人深入暗访。说到'深入暗访'，这大概是咱们大清国有自己的报纸以来的第一次。仅此一点，曾传尧就足以载入史册了。又扯远了，说回戒烟膏药。铳报馆的报人暗访发现，原来所谓的戒烟膏药，根本就不是在戒烟用的，而是用提炼的鸦片膏，加入淀粉类的基底，混合上醋，制成透皮吸食剂。这样的膏药，贴上当然可以解烟瘾，因为它比大烟更毒。《铳报》当机立断，把真相披露出来。报道一出，不仅报界，视康脑脱医院为中华救星的乡绅父老都为之哗然。"

"真是再次狠狠地抽了那帮只为收点广告费就刊登医院广告的报纸的脸。"

"而且打得既准又响。"梁启应和妙卿道。

"痛快痛快。"妙卿不禁赞叹一声。

"可是，"荒江的眼珠又滴溜溜地转了起来，"康脑脱医院早就不复存在了，甚至八年后的我们连听都没听说过。范世雅却说'老曾不会放过他们'，到底是什么意思？这样说来就更意味深长了。"

"确实啊……再加上地契的问题，又有净社来添乱。曾传尧和康揆会不会本身就有什么矛盾？说来净社能在两年内崛起，那个周华明手段毒辣是一方面，另一方面不也是因为他们有各种稀奇古怪的水上机械……"

梁启说到这里不禁停了下来，欲言又止。

妙卿忽然伸了个懒腰，靠在床头的角度更歪了一些，懒洋洋地说："那个周华明，神神秘秘的，别跟去年的幕后黑手铁爵爷一样，一直不露面，结果出来一看，竟是个蒸汽机，让我们这些围观的大跌眼镜。"

屋内突然一阵安静。

梁启只好打着哈哈说："不能不能，得是倾一国之力才能造得出算力那么强大的蒸汽驱动差分机。净社再强，也不可能做到。"

"你可真是用尽气力洞察天地。"荒江瞥了一眼梁启，"还是本姑娘出马吧，明天再去一趟张园南洋咖啡馆。"

被荒江这么一说，梁启才意识到确实可行。

"好的，那就下午前去，上午我打算再走访走访。好不容易重获自由……"

"谁管你。"妙卿和荒江异口同声道。

面对这样的气氛，梁启还没来得及说什么，就见荒江从床上跳下来，回头向妙卿一笑。他心想不妙，就已经被小姑娘连推带赶地从床边弄到了房门边。

"行了行了，你赶紧出去吧。一个不懂规矩闯房间的人，有什么脸面在这里说说笑笑？碍手碍脚的。哦，对了，既然你来了，妙卿姐姐今晚的包场费就麻烦你给结一下吧。来都来了，姐姐会记得你的好意的。"

语毕，梁启已经被推出门外，而荒江早就回了屋里，随即传来她们嘻嘻哈哈的笑声。

别的不说，她俩可真是一对儿敲竹杠的好手啊……

没了傻山，梁启确实感受到了久违的自由。

第二天，梁启再度出门，神清气爽，脚步都轻快了许多。更主要的是，兜了一大圈，局算是基本布好，终于可以回归事件初始、案件本源上来调查了。

时间大概是上午十点钟，梁启直接去了泥城浜的东岸。

泥城浜曾经也是租界的界河，东岸为早先的英租界，西岸则是华界。不过之后租界一再扩张，让这条纵向流淌的浜泾溪流失去了界河的意义，只剩下终日不断的臭气，熏着两岸的高档餐馆和娱乐场所。

而这条河浜东岸，三四里的路，白天与夜晚完全是两个世界。

夜晚歌舞升平、争奇斗艳，可到了白天，除了河浜臭气以外，只有日常的繁忙景象。那些名家店铺，就像惧怕阳光一样变得黯然失色、了无生气。奔跑在马路上的，只是川流忙碌的人力车，街边蹲守的全是等着拉活的独轮车苦力，他们三三两两聚成自己的小团体，不说话，只是目光呆滞地看着过往行人。在他们中间，又夹杂着不少游商散贩。

越往北走，路边的小贩也就越多，咸鱼烂虾，水果蔬菜，什么都卖。但这些小贩不是梁启想要找的，他们只在白天出没，一旦入夜，都会收摊回家。况且这些人都只会看着眼前一寸的地方，就算马路上有人拖着死人过去，他们都不会做出任何反应，顶多会担心自己因为分神而被偷。梁启所想找的，在白天未必出现，只能碰运气。

一直走过四马路，向着三马路而去，在路边终于还是发现了一个。他独自一人，占了一块位置不算太好的拐角，旁边的墙根还有尿迹。拐角紧挨着一根乌黑的路灯柱，让人觉得颇有几分憋闷。

在晚上，这一带的路灯下面都是他们这种人的身影，或者说都是他们的摊位。四马路与泥城浜东岸的马路相交，从四马路辐射开来的妓馆更是集中在泥城浜一侧。因为妓馆的繁荣，自然而然地生出了这么一批人。他们一到路灯点亮，就会占了路灯下面，借着光亮让他们的"商品"熠熠生辉。不过，所谓的商品实际上并不需要付费，路人也好，慕名而来的人也罢，只要聚在路灯下，就可以随便看他们搬来的架子上挂着的一张张美人画片。画片不单是用来欣赏，实际上是四马路上及其周边大小妓馆所有挂名妓女的画像，画像上还会写上几句她们的嗜好、特长等。这些路灯下的小贩，就是做着为想去四马路快活的人引路，从妓馆抽取酬金的生意。正所谓妓馆捐客是也。

这些妓馆捐客收入颇丰，泥城浜一带治安又很成问题，所以他们都养成了小心谨慎的习惯，时刻观察四周的风吹草动。这等机敏，正是梁启所需要的。只是到了晚上，虽然四处都有妓馆捐客的身影，但他们身边终究会围着不少人。人多眼杂，反倒不便，况且忙生意的妓馆捐客也顾不上梁启的询问，给钱也不行。但白天的问题在于不好找，妓馆捐客多像耗子一样，见到阳光立刻就躲起来没了踪影。

因此，真找到这么一个白天出现的妓馆捐客，梁启兴奋得简直就像搬开礁石发现一只螃蟹。

之所以确认这个人就是妓馆捐客，不仅是因为昏昏欲睡的他把摊位摆在了灯柱下面，更是因为他晚上所用的画片架子就横放在一边，占了好一块地方。

梁启若无其事地走近他的摊位，蹲下来仔细看。白天的摊位只有一张破布，四角拿破砖头压住，脏兮兮的破布上只卖三样东西：烟卷、彩票和报纸。

烟卷，显然是那种仿造的劣质美国烟，根本不必拿起来闻就知道它有多刺鼻。彩票看起来也并不怎么样，主要的是几家根本没听说过的商家发行的。另外则是一本脏兮兮的抄本，抄本旁边放着一张图表。那是泥城浜对岸的跑马场里的跑马分析图，看来他这里也在偷偷卖洋人禁止华人销售的赌马票。

梁启随便翻了翻抄本的内容，画着比例扭曲的各种马匹，还标出名字和编号，似乎这样就能通过马的体格来判断到底该赌谁获胜概率大。放下抄本，最终还是要看他的报纸。

摆在最明显位置的自然是销量最好的《申报》。在梁启蹲在摊位前看烟卷和彩票的工夫，就已经有两个人买了《申报》。随后摆放的还有《时报》《上海新报》等几份大报。

并没有自己家的《新新日报》……

算了，这无所谓。

把大报翻开，露出的是藏在下面的小报。

小报在卖相上要比大报卖力得多。每份小报都是一张开本只有《申报》一半的报纸，在最醒目的位置放着最有冲击力的内容。为了这样的版头，每个小报编辑都花尽了心思，比如什么"蓬莱事发真相大白"之类。要不然就是"英人格兰特"或"美人奥克斯"最新长篇小说连载，可是细看之下，内容不外乎东拼西凑一些有的没的坊间传闻，而什么格兰特、奥克斯，根本就是枪手顶着洋人名字伪装的。

随后看到了铳报馆的副刊小报《小快活》。

众人皆知曾传尧的办报手腕，但看到《小快活》的版头还是让梁启眼前一亮，大感惊喜。《小快活》上有着真刀真枪的东西：报头旁就是一幅美人图。

梁启饶有兴趣地拿起这张《小快活》，想起美人图不止这一期有，算起来大概已经连续登载半个多月了，是在展示四马路各家妓馆评选花魁的参赛小姐。美人图本身也花了不小的价钱，竟是出自大画师吴友如的徒弟之手。美人图的线条透着几分妩媚香艳，眼神更像是吴大画师亲自执笔一般，摄人魂魄。

这一手，恐怕没少向那一堆妓馆要钱，甚至直接找这些名妓要钱。没想到铳报馆也做起了妓馆捐客的营生，但小报不就是干这些事情用的吗？倒也无可厚非。曾传尧果然是吃透了报界这些弯弯绕的门道。

梁启正要把《小快活》放回去，忽然改变了主意。他另一只手里原本捏着一枚银圆，这会儿又放了回去，笑嘻嘻地把报纸塞到了妓馆捐客手里。

那捐客漫不经心地从梁启手上接过报纸，却发现报纸下面还有东西，不由得迟疑了一下，还是接了过去。报纸下面是一张像纸一样的薄片，手感怪怪的，硬度不低，又比纸光滑。他接过来，翻过来一看，不禁倒吸口气，再抬眼看面前这个客人，正意味深长地笑着。

"什、什么意思？"捐客尽可能压低声音问道，同时把手里的东西一起塞进了怀里。

"用来交换些信息。"梁启说得直截了当，知道自己扔出来的筹码够分量了。

"就一张照片，值不了几个钱。"

"小弟又不是拿照片来卖钱，只是告诉兄台，小弟我有你想要的信息。不卖钱，只交换。"

"这可是妙卿！"

梁启一笑，又递给了他一张纸条，说："这是她私人德律风（德律风，就是电话，旧时"telephone"的音译）号码。"

捐客看了一眼，却不知真假，皱着眉头。

"不信你可以去试，不过你得先有一台……"

"我们自己就有德律风。"捐客意识到自己赌气失言，于是赶紧闭嘴。

"就是要有这种气势。"梁启乘胜追击,"不过,打通了,她接不接听,就又是两说了。"

掮客沉吟片刻,说:"你想交换什么?"

"回答我几个问题,非常简单。"

"要是不回答呢?"

"德律风号码已经看过,现在你没有'不回答'这个选项。小弟不才,既然有妙卿的信息,在妓馆里的手段你也能猜到一二。"

"别小看我们背后的人!"

"一码归一码,现在先来回答一个问题再说。"

掮客虽然不甚情愿,但一来看梁启十分坚定,猜不透他的背景,二来有妙卿的信息作为交换条件,如果真能得到,在他的组织里也算立了大功,所以姑且看看再说。

梁启见他已上钩,便问了第一个问题,给出了一个时间范围,问在此期间的晚上泥城浜可出过什么特别的事情。这个时间范围自然将钟天文身亡那天包括其中。

能做妓馆掮客的都不是笨人,脑子足够灵光,记忆力和洞察力也都算得了中等以上水平。他的回答真实度还是可以的,况且这个问题并不是用来询问,只是用来确认。

得到的答案就是:没有。

算是证实了案发第二天荒江在南洋咖啡馆所说的:泥城浜的流向由南向北,尸体不可能从吴淞江顺泥城浜漂去洋泾浜带钩桥。现在进一步确认,就算开船将尸体运过去也不可能。昨晚已经验证,如果有人胆敢破坏净社宵禁,绝对会闹得满城风雨。

"那么,净社自己的船可曾出现?"

"你已经问完了。"

不愧是做情报生意的,说出来的每一个字都必须得到好处。不过,就算他不回答,答案也基本上是明摆着的。净社根本没有理由会大费周折,运着钟天文的尸体,扔到更为喧闹、根本不是弃尸之地的带钩桥附近。

特别是净社的宵禁威慑力十足，入夜之后，河就空了，净社自己的船都不需要在河道上巡逻。如果有净社自己的船出现，同样相当显眼，招来怀疑。

"哦，倒真是一点儿都不肯放水啊。可惜接下来我再给出的筹码，以你的级别，恐怕……接不住吧？"

"你……"妓馆掮客咬牙道。

"带我去见你们当家的。交易要对等。"

"别得寸进尺。"

妓馆掮客刚要发作，一个消瘦的小贩就急匆匆地跑到他身边，耳语了几句。只见妓馆掮客脸色不佳，却无可奈何，只是狠狠地咂着嘴，不再说话。

换了后来的消瘦小贩来面对梁启，说："那么，就请先生随我一行吧。"

玉兰公会果然名不虚传，这么快就已经有高层知道，还做出反应了。早就想亲自会上一会，正是撞上来的好机会。

梁启向消瘦的小贩作了个揖，说："谢过了。但不知可否让小弟推延一天，明晚前去拜访。"

"呵，当家已经料到。明日入夜，仍是此地，恭候阁下。"

"请。"

消瘦小贩没好气地也说了一声"请"，两人便就此分开。

本来只是打算用一枚银圆把猜测确认一下，却搭上了神秘的玉兰公会的线。这么容易就搭上线，恐怕确实是玉兰公会的当家早就有所打算，盯上了自己，但顺水推舟各得好处倒也不错。

用钱买来的是商品，用情报换来的才是上品。

只不过，要先去找妙卿赔罪了。

张园

按照约定的时间,梁启赶到张园。

张园还是那个样子,大门前排着等待拍照留念的长队,安垲第里说书唱戏喝茶游艺无所不有,广场上充斥着飞龙岛轨道车的飞驰声和游客的尖叫声,嘈杂又繁华,刺激着来客的每一丝神经。

南洋咖啡馆,算不上是曲径通幽,但藏在树林后面,倒也有些宁静的气氛。而咖啡馆的门口,这一次杵着那个电线杆一样的人。

天泽站在咖啡馆门口,说明荒江已经提前抵达。梁启不喜欢让别人等自己,便快步赶了过去。结果正要进门,却被彬彬有礼的天泽拦住。

"现在下午三点钟,小姐晚间五点三刻在徐家汇藏书楼有晚宴,从这里坐马车到徐家汇藏书楼,需要十到十三分钟。从咖啡馆走到张园大门坐上马车,需要七分钟。晚宴需要提前十五分钟抵达,以示礼貌。因此……"

"五点钟,"梁启伸出手掌,"五点钟的钟声一敲响,我立马把你亲爱敬爱可爱的小姐全须全尾地奉还于你手上。行吗?精确吗?满意吗?"

天泽在梁启的一连串问话下,只是迅速计算了一下五点出发的新时间表,对他的嘲讽根本无动于衷,不卑不亢说了一声"请",算是认可了梁启的时间安排,放行了。

真不知道这个电线杆一样死板的人,知不知道前一天他家小姐是在妓馆过的夜……

进到南洋咖啡馆里面,依然是冷冷清清,没有其他客人。只是这次,荒江没有坐着,咖啡馆的谷老板也没有在门口的柜台后面。两个人站在咖啡馆中间,一人手里一根顶端弯曲的长杆,看着地面上画的格子,玩着什么。

"好家伙,还真是少有的热闹啊!"梁启有意抬高些嗓门,好让两人注意到自己已经进来。

"别吵,让我们先玩完这局。"

荒江根本没有抬头,拿起一只红色圆盘,摆在地上格子的己方一端,用手里长杆,将圆盘在光滑的木地板上巧妙地向前一推。圆盘穿越了层层格子,直撞远端写着数字"10"的格子中的一枚蓝色圆盘。蓝色圆盘被撞出去,红色圆盘稳稳代替了它,停在格中。

"哈哈哈,小姐在运动方面真是天赋异禀啊!鄙人甘拜下风,甘拜下风。"谷老板手里拿着长杆,看着自己的圆盘被撞出后,反倒开心得很,"好了,梁先生已经到了,你们聊吧。鄙人去给你们煮咖啡,烤西达糕。"

荒江听到"西达糕"更是开心,放下长杆,从怀里掏出一只手帕擦了擦额头微微冒出的汗,到了上一次的窗边桌位,像刚入学的小孩在食堂餐桌旁坐好一样,满面微笑地等着上菜了。

"你们刚才玩的是什么?"梁启也坐了过去,但还是忍不住回头看看地上新画上的游戏格子。

"推圆盘。等你的时候,谷老板怕我无聊,特意挪开桌椅,在地上画了比赛格子,陪我玩的。"

"你玩得不错呀。"

"也是第一次玩,全是谷老板教的。"

"怪不得他说你天赋异禀。"

"空泽老师当年教导有方。"

不小心自己说到了故人，带着梁启一同沉默下来。

"哎哟，两位今天是怎么了？"谷老板端着两杯热气腾腾的咖啡，不解地问。

"一些旧事，不足挂齿。倒是这次我们再来贵店，谷老板知道为何吗？"

"鄙人的西达糕上海第一？"谷老板不像是一个爱说笑话的人，但估计他是因为看到荒江的情绪多少不好，才特意说笑。

梁启知道他的好意，所以配合老板哈哈一笑。

"唉，其实鄙人知道你们的来意，咱们也不拐弯抹角兜圈子了。"谷老板把咖啡放在桌上，感觉整个人都放松下来，"鄙人就把知道的全都告诉你们吧。上一次确实有所隐瞒，但我以为钟先生的死就是终点，怕说多了引起不必要的怀疑，所以……却没想到康揆先生会失踪。如果能弥补什么，鄙人也算是有所欣慰了。"

梁启帮谷老板端来一把椅子，让他一同坐下来细说。

"康揆先生并不是从一开始就不来小店，而是因为他们曾经在小店大吵一架，从此他才赌气再不参加他们的聚会。"

果然如他们所料，这四个之间存在某种矛盾，且已然爆发过不止一次了。

事情之始虽已过数载，却满是美好的回忆。多年前，在钟天文找到失意沮丧绝望的谷老板，提议他开起这家南洋咖啡馆之后，他们四人就形成了每个月在咖啡馆聚会的传统。一开始咖啡馆的生意相当惨淡，还是接触外国人最多的钟天文和范世雅帮忙四处宣传，才终于打出名声，有了维持生计的根基。而四个人并不求回报，只图能有一个固定地点聚会。谷老板知道他们也非俗人，情愿用心地为他们服务，并偷偷把每个月第二个礼拜四的下午特意留给他们，不让他人干扰。聚会传统延续数年之久，四人风雨无阻，无论局势如何变动，他们所来畅谈的理想从未变过。

"理想？怎样的理想？"

"鄙人上次也说过了，就是通过他们四人的努力，让上海成为举世瞩目的伟大都市。"

真敢说啊。梁启心中冷笑，但没有打断谷老板，让他继续讲下去。

"说是'理想'，恐怕先生、小姐已经在心中嘲笑了。"

这么说并不是因为谷老板有多强的洞察力。当今世上到处都是荒唐言论，期刊报纸上写满纸上谈兵的大话空话，只要冠以空名，就能招摇撞骗，赚得钱财。"理想"在人们眼中只等于跳梁小丑的"滑稽"了。

"他们四人有切实的计划。"谷老板全不在意，继续说，"比你们大清国的洋务派还要务实。而且四位先生各有分工，各尽其能。康揆先生最懂实业，他要将实业工厂完全机械化，增加生产速率，提高生产质量，降低生产成本。不是夸口，几年来鄙人所见的康揆先生的设计图便不下百种。最疯狂的时候，一个月时间，康揆先生就能拿来十来份设计图和其他诸位先生探讨，热情之高，就连旁观的鄙人都为之感动。另外三位先生当然也都在一边出谋划策，一边做着自己应该做的事情。一座伟大都市，不可能只有实业支柱，其他三位先生的智慧谋略同样必不可少。曾先生掌管舆论，洞察人情，'社会'这个词从日本国传入大清国之后，在曾先生的实践中，鄙人才第一次看到了力量。通晓洋人法律的范先生，则可以让这座伟大都市再不会被外人蒙骗，而能真真正正立足于世界，和伦敦、巴黎、纽约平起平坐。同样作为外人的鄙人，见证了先生们的思想和才华，不禁羡慕不已。若是我南洋新加坡能有几位先生这样的才俊，也不会落得如今……不提这些，再说钟天文钟先生，钟先生虽仅是划船俱乐部的总教头，但他善于周旋，视野广阔，格局颇大，雄才伟略众人皆服，可以说钟先生才是四人的核心和灵魂。对外，钟先生善于为他们的理想争取更多援助；对内，他更是善于糅合另外三位各种天马行空的想法，使之切实可行。"

"确实是我所认识的钟叔叔。"荒江认真听着，连喜爱的西达糕都未再动过一下。

"唉，可也许真的是天下没有不散的筵席，再志同道合的伙伴，也终究有分道扬镳的一天。大概是去年春天，或者更早一些，可惜鄙人并没有察觉到。康搂先生变得越来越急躁，一向只谈机械的他有时甚至会吼上两句作为宣泄。康搂先生吼起来，着实吓人。但平心而论，鄙人也明白康搂先生为什么会越来越急躁。到了去年，范、曾两位先生的事业皆蒸蒸日上，在鄙人看来，他们确实对他们四人的'理想'计划越来越不上心了。最为务实的康搂先生当然忍受不住，时常为此大发脾气。但钟先生所言不错，四人所设计的伟大都市蓝图已经基本成形，然而真要实施又是另外一个层面上的问题。没有钱，也没有人手，这些都要从长计议。康搂先生自然无法反驳，因为钱也好人手也罢，四人之中恐怕只有钟先生能有办法。钟先生又将责任全揽到自己身上，每当康搂先生发作，他就会立即出面道歉赔不是，诚恳得让发作者都于心不忍。"

谷老板顿了顿之后继续说了下去。

"可是，周旋不开的那一天终会到来。关于'人手'，康搂先生早就提出他在南洋公学的学生都愿意为了这个'理想'而奋斗。而他一说出这话，范、曾二位就纷纷反对，批评他不应该把这些事情告诉乳臭未干的学生。有很多计划尚不能公开，万一泄露，只能坏事。康搂先生自然反驳，再拖延下去，同样只会坏事。他三番五次地争吵，而在去年秋天，冲突终于爆发了。就连钟先生也拦他不住。那次聚会，康搂先生沉着脸，等其他三人都坐稳，只是说了一句'我要靠自己的力量把上海彻底改造成机械之都，我的学生们都已经开始着手，不需要各位先生、大人劳心劳力'，便扬长而去，再没来过小店。"

"好家伙，这个新理想还真是可圈可点。"梁启赞叹道。

"上次老板说过，康搂来参加聚会，多是靠钟天文去他那里取个带机关的匣子，掐时间抽字条来讨论，不知是否属实？"荒江把四人的尊称去掉，有着要客观分析整件事情的决心。

"其实鄙人上次并没有说谎，只是……对一些事稍加掩饰……"谷老板被忽然追问得有些狼狈。

"能说说他们这样能讨论出什么来吗?多少还蛮好奇。"

"太专业的,鄙人实在不懂。大概能明白的是,从去年秋天到出事之前,康揆先生宣称已经在南洋公学建起了他的机械帝国。"

"机械帝国?"梁启忍不住问道。

这样的称呼,未免太夸张了点吧。南洋公学的情况,大家又不是不知道,就算机械特科再受重视,也远远到不了"帝国"的程度。

"也是鄙人听得的一面之词。"听到梁启的追问,谷老板的眼神也恍惚了,"因为这家可怜的咖啡馆,鄙人实在无暇脱身,就算是对鄙人恩重如山的钟先生,鄙人也从未登门拜会过,现在想想真是让人扼腕痛惜。"

"老板请节哀。"荒江用少有的柔和语气安慰道。

谷老板还想说些什么,但看到荒江已经掏出怀表看了一眼,便就此打住。一见荒江看表,站在外面的天泽的样子也一下浮现在梁启脑中。想到那根电线杆绝对一直在门外以秒计时,他立即不寒而栗。

刚过四点三刻,离承诺天泽的五点钟整还提前了十来分钟。

可是天泽接到荒江之后,立刻迈开长腿,带着她向张园外走去,就像这多出来的十几分钟根本不存在一样。

因为还是初春,不到五点钟就已经是一片暮色。

金色的张园,电气路灯尚未点亮,飞龙岛上的轨道车还在循环往复地带着新客人尖叫着,还有些小姐骑着园子内租来的自行车,在东倒西歪愉快不已地互相嬉戏追逐。安垲第大概有夜场的演讲,因为有不少衣冠楚楚的绅士陆续进去。白天的游人大潮已经退去,现在门前全是接送夜晚来消遣的人的华丽马车,一排排堪称一景。

南洋公学的那个成果汇展时间倒也不难查,到时候直接过去看个究竟即可。而现在,该是去找玉兰公会接头人的时候了。梁启看着时间,重新向泥城浜走去。

抵达前一天约定的地方时,正好入夜。那根电气路灯已然点亮,路灯下聚拢了想找乐子想揩油想不劳而获的人,围着架子上的美人图品头论足，吸着口水，个个獐头鼠目。

人群边上，正是那个消瘦小贩。

不愧是玉兰公会，虽然做事神秘，但信用还是守的。

消瘦小贩没有说话，只是递了个眼神，便率先往四马路方向走去。

梁启跟在后面，猜测着到底会去哪里。刚好四马路上有庆典活动，宽阔的马路中间排了一溜的花车。一辆辆花团锦簇的花车全都架起高台，彰显着每家妓馆的实力。花车上的虽然不是各家花魁，但她们扭动着身躯，在花车的红灯笼包围下，同样美艳非凡。还有的花车，在四周装了烟花，向街道两侧喷洒着金色花火。围着花车痴痴地看着的人们把街道都塞得拥挤不堪，任由花火喷洒在自己头上，决不愿离远。

沿着四马路的边，还算是有些缝隙可以走。梁启跟着那个消瘦小贩，在这群欲火焚身的人身后走过。越往前走越热闹，梁启不禁诧异，难不成神秘的玉兰公会真的大隐隐于市，就藏在最热闹繁华的地方？

走到最核心的位置，一枝香大菜馆旁边，是座石库门。消瘦小贩带着梁启，离开满是花车的四马路主街，进了这个石库门里弄。石库门里弄内自然也全是妓馆旅社，不少没有参加花车游街的妓馆艺妓，都趴在自己的房间窗内，探着头，满含渴望羡慕地看着四马路。两人并没有去支弄，只是来到里弄的一家看起来很有人气的旅社。消瘦小贩一挑帘，率先进去了。

"青莲旅社"。梁启跟进去之前，先看清了这家店的名字。

大概是因为四马路上太过热闹，青莲旅社里面倒是有些许冷清。掌柜看见消瘦小贩带着人进来，没有招呼，也没有阻拦，一个小厮样子的人立刻迎上来引路。绕过柜台，通过大堂，三人进了一层的旅社走廊。

在寸土寸金的四马路上，谁都没有拥有深邃走廊的资本。走廊才走了几步，便已到头。走廊左右看来是客房，各有两间。走到最深处的左手边一间门前，小厮手里拿着钥匙把房门打开，消瘦小贩推门便进，小厮退了下去。梁启跟了进来，发现门内并没有什么玄机，只是一间普普通通的客房而已……

梁启正这么想着，就见消瘦小贩反锁房门，又拿出一把钥匙，插进一边的柜子锁眼里，拧了一下。他拔出钥匙，走到房间正中央的八仙桌前，用力把八仙桌向下一按。只听八仙桌"咔嗒"一声脆响，陷下去一截，紧跟着，整个房间发出了隆隆声，四周的墙壁开始向上移动。更准确地说，是整个房间的地板在向下移动，带着床铺、桌子、柜子。不多久，湿漉漉的灰色砖墙就代替了刚才旅社房间的白墙出现在四周，继续向上移动。

看着这样的设计，梁启先是惊叹一番，然后点点头，认为这样才对得起玉兰公会的名号。

地面下降到一定程度，潮湿阴冷之气已经渗透整个房间。砖墙的左侧，终于出现了变化，露出一条拱形隧道。

隧道用的竟然是电气灯照明，隔不多远就从顶上吊下一根铁链，悬挂一个椭圆形笼子一样的灯罩，里面一个白炽灯泡，照得整条隧道如同囚牢。想想刚才的机关，应该是一座在英美都有的升降机，旅社外面没有蒸汽机的烟囱，那估计是电力驱动的。既然能大费周章地修造密室，顺便多连几个电灯泡也不算什么大不了的吧。

不过……这样的耗电量，难道不会被英国人的电气公司注意到？

隧道不长，走不多远就到了头，是一扇巨大的木门。这次没有什么机关密锁，消瘦小贩直接推开了木门。嘈杂之音如潮水一样从门内扑面而来。

门内景象，让梁启立即明白了刚才的疑虑完全就是瞎操心。

简直就是一处……地下张园。

更重要的是，这座地下张园里，基本上全都是洋人。

一座地下城，更是一座真正的不夜城。穹顶之上布满电灯，照着整座城的歌舞升平。在地下，竟也有建筑和街道，一排排的洋楼，门前都装点着极为少见的电气灯箱，忽红忽绿，闪烁着鬼魅诱人的光，妖艳摄魂。

十来级台阶与地下张园相连，消瘦小贩赶着梁启过了木门，把门重新关好后，便率先下去了。一直站着未动的梁启深吸一口气，跟着一同下了台阶。

空气中全是甜腻腻的香气,不潮湿,不干燥,也不浑浊。

走到地下张园的街道里,更是浑然不觉这是在地下了。来来往往全是衣冠楚楚的洋人,梁启两人反倒显得异类。这一点实在叫人有些难受,梁启不禁想到,或许在小刀会之前,英租界就是类似这个样子,真是让人不爽。

不过,这里确实还是震撼到了梁启,他一边跟着消瘦小贩走,一边不断地惊叹。这么一座地下城,不仅是地面上的四马路那样妓馆和茶楼的集中地,更有各式花样百出的新式娱乐场所。书场戏楼、茶馆酒家、弹子房、老虎机、保龄球……赛乌龟,玩杂技的,赌角斗的,甚至还有大大小小好几家电影院。看了电影院门口张贴的海报就知道,他们放映的几乎都是世界上最快运到中国的最新电影。

而在这一切的背后,当然能嗅到最为纯粹的白花花的银子的味道。

"这边请。"一路无言的消瘦小贩,终于低声说道。

梁启抬头看看,是一座弧形建筑,看外观既像戏楼又像马戏大棚,看不出个所以然,只好跟了进去。

进来先是一条黑漆漆的甬道。甬道走不多远,有一张桌子和一个看门的。看样子是要收费才能进入,不过消瘦小贩走在前面,只是和看门点了一下头,两人就都放行进了甬道尽头的门。

又是一次扑面而来的声音洗礼。

但眼前的场面,梁启从未见过。一片开阔的空间里,挤满了穿得浮夸怪诞的洋人男女。他们戴着面具挤在一起,跟着旋律变幻不居的怪异乐曲扭动着身体。

说实话,就算是去日本留过学,见识过大千世界的梁启,也还是觉得有些不堪入目。梁启跟着消瘦小贩从群魔乱舞一般的室内广场外围走到对面,上了楼梯。在二层柱廊上,又能鸟瞰刚才的乱舞之地。原来乐曲源于场地中央一人弹奏钢琴一人吹奏西洋小号,两人完全没有西洋乐的优雅,就连弹钢琴的也在不停地随着零乱快速的节奏扭动着身体。真是难以理解的一种狂欢。

在柱廊上走了不远，消瘦小贩停下脚步，用带暗号的节奏敲了十来下房门。门随即打开，小贩止步不前，让梁启独自进入。

梁启明白，终于到了今夜旅途的终点。

走进房间，房门立即关上。屋里几乎没有什么光亮，只有一盏可怜的豆油灯，幽幽地照亮着周边不大点儿的区域。本以为是灯火辉煌，以为会用更多想象不到的东西来展现他富可敌国，却没想到是这个样子……

"梁先生。"光亮的边缘发出缓慢低沉的声音，"老夫恭候多时了。"

"您……"梁启忽然有些怀念被房门无情隔绝在外的嘈杂喧闹。

"老夫便是玉兰公会主人宗义民。呵，很少会有人知道老夫的真名实姓，希望梁先生你能珍惜自己所得的厚待。"

这么轻易就说出了名字，真的是没告诉过别的人吗……幸好屋里光线昏暗，梁启的表情多半不会被这个宗义民看到。

"您知道小生？"

"坐呀。"宗义民缓慢地说，"哦……靠墙那边有椅子，你自己摸过去坐。光明全是靠银子买来的，请原谅老夫的些许吝啬。"

梁启苦笑着去摸椅子。磕磕碰碰中，他发现这间房子空空荡荡，冰冷得让人打战。向前摸了几步，确实有把椅子。摸清楚了方向，他便坐下了。坐下的位置很微妙，依稀能看到一点宗义民的影子，胖得像尊弥勒佛。

"老夫这里感觉如何？哦……我是说外面那些场面。"

自己这间房有多寒酸，他倒是心知肚明。梁启说话也被带得缓慢，说："两个字：震惊。"

"你们这些报人啊，真是会敷衍。"

"哪有哪有，真是太震惊了，让小生一时词穷，无以形容。"

"都是洋人喜欢的把戏而已。老夫研究洋人多年，也算是吃透了他们这帮异族的喜好。你觉得外面那帮人如何？"

"无法评价……"确实如此。

"那叫'舞场',洋人最爱的娱乐活动,甚至比什么弹子球、保龄球还要沉迷。现场演奏的舞曲,是从美国流行起来的调子,非常不入流。可偏偏美国人都特别喜欢,不仅美国人,现在连古板的英国人也都喜欢上了这个调子。你说是不是很奇怪?但他们就是吃这一套,这个就是情报带给老夫的价值。"

梁启在黑暗中诚恳地点头,他开始相信宗义民这个习惯黑暗的胖子能看得到自己的一举一动。

"一宿过去,整个舞场都会被洋人的汗臭味熏得污浊不堪。在地下,想要清理臭气可是相当困难。但是就算如此,考虑到他们花的银子,我们依然稳赚不赔。老夫敢保证,再过十年,这种舞场将遍布上海大街小巷。可是那时候独赚这笔钱的机会就没有了。掌握先机,全靠完备的情报。咱们就是要把洋人从咱们大清国抢走的银子,统统再赚回来,一文都别想带出大清国的国土。"

还真是有着民族大义的理想。梁启没有插话,倒是想看看他到底能自言自语多久。

"不过,外面,也就是老夫一手创造的这个只有狂欢欲望和金钱的世界,依然是表世界,而这里才是真正的里世界。"

骤然,一股莫名的压迫感从黑暗中袭来,冲到了梁启面前,感觉就像这个刚刚还在慢条斯理地东拉西扯的人,一下子变得无比严肃认真,甚至是爆发出了不可一世的霸气。

"老夫一生,最喜欢也最热衷的,就是事无巨细地收集信息。别的,甚至那些银子,都只是附属,身外之物。老夫只有掌握了所有信息,才感到这个世界是存在的。"

听他说到"信息"两个字时,梁启想到了不停"搓手"的苍蝇。

"所以,"梁启深吸一口气,缓解一下刚才突如其来的压迫感,"您对我应该是了如指掌才对,喜欢吃什么、喜欢走哪条马路、喜欢穿哪双鞋,喜欢……"

"这些不是重点。"

"好吧……"梁启默默缩了回去。

"所以,该拿出你的诚意了,年轻人。"

"小生来到此地,一直是抱着来做交易的心态,没想到是想让小生单方面付出。"

"哈哈哈!"

意料之中的笑声,却还是让梁启毛骨悚然。

"没错,叫你来就是要做交易。没有交易,何谈诚意?没有诚意,更免谈交易。"宗义民的语速有了微妙的改变,"所以,请你先拿出自己的筹码看看。"

"哦……其实昨天小生已经表明了,关于妙卿的……"

"呵!你还真是小看了老夫。你真觉得老夫手上没有妙卿的所有信息?"

"呃……"梁启早已料到,索性闭嘴,看他出招。

"说出你想要什么吧,老夫会直接向你索要足够分量的东西作为交换。"

您早就已经想好了吧!

"想要查的写在这上面了。"梁启起身递过去一张纸。

纸在桌上只停留了一瞬,就被宗义民拿起,卷成一圈,伸进了豆油灯里。豆油灯可怜的火光骤然增亮,那张纸被点燃,同时照出宗义民的轮廓。

待到纸完全烧尽,房间重归方才的昏暗后,宗义民才继续说:"在纸上记录信息是最笨的方法。纸,永远是人类最不可靠的伙伴。你要尽可能谨慎地和它们打交道。好了,直接说出你的要求。在这个房间里,你难道还担心外界能有人听得到?"

确实,根本听不到一丝外面舞场的喧闹。

"谷孟松。"梁启说道,"张园南洋咖啡馆的老板,谷孟松。我希望能得到他的全部信息。"

宗义民意味深长地"哦"了一声之后,徐徐说道:"很好,三天后你再来即可。青莲旅社,你应该知道怎么进来。"

"嗯。"

就像等待审判一样,梁启等待着听到自己要付出的是什么代价。

"不用紧张,我要你做的事非常简单:为我摆平一个人。"

"谁?"

不祥的预感。

"他近十年来应该叫作……谭四。"

查案

"一年前，"宗义民在黑暗中徐徐说着，"他在黄浦江上弄出的那场爆炸，没有人会忘。"

这个时候不宜说话，梁启只是静候。

"老夫几乎不会离开这里，但了解外界的手段还是有的。谭四他弄了一个W实业，还招揽了不少年轻人加入。可惜一年来根本没有发展起来，是不是太暴殄天物了？"

"宗老高见。"

"说服他，让他带着W实业加入老夫麾下。"

"小生虽不是W实业的人，但当时的W实业多少也是集结了报界的力量，如今就算想要东山再起，恐怕……"

宗义民冷笑一声，打断梁启道："你觉得你们报界能有老夫现在的实力？"并没有给梁启反驳的余地，宗义民继续说，"而你，也要清楚自己现在所处的位置。老夫并没有在和你讨价还价。你开出了你想要的东西，老夫自然等价向你索取。你若是认为条件不对等，大可以立刻离开。老夫从不强求交易。"

"三天，同样是三天时间，我会给您一个答复。"

"到时候不要让老夫太失望。"

梁启从青莲旅社出来,感到一阵恍惚。看着四马路上花车依旧,一时分不清自己此时是地上还是地下。回首看看青莲旅社,在里弄内显得极不起眼。那么一个电动升降机,不可能运送那么多人到地下,他们一定有另外的秘密入口,供有通行身份者出入。既然能在四马路上弄个青莲旅社,上海任何一个洋人频繁出入的建筑物,他们恐怕都有能力让它成为地下张园的入口。

不过这些都无所谓,当务之急是……

梁启还在四马路最热闹的区域急行,立刻又感到一阵再熟悉不过的力量把自己拉住。同时,一股已经让自己感到恐惧的烟味袭来。

"英雄,英雄!别打,千万别再打小生了!"闻见烟味,梁启就慌乱万分地开始挣扎,却又不敢大声呼喊,怕激怒对方,反对自己不利,"咱们有话好好说,我什么都交代。"

只听身后冷冷地哼了一声。

梁启心中暗喊"不妙",却没有等来那熟悉的一击。

"你哆嗦什么?"那人在梁启背后冷冷地说道。

"还不是英雄武功盖世,霸气震得小生胆战心惊。"梁启不敢回头。万一他不想被自己看见,自己肯定会挨上一掌。

四马路上狂欢依旧,花车下的男人开始集体喊拍子,花车上的艺妓舞动得撩人心魄,庆典大概已入高潮。

只有墙角这两人,一前一后,站得别扭扭。

"你的那个朋友,是叫谭四吧?"

怎么回事,今天全都冲着谭四去了……

梁启苦笑着,不敢说不是。

"不用这么紧张,你和他都已经洗脱嫌疑,不会再为难你们。"

"什么嫌疑?"就算有再被打晕的危险,梁启也要问个明白。

"你没有必要知道。"

猜你就会这么说……

"在下还有要事要办，特意前来是要提醒你，小心珍惜你的那位朋友，他现在的处境十分凶险。"

"啊？"这根本不用你说，梁启默默叹气，"你怎么知道？"

"这你更不用知道。"

"不是不是，我还没说完。我是想问，英雄您是怎么知道小生会在这里的？"

"呵。"他只是冷笑一声，却并不作答，"还有，你跟他说，等事情结束，我会去找他，来一场堂堂正正的比试，请他务必收拾干净，准备好一决雌雄。"

说着，他从梁启身后走出来，直接向四马路的大街走去。刚走了几步，又停住，侧脸与梁启说道："没有必要那么恐惧在下。在下辰正，一介无照警察，平生所爱就是打抱不平。"

语毕，他大步流星，扬长而去。瘦高的身材，一身笔挺干练的警察制服，一顶圆顶檐帽，走在花车下，在被同样的欲望勾得动作完全一致的男人之中，显得格外惹眼，却没有人在意。

怎么会有人的名字是早晨（辰正相当于早晨8点到9点）？这种扫除黑暗的正义感也太刻意了一些吧……

梁启看着那个名叫辰正的烟鬼警察走远，感慨良多。

接下来的步骤需要稍作修改了。回去睡上一觉，再跑一趟康脑脱路。至于谭四，他本来就麻烦缠身，相信他不会因为多等一天而出事，隔日再去也不迟。

交易这种事，实际上非常微妙，只要知道"是交易就一定要付出代价"，就不太会吃亏。因此，就算是玉兰公会无所不能，梁启还是更想从李珏那里交换相对廉价的情报。

康脑脱路混杂如故，两侧矗立着华丽洋楼的街道，满是流氓地痞，全是净社的人。值得庆幸的是，傻山是净社的干部，不可能被派到这种偏远之地，执行蹲守任务。梁启到了康脑脱路上，多少安心了些。回想起与傻山共处的日子，只有发自内心的不安和恐惧。

满街都是兆顺地产的广告张贴画,"大促销""大回馈"字样随处可见,十分醒目。每栋洋楼的租金一跌再跌,现在还赠送各种福利,可整条马路还是越来越萧条。

"老梁……你可算来了。"一阵阴惨如鬼叫的声音传来。

梁启一脸木然,循着幽幽的声音传来方向看去。一面写着"促促促"三个大字,却不知道所促为何物的废旧旗子旁边,坐着一个比流浪汉还面容憔悴的家伙,正用哀怨的眼神看着自己。

"你……可算来了……"

简直是有气无力。

"这不是李珏李先生吗!"梁启特意光明正大地和他打招呼,"可真是一日不见,如隔三秋啊。"

"别跟我打哈哈,你可算把那个跟屁虫甩掉过来找我了,我已经等得海枯石烂人憔悴了。"

"有那么大个儿的跟屁虫吗……"

"这地方不方便说话,"李珏用他那双老鼠眼滴溜溜地看了看四周走来走去的流氓,更低声地说,"还是上次那里,咱俩分头过去。"

话一说完,李珏又变成一副形容枯槁的流浪汉的样子,抱着那根旗杆,面如死灰。

梁启率先向多日前那家酒楼走去。进了酒楼,迎上来的又是上次那个掌柜。掌柜一眼认出梁启,皱了皱眉头,直接把他带到了上一次的雅座。

过了足有半个小时,终于听到雅座屏风外有了窸窸窣窣的声音。随后,那个熟悉的老鼠一样的脑袋探了进来,带着一个令人厌弃的笑。

"怎么样,小爷这演技?"李珏一坐进来就兴致勃勃地问。

梁启还没来得及苦笑,李珏又噌地站了起来,故作拍桌,怒瞪梁启,"和解?笑话!"

竟然能完全重现那天的语调和动作。这一幕这家伙从那天到现在到底重温了多少遍啊……

"您是演技第一。"梁启竖起了大拇指,"上四马路随便找个楼子唱一出，都能当上个角儿。"

"兄弟我马上飞黄腾达。不对，四马路的楼子……有男人唱戏的吗！"

"行了吧，赶紧说正事。"梁启重归一本正经的表情，"上次托你帮我查的人，应该已经查到了吧。"

"哦？看起来老梁你很着急呀。"安稳坐下的李珏挑起眉毛说。

"少来，我手上的东西，你更着急要。"梁启说着，特意用夸张的眼神往窗外康脑脱路上看。

李珏本来双手十指交叉在嘴前，准备反唇相讥，听了这话，十指狠狠地扣在了一起，咬着牙说："你去给我买酒！这家酒楼的绍兴酒还算喝得下去。这点儿面子总能给吧。"

"是是是，李大能人想喝酒，我梁某人当然立刻给您买来了。"梁启说着已经出了雅座，找掌柜要了最好的绍兴酒，又要了三种肉菜下酒。

待梁启回到雅座，只见李珏已经手里拿着个本子等着了。

"又是你那个万恶的活人簿。"

"你这张嘴长出来是不是只为了挖苦人？"李珏抱着他的活人簿，用吝啬的眼神瞥了瞥梁启，"白瞎我上次为了你那么卖力演戏。"

"你那戏演得太逼真了。现在回想一下，你哪块儿是演的，哪块儿又是真的？我还真是越琢磨越糊涂了。"

"真是狗嘴吐不出象牙。"李珏没有把本子给梁启看，"说正事了。身高五尺四寸以上，男，华人警察，日常穿警察制服，专业刑侦技巧，燕青拳，吸烟无度……你还真是会抓重点，乱七八糟，让我差点儿白忙活一礼拜。"

"李珏李先生，人称'万事通'，没有办不到的事。"

"行了吧你。大清国在京城建善后协巡总局才几年的工夫，再到咱上海，巡警部出来的人，掰着手指头都能数清楚。可是，就因为只有这么些人，我一一对照来看，发现无一符合。"

"哦？这就有些出人意料了。"

"有些？我看你是早就猜到这一层了。"

"哪有哪有，快继续吧。"

"哼，"李珏顿了一下，"是人都知道，上海开埠六十多年，租界里警察一直全是洋人，派一帮红头阿三吹吹哨子。华人警察？那只能让人想到法租界那边的黄金荣。可是黄金荣他们只是些野路子包探，既不可能穿着巡警部的警察制服出来到处晃，也不可能懂什么刑侦技巧。那就奇怪了，你要查的这个人，警察制服是从哪儿弄来的？刑侦技巧是从哪儿学来的？不消说，我就注意到了一个这两年才有的新玩意儿。"

"警察学堂？"

"你这不是挺明白的嘛。"

"还不是你引导有方。"

李珏只是冷笑，继续说："帝都早在庚子之后就有了警察学堂，说是培养警察人才，实际上，我看就是老佛爷她自己想再弄一批禁卫军。那个不说了，说咱上海。你也知道，因为租界的特殊性，警察这种机构很难立足。不过警察学堂还是有了那么几家，对吧？"

"嗯，虹口那边反倒比较集中。"

"有意思的就来了。以前小爷我也从来没关注过，这回一查才知道，原来警察学堂内部还分等级。"

"愿闻其详。"

"分初等、中等、高等三科。但凡入学，皆从初等科开始，进修些粗浅的文理知识、大清律、照料外国人的须知、体操、持铳、刀法、徒手等一大堆文的武的初级本领。三个月为限，学成就可以充任巡警，发套制服，腰带配一根短棍，上街巡逻。"

"很好，咱们的'制服'有了，接下来……"

"接下来，有志进取的，参加一场考试，打一回擂台，择优晋级，就能到中等科。中等科的科目就厉害了，算学、地理、撰写公文都得学，还要学小队操练、击剑、射击、刺刀，都实用得很。"

"行，咱们可以继续晋级了，这中等科没有我们想要的。"

"中等科又是两个月学习,之后再次考试打擂,通过筛选进入高等科。高等科要学更多操练之法自不多说,文化方面要接触到国际警察法,还是很令人惊讶。同时,既要学习带领小队作战的战术,还要学……"

"刑侦审讯技巧。"

"没错。所以按你给的条件来看,剩下的人寥寥无几。"

李珏终于把他那本活人簿拿上了桌,打开给梁启看。

真不愧是"活人簿",散发着"阎罗王生死簿"的气息,每一页都是人名,就像只要被记录在此,其命运便已经被阎王掌控。

李珏是不可能让梁启看到活人簿的全部内容的。梁启也是心知肚明,自然不会自讨没趣地要多看什么,只是伸着脖子往摊开的一页上瞅。一眼就看到了"辰正"二字。

梁启苦笑一下,问:"你这活人簿,真的不是你平时记点鬼鬼祟祟的小心思小秘密的日记?"

"说什么呢?当然不是什么鬼日记。"

"那好,我要找的人就是这个,"梁启指了指,"辰正。"

"你确定?"

梁启便把前一天晚上被辰正拦下的种种粗略说了一下,当然隐去了从地下张园上来和谭四有险的情报。

"你他妈的不是知道是谁了嘛!还找我查!"

"息怒息怒,这不是昨晚刚发生的事嘛。再者说了,就以你我的合作默契来说,我相信你能懂我的意思,并不是托你只查出一个名字来而已,对吧?"

"呵!你还真是打得好一套云手。不过,也是意料之中,果然是这个辰正。"

"何出此言?"

"因为这个人在警察学堂里的表现太突出了。我不多加一分注意都不可能。况且只有他一个人打'燕青拳'。"

"打什么拳也会有记录?"

"因为屡次晋级考试,他都轻松夺冠。中等升高等的擂台上,这家伙愣是直接挑战车轮战。要知道,能参加中升高考试的,都不是弱者,少不了江湖上想混口官饭吃的狠角色,结果在擂台上,全被他三拳之内打翻,震惊全场,一时传为佳话。他不仅得了'辰三拳'的绰号,识货的人还把他打的一手燕青拳给传了出来。"

"太好了,燕青拳这一条也符合了。"梁启在空中画了个圈,"就差吸烟一项。"

李珏斜乜了梁启一眼,没有理他空中的那个圈,说:"烟鬼特质,真不算什么有用的线索。"

"每次袭击我的时候,都是必不可少……"梁启不自主地揉了揉自己的后脑,"说说吧,你肯定不可能止步于此,接着摸出了什么?"

"那是肯定,一旦让小爷我感兴趣的人……且慢,他妈的该你交货了,别想再赖账,小心我招呼兄弟们敲掉你满嘴牙,拔了你这根烂舌头。"

"好好好,该梁某人献丑了。我也不怕你听了就跑,好酒好肉都还没上来呢。这家酒楼的上菜速度,还真是合了我意。"

说笑之后,梁启把那晚讲给妙卿和荒江的事,又讲给了李珏听。

事情始末听完,李珏咂舌称赞着"这个曾传尧还挺能干的嘛",又一下反应过来,说:"所以你的意思是,那个破烂康脑脱医院的地契的下落,在当时就做过深度调查报道的曾传尧是知道的?"

"然也。"

"然你个头。曾传尧要是知道地契下落,为什么自己不来分一杯羹?你们报界插手地产的还少吗?不缺他曾传尧一个吧。更何况,现在康脑脱路的事情已经闹得满城风雨了,居然还坐视不管?退一万步讲,就算这个曾传尧不爱钱财,那他不想平息这场混战吗?你们报界的良知呢?都扔到洋泾浜里去了?"

"这也能拷问到良知上?要平息混战,你们兆顺地产撤出,不就立刻天下太平了?"

"呸!真是跟你说话,三句都嫌多。"

"已经说了三百句话了,我看你还没听够呢。"

上菜的时机恰到好处,小二端着酒菜进到雅座。见到不仅有酒,还有三种肉菜,李珏一下就面带喜色,一洗方才的不悦,夹起肉就吃,又拿绍兴酒往下送,简直像饿了七天八夜一样。不过,梁启倒是不急,等他便是,这家伙绝对是在趁吃菜的工夫打起新的盘算。

算计吧,只要有算计,就会有可乘之机。

"他在查案。"李珏吃光了眼前整整一盘肉,终于又开口了。

"查案?"梁启疑惑地看着李珏,随后才故作恍然大悟状说,"哦!你在说那个辰三拳啊。"

"这个愣头鹅,拳头确实硬,能从警察学堂高等科卒业,脑袋应该也不傻。就是耿直得可笑。根本不懂什么叫'暗中调查',到哪儿都是直来直去,所以小爷我随便叫了几个兄弟一打听,他的动向啊底细啊就全都摸得一清二楚了。"

确实是辰正的特点。经过这三次接触他,梁启同样体会到这个人虽说知道藏匿气息,却根本不懂做事的时候如何找到掩护。

"他查案?"梁启问,"什么案子……能轮得上他一个华人警察在租界里查?"

"一起八年前的失踪案。"李珏喝了一口酒,缓缓地说。

"这就尴尬了……"梁启沉吟片刻,"他一个刚刚从警察学堂卒业的人,凭什么去查案,还一上来就查一个根本不是眼下的案子?八年前……呃,八年前……该不会……"

"康脑脱医院?"两人异口同声地说了出来,说出以后又各自嫌弃地看着对方。

"别演了,你早就猜到了吧。"李珏冷笑着说。

"原话奉还。"梁启也冷笑一下,"至少你比我早知道好几天才对,他在查的是什么案,我才刚知道。不过,真要多谢你费劲摸索出来的线索。现在看来咱俩还得绑在一起一段日子了。"

"要命,恐怕近期想摆脱你确实不现实。"说着摆脱不掉,李珏还是站了起来,"小爷我吃饱喝足,得给兄弟们挣口粮去了,恕不奉陪。请。"

"请。"

李珏一离开,梁启立刻沉下心来思索这些新的细节。辰正上一次拷问自己时,流露出了对净社相当的关注,可是他真正在查的是八年前的失踪案。难不成净社真的和那个失踪的医院院长有关?可是八年前,还根本没有净社这个组织。疑点确实还有很多,关联似乎也变得更复杂……

看着李珏走到康脑脱路上,渐行渐远,梁启心中一阵叹息。李珏这个人就算再精于算计,好歹也是合作多时的伙伴,只能祝他吉人天相了,这块地,他们是永远不可能得到了。

误判

隔日清早，还远没到起床去继续奔走的时间，窗外晨鸟刚开始叽叽喳喳，就听到有人敲门。

梁启摇摇晃晃，在春日阴冷的清晨，瑟瑟发抖地去开房门，却发现门外站的是他完全意想不到的人。

是——天泽？

确实让人大吃一惊。天泽绝不会轻易来找自己，如果来了，绝对是有大事。该不会是……

"小姐在楼下等候，穿戴整齐后，一同前往浦东。"

梁启松了一口气，却仍旧一头雾水。

"到底发生了什么？别神神秘秘的了，心里发慌得要命。"

"昨夜在张园树林里发现了谷孟松的尸首。"天泽不动声色地答道。

梁启倒吸口凉气，点头低语道："好，稍等。"

比意想不到的人来访更意想不到。清晨的头脑混沌睡眼惺忪，全部一扫而净。

停在公寓门外的，还是荒江那辆专属四轮有篷英式马车，车夫手握缰绳坐在车前。天泽走在前面，为梁启彬彬有礼地打开了马车车门。只见荒江小小的身材,坐在里面一角。

荒江不是那种过分悲天悯人的性格。刚刚接识的人死掉了,她自然会有些情绪波动,但对她来说,理性永远要高于其他。看她样子与平日无异,梁启便放下心来。只是事情越发让人头大了。

上了马车,梁启坐到荒江旁边,天泽也随之进来,坐到了对面。

多少应该先问些情况再说。

可是……和天泽面对面坐着,还在这么一个密闭狭小的空间里,简直就是灾难。这个人就是一台行走的精密机器。只要抬头与天泽对视,尚未开口,天泽就会恰如其分地向自己点头微笑。几次后,梁启甚至开始怀疑这个人连微笑时嘴角上扬的角度都经过精密计算和严苛训练,刚好表达礼貌和拒绝双重含义,分毫不差。

询问天泽未果,只好转向荒江。荒江正心不在焉地看着车窗外。

本以为荒江也不会在路上多说什么,她却忽然侧着脸,看看外面开口了:"其实谷老板给我们发过两次求救信号,可是我们偏偏全都没注意到。"

说完,她歪了歪头,不再说话,意思大概是待会儿到了谭四那里再细说。

求救信号?自己确实已经开始觉得谷孟松有问题了,不然也不会找玉兰公会去调查他。这次的凶手难道就是宗义民?不可能,以宗的习性来说,杀人完全没有好处,反而有可能引起太多关注,暴露自己的生意。那个地下张园要是被公之于众,必定不是什么好看的新闻。不是宗义民的话,难道还是杀害钟天文的凶手?无从判断,只能到谭四那里再深入探讨了。

马车到了黄浦滩,再换船,又步行,便再次抵达了久违的蒸汽发电厂。

在浦东陆家嘴上岸之后,天泽倒是略讲了一二细节。一大早府上的德律风响起,接了才知道是谭四特地找德律风打来,告知了谷孟松的死讯,并要他们迅速叫梁启一起赶到蒸汽发电厂。

谭四竟然清早找到一台德律风通知荒江,看来他当时确实是十分焦急了。

想着当时谭四焦急的样子,梁启推开了发电厂大门,让荒江先进去。

发电厂内样貌依旧,气氛看上去还算缓和。

"嘿,可算都到齐了。"

气氛立刻不妙了……

谭四从厂房内多出来的竹脚手架上跳下,穿着一身灰不溜秋的连体服,上半身还缝了许多口袋,里面装满了东西,鼓鼓囊囊,头上戴着一个红色的玻璃头罩,让声音变得滑稽可笑。

完全没有一丝天泽所描述的焦急样子。

竹脚手架后面是一艘从没见过的机械船。机械船通体金属结构,尚未完工,龙骨船肋暴露在外。船肋竟然已经包裹了整艘船的三分之二,这一点看上去颇为奇怪。

"原来梁大记者也对机械感兴趣,真是失敬失敬。"

才第二句话就这么惹人生气。梁启根本不想理他,倒是更在意厂房里的气味,说:"你这里搞什么鬼名堂,一股子电弧灯的臭味。"

谭四已经把红玻璃头罩摘下来,夹在腋下,嘀咕了一句:"这破玩意儿就不是好人戴的。"同样没接梁启的话茬,径自去工作台放红玻璃头罩。

真是一如既往的臭脸。

天泽站在门边,与众人距离精准,不远不近,既可旁观,又可介入。荒江则一进发电厂,就自觉地跑去取了谭四用细藤条拧成狗尾草样子的逗猫棒,和马玉玩到了一起。上次见马玉觉得它是一只相当孤傲的猫,没想在荒江面前竟能玩得这么欢乐。

这些人……个个都没有应该的紧张感吗?

"我的老朋友们,"谭四放好红玻璃头罩后,就像个晚宴主持人一样发言了,"我先来给大家介绍一位新朋友。"

只有梁启一人没好气地往谭四手指的方向看去。这位新朋友,真会玩神秘,特意躲在那个未完成的机械船后面,等到谭四介绍,才走出来。

出来一看，竟和谭四穿着同样怪异的服装，只是没戴红玻璃头罩。而且，还……是个洋人？

谭四一如既往地介绍雨果，又将他的国籍来历兴趣爱好讲了一遍。大概是因为听了太多次，就算仅对中文一知半解的雨果，都能在应该微笑的时候及时摆出微笑。

听到雨果是凡尔纳的书迷，本来舍不得放下逗猫棒的荒江不禁抬眼看了看这个欧裔美籍小伙子。雨果早就注意到了荒江，见她终于有所反应，雨果立即大步走到荒江面前打招呼，一副美国式的热情派头。

雨果对荒江早有耳闻，知道那位写出了红极一时的《月球殖民地小说》的荒江钓叟实际上是一个才华横溢的小姑娘。如今在这里，似有凡尔纳之力相助，雨果立即将她认出。

说英语荒江当然不成问题，但雨果一上来就讲了许多关于科学小说的理想，弄得荒江实在不耐烦。看了看他和谭四穿着的完全同款工作服，又看了看站在一边尴尬且不知所措的梁启，荒江先是用英语说了一句"说正事"，又紧接着用汉语笑着说："看你们男人相爱相杀，倒是有趣得紧。"

"她说什么？"雨果不解地用英文问谭四。

谭四撇了撇嘴，只是与雨果低语两句，转回头来，也摆出要说正事的架势。荒江等人聚了过来，天泽重新规划了他与众人的距离。

"这回事态发展确实有些猝不及防。谷孟松的尸体是今早凌晨被发现的。"谭四说。

"今早发现的尸体？"梁启不禁看了看外面的天色，此时顶多上午十点钟，"你这消息未免太灵通了点儿。"

"确实，消息灵通应该是你们报馆独占的特性才对。"

"你今天是吃黑火药了？没点都能炸，说话处处针对。"

"你自己清楚。"

被谭四这么一说，梁启自然心虚，但嘴上不能示弱，说："合着这次来根本不是要商讨计划，而是对我兴师问罪了？"

"行了你们两个，这是让外国友人看笑话？"

荒江不屑地打断了两人的争吵，再看雨果，还是一脸茫然。

"你们吵得我心烦。"荒江微微侧了一下头，又重新炯炯有神地看向谭、梁和听不懂中文的雨果三人，一点都没有要逃避的意思，继续说，"这次确实是我疏忽了，本应该提早料到这一步，避免悲剧，却迟迟没有发觉。"

荒江话已至此，梁启不禁想到她在路上就说过，谷孟松发过求救信号，只是大家都没有注意到。所谓大家，恐怕就是去过两次南洋咖啡馆的自己和荒江两人，那么谷孟松到底透露了什么信息？

梁启回想自己开始觉得谷孟松不对劲，实际上是在和范世雅面谈那天。范世雅说了很多有的没的毫无意义的话，或许是为了达到另外某些目的而放的烟幕弹，但从范的这些话中，梁启不小心就抓到了一个信息——他们留美幼童当年都是在一家名为麻省孟松学校的地方学习英文。这"孟松"两字未免太过巧合，从而让梁启生疑。

不对。

或许是谷孟松死讯的冲击，让梁启忽然醒悟了另一层。老谋深算的范世雅怎么可能会欲盖弥彰地说走嘴？那晚的谈话本身就有太多地方意味不明，难不成是范世雅有意透露？但现在依然无法判断范世雅是站在什么立场上对待整个事件。姑且把范世雅的立场放到一边，单看谷孟松的名字，恐怕范世雅就是要透露他的名字有蹊跷。很有可能都不是原名，而是一个化名。这么说的话，这个化名恐怕都是一次求救信号了。可惜被大家……一次次地忽视了。

"你还没有发觉吗？"荒江看向陷入沉思的梁启，"我们第一次去南洋咖啡馆的时候，谷老板就发出信号了。你还记得在他滔滔不绝地讲了许久归国四杰的丰功伟绩之后，冷不防地说了什么吗？"

被忽然一问，梁启一时语塞，但还是想了起来。确实在当时感觉有些唐突，但他以为只是谷孟松为了缓解之前过激动的情绪而强行转移话题，恭维起荒江来。

不过，荒江还是抢先说道："'我在新加坡的时候，曾有缘和美国大文豪马克·吐温共进晚餐，您眉宇之间有他女儿的灵气。'"可以说，荒江学得惟妙惟肖，"当时我太大意了，那么明显的信息，却没有发现。稍有常识的人都知道，马克·吐温完成环球演讲，从新西兰出来后直接去了锡兰，根本就没有到过新加坡，连马六甲海峡都没走过。他是怎么和马克·吐温还有他女儿共进晚餐的？另外，马克·吐温距离新加坡最近的一次旅行只有那次环球演讲，那一年是西历一千八百九十五年，马克·吐温已经……六十一岁了。他有两个女儿，在当时都不可能……"荒江顿了片刻，"不可能和我的年龄相仿，让谷孟松联想到一起。可以说，一句话里他上了双保险，结果我们却……"

"也许加上他的名字的话，就不只是双保险了。"梁启接着把方才根据范世雅的话所做的推理也讲了一遍。

听了梁启这一层解释，荒江更是叹息不已，说："那就更加确认他的真实身份根本不是什么南洋新加坡的商人，而是……和另外四个人一样的留美幼童，我们中国人能有缘见到马克·吐温的，恐怕只有当年那几批在麻省孟松学校的留美幼童了。而到了我们第二次去，他已经有些慌不择路地在发出暗示。你还记得他硬是要和先到的我玩'推圆盘'游戏吧？"

"确实，对那个游戏我也印象深刻，你玩得非常好。"

"当时的好胜心，让我彻底错失了救谷老板的最后机会……"

"也不要这么自责。"

"推圆盘明显就是水手才会玩的游戏，甲板才是最佳的游戏场地，马克·吐温又是最著名的以'水手'自居的作家……他是在极力想让我注意到第一次的暗示，可是我……"

看着荒江说着说着有些要哭的样子，梁启甚是心疼，结果还没来得及说点什么安慰的话，一直在给雨果做翻译的谭四却出声说道："那就有意思了。"

有意思你个鬼呀！梁启狠狠瞪了谭四一眼。

"你们没有想过为什么谷孟松要用这么曲折的暗示，而不是明着跟你们说吗？另外，据我所知，几年来所谓'归国四杰'都会在南洋咖啡馆定期聚会，高谈阔论。谷孟松和他们四人到底是处于什么样的关系呢？"

"先试着回答你的第二个问题吧。"荒江打起精神，专注于眼前的问题，她专注的样子确实可爱多了，"在我看来，应该是五人同志关系。他们皆为留美幼童，共同在美国生活那么多年，就算不是同届，也基本上不可能不相识。"

"这可未必。"谭四诡谲一笑，"大家都忘了一年前，就是这家伙看我不惯的时候，"谭四瞅了一眼梁启，继续说，"就有过这么一个无人知晓的留美幼童出现。"

"过身客？"

梁启、荒江，甚至站在不远处的天泽，都想起了那个曾经让人闻风丧胆的可恶的名字。只有雨果，没了谭四的翻译，又恢复了一脸茫然。

谭四点头的同时，给雨果简单说了两句。

"你的意思是，谷孟松其实是和过身客一样，是当年容闳挑选的留美天才幼童中那些作为备份的影子幼童？"

梁启实在不想将憨厚话痨谷孟松和那个用残忍手法与大招同归于尽的过身客联想到一起，可是，让谭四这般提醒，再想一想诸多细节，又觉得只有这样才解释得通诸多疑点。所谓"影子幼童"，本就是不为人知且不会公之于众的那批备选天才幼童。三十五年前，从广东远渡美国，长途远征，一走就是一个半月甚至更久。路途艰险，谁能保证精挑细选的天才幼童都能活着抵达美洲大陆？为保证抵达美国时的天才幼童数量，给每一个百里挑一的天才幼童再选一个同样天才的影子替身以备不时之需，放在当时的条件下，容闳的做法无可厚非。让大清国真的强大起来，这才是高于一切的目标。而这些影子幼童，没有对口的经费，更没有和真身一样的待遇。只要正身还活着，他们就永远只能当个影子，以至于几乎所有正身都根本不知道他们还有影子存在。影子幼童在美国的生活其实也很悲惨，绝大多数为了吃饭，甘愿到旧金山做一辈子苦工，直至累死。但也有像过身客那样靠着过人的才能，暗地里考上了美国的大学，暗地里毕业，暗地里归国的。这些影子幼童到底有多少学成归国，没有人知道。但可以料想的是，无论他们有多少，都算是归国留美学生中的异数，带着某种不切实际的复仇怒火，过身客就是最典型的一例。

"你早就知道谷孟松是当年的影子幼童吧？"梁启的语气多少还是有些不满。

"这还真是误会在下了。最终确认他就是影子之一，实际上是在他死之后。"

"怎么确认的？"

"就是在荒江讲完他的暗示之后。"

本是等着谭四接着说下去，结果发现他只是那副高高在上的样子，不与多言，令人生厌。但道理确实已经很明白了。

就在大家再次陷入沉默时，雨果忽然拉着谭四说了几句，看样子带着某种压抑很久的兴奋。

"他说什么？"荒江皱着眉头问。

"他说，"谭四一本正经起来，"听了我们的讨论后，他说……他不仅喜欢凡尔纳，也一样喜欢柯南·道尔，希望大家能成为交心的书友。"谭四在说"大家"这个词时，特意看着荒江。

荒江只是手扶额头，不理会这个外国书呆子。

不对，哪里还是不对。一个念头在梁启脑中一闪而过。

谷孟松的死和钟天文的死到底有多少关联？谷孟松为什么要暗发求救信号？既然谷孟松是当年的影子幼童，那他与归国四杰的关系就变得更加微妙了。是什么引起了杀意？为何在此时，在光绪三十四年春天才起杀意？

是连环杀人，还是杀人灭口？在谷孟松是当年影子幼童的身份被揭开之后，这两种情况变得皆有可能了。

"倒是有个题外话一直想问个清楚。"

对于梁启来说，直接提问感觉要比推理来得更可靠。

"问吧,我的朋友。"

这语气真是让人厌恶。

"你突然伪装成留美学生去南洋公学,还在划船大赛上出尽风头,恐怕也是和影子有关吧?"

"既然已经看出来了,又何必多问?"

"不是看出来没看出来的问题,我需要的是你口中的肯定答案。如果你早就知道影子会有动作,所以这么大费周章地假扮身份,为何……"

"我确实察觉了,那又能怎样?"谭四语调并没有变化,却生出一种咄咄逼人的气势,"到底谁是影子谁是正身,我没有调查出来。影子要对谁出手,同样没有摸清。这些我说了,你是不是也不会相信?"

荒江正要皱着眉过来劝架,梁启倒是先放弃了坚持,把话往缓了说。

"算我唐突,也是心急。谷孟松的身亡,让我们有不小的心理压力。"

"得了吧,我们都不是警察,有哪门子压力?"谭四却不依不饶。

"说到'警察',你还记得之前那个烟鬼吧?前天晚上,他特意找到我,说要我转告你现在恐有危险,要多加小心。"

"哦?前天晚上?那就有意思了。既然我有危险,怎么不立刻来通知我?幸好我有天大的幸运,不然今天凌晨发现的恐怕就是在下的尸体了。"

梁启擦了擦脑门上的汗,无言以对。

"那么现在该换在下问你了。"谭四越发咄咄逼人,"前天晚上,你去哪里了?"

"啊?我晚上去哪里,跟你有关系吗?"

谭四冷笑一声,说:"要知道,那个烟鬼警察并不只是你一个人的'朋友'。"

原本就心虚的梁启叹了口气。该说的终究是要说出口。本来想找个更好的时机来讲,但现在已经不会有其他时机了。

梁启诚心诚意、毫不保留地把那晚自己和宗义民所谈的内容讲了出来。在他讲到地下张园和那个舞场时,就连听谭四简略翻译的雨果,都为之惊叹。

事情全部讲完,谭四立刻又恢复方才的态度,斜着眼睛瞅了一眼梁启,冷冷地问:"这个宗义民值得信任?"

"不能信任太多。"

"不能信任你就卖我?"

"这就是抬杠了,不信任就不能做交易了?大家都是为了能尽快解决危机,你别高高在上教训人。一分钱一分货,卖你刚刚好。"

话赶话,越说越不对付。

"你们两个,这是明摆着想让本姑娘来做和事佬吗?有意思吗?"荒江不耐烦地瞅了他们一眼。

谭四梁启各自把头扭向一边。

气氛凝滞了一会儿。梁启扭回头来,不看谭四,直接问荒江:"看来那家伙叫咱们来就只是为了宣布我开始调查的人死了,好嘲笑奚落讽刺揶揄我一番。"又转头朝向谭四,"没正经事商量的话,我还要回趟报馆,恕不奉陪了。"

梁启迈步往发电厂大门走。经过天泽身边时,他并没有幻想过这个精密仪器一样的男人会做出什么缓和气氛的举动,但还是停下脚步,没有回头,说:"小心别把命丢了,谭大侠。"

"不送。"

谭四嘴上这么说,语气很生硬,但显然是做出了想要阻拦的动作。可惜距离太远,他条件反射地抬了抬手,却并没有抓住什么。梁启出了大门,一去不返。

算计

蒸汽发电厂门外空气凛冽，梁启终于能吐出胸口郁结之气。

谭四这家伙，真是没来由地犯病！就算谷孟松的死和自己脱不开干系，那也没必要处处针对，句句抬杠。出现问题就应该立刻去解决，大清早把自己折腾过来，结果只是没头没脑的一顿训，简直可笑。梁启心里抱怨着，又回了陆家嘴岸边。早晨不会有野鸡渡船在浦东这边趴活等客，想往浦西去，只能碰运气。幸好运气还不错，刚好有条野鸡渡船划来下客，他赶紧连跑带喊地上了船。

尚是早晨，黄浦江上却已忙碌起来，洋轮来往不息。船家熟练地躲开每一艘横行霸道的洋轮和这些庞然大物在江上泛起的浪，而梁启的思绪已经飞向他处。

影子幼童……

这确实是当年一腔热血只为强国的容闳思虑不周而留下的祸患。这些影子幼童同样经过精挑细选，天赋异禀，却在国家面前微不足道。身为影子，没有名分，没有资助，还能活下来，更学成归来，这种人恐怕在一定程度上要比那些正身更优于常人。

谷孟松的死暴露了"影子幼童"的存在，让钟天文之死有了相对明确的推理方向，但事情也同时变得更加复杂，关系和线索更加盘根错节，需要仔细调查和梳理。

归国四杰到南洋咖啡馆聚会，这应该是确凿无疑的。至少在钟天文比赛之后，是范、曾二人主动邀约第二天在南洋咖啡馆一聚，表明他们知道此地，并知道谷孟松此人。当年的影子幼童这个身份背景，为什么会给谷孟松惹来杀身之祸？连环杀人也好，杀人灭口也罢，背后都没有直接的逻辑。如果一定要推理，自然要从这五人身上的共同特性和关系入手。比如说……除了谷孟松，还有另外一个影子？

梁启忽然发觉问题有了方向。

这样假设，似乎很多问题都迎刃而解。为什么谷孟松会预知自己有危险？因为他早就知道另一个影子的存在。另外三人应该是一直不知，不然不可能这么多年来没有动作。而钟、康、范、曾四人的名字在册备案，确实是当年容闳带去美国的留美天才幼童正身。也就是说，四人之中有人从影子升格为正身了。升格的时间，最合理的就是赴美途中。在船上，钟、康、范、曾中的某一个死掉，从而影子升格。只有这样，另外三个正身才不知道那个人并非正身，而是影子。因为在去美国的船上，正身和影子是严格隔离的，在年幼的正身还没有互相熟悉之前，更换掉一个，几乎不会被察觉。而对于影子幼童来说，则是另一番境遇。在船里，空间有限，他们恐怕不会有单独的房间。像运送猪仔一样，把他们塞在底舱，不许出来，就已经算是最仁慈的对待了吧。因此，升格一个影子，必定是这个可怕底舱里的大新闻。

可这还是没能解答为什么两起命案都会突然发生在此时，而非他们从来到上海至今的其他时间点。影子不可能都是过身客那样的偏激亡命徒。那么，必然是现在有什么……

一直在沉思的梁启猛地意识到哪里不大对劲。

这艘渡船怎么已经朝吴淞江口外的白渡桥划去？

眼看进了吴淞江……梁启心中暗叫不好！

梁启垂死挣扎般喊了一声船家，渴望是他一时糊涂，划错了航线。

可结果自然如他预料,船家完全不予理睬,只是快速让舢板从外白渡桥下面驶过,进了吴淞江。

没戏了没戏了,这是死期将至啊!

垃圾桥出现在不远处,仿佛早已恭候多时。梁启感到了几分绝望。

水上的怪兽,冒着意味不明的黑烟,发出永不停息的机械声——净社总社那座恐怖的水寨,再次出现在他眼前,压得人透不过气。在此之前从未在水上体会过,原来这座机械怪兽泛起的波浪如此汹涌,让人站在小船上只有眩晕。

"上岸。"船夫的口气像在赶犯人一样。

梁启无助地摸着缆绳,爬上了简易码头。

"进去。"

船夫押着还没站稳的梁启,上了浮桥,进了净社总社大门。

同样的隆隆怪响,同样的腥臭夹道。一样的路途,不一样的攻防关系。此时的梁启,手中没了筹码,只感到深深的不安和恐惧。

幽暗的通道里,坐在两侧那些无所事事的人纷纷投来白眼,就像是已经走入冥界,四周全是等待扑上来撕裂新鲜魂魄的恶鬼。

那个船夫连推带搡地把梁启又赶到上次那个房间门口。

"进去。"

不想进去啊……梁启苦着脸,却不由自主地推开了门。

还是那张方桌,还是那个位置,还是那个耳朵赵。

"我们可算又见面了,亲爱的李先生。"耳朵赵还是阴阳怪气的腔调,一手把着炭火暖手炉,一手搓着泥鳅胡说,"有没有想念我啊?寒舍可是随时为李先生你敞开大门。哦,不,怪不得你不来,都怨我总是稀里糊涂,把你的名字都叫错了。应该叫你梁先生才对,是不是?"

梁启倒吸口冷气,却也算是预料之中的场景。只不过他预料了太多场景,这是最坏的那个。

"我们都是老朋友了,梁先生,你还愣在那儿干嘛?坐呀。"

看了一眼这个没有窗的房间,在方桌的对角,早就准备了一张孤零零的板凳。

"嗯?"耳朵赵又搓了一下泥鳅胡,突然尖叫一声,"坐啊!"

梁启吓得两腿一软,差点儿直接坐到地上,但还是坚强地挪了过去,坐到冰冷的板凳上。

"这样才像朋友的样子。好了,我再给你介绍一位新朋友,让你们见见面。进来吧。"

耳朵赵向门的方向喊了一声,门立即打开,一个獐头鼠目的脑袋探了进来。

李珏!果然是这个混蛋!

"哎呀,老梁你可算来了。"李珏还是那副笑脸,非常自觉地拎着个板凳进来,坐到了梁启正对面。

"你……"梁启咬着牙,牙齿却在打战。

"老梁,你看看你这凶神恶煞的样子。小弟我又不吃你的喝你的,也没欠你的银子,何必这么咬牙切齿?"

"没想到你们俩早就认识了?"耳朵赵阴阳怪气地说,"我还发愁该怎么介绍呢。你们这些读书人,最麻烦的就是那一大堆规矩。省心了,省心了。"

"赵老板,看您说的。我跟梁先生可是多年的老朋友了。"

"呵!李大买办,咱俩还真是多年的老朋友,就说咱俩合作了多少笔买卖吧,哪一笔不是你这个演技派忙里忙外,把卖家给糊弄得团团转吃下来的?"

"哎哟,老梁,看你这话说的。小弟我可是一心为了咱们大清国才这么卖命。"

这家伙居然这么不要脸……轮到谁说给大清国卖命也轮不到他啊,一个买办,最大的本事就是帮着洋人把大清国的银子运出去。

"好戏!"耳朵赵笑不拢嘴,"这是要在我面前演一出《三岔口》喽?看看谁先摸着谁的小辫子?有意思,有意思!"

梁启心想,这个时候决不能松懈,必须追击到底。结果,自己还没来得及开口,李珏就再次抢先发话。

"赵老板,咱们大清国的地,怎么能让洋人拿着?小弟我可是一万个为了咱们着想,才特意跑来为您献计献策。"

"你这计策还真是万全。先帮着洋老爷把一整条马路都抢下来,最后剩一块无主之地,实在没头绪,抢不下来,才跑来'献计献策'。这'计策'还真是来得难能可贵啊。"梁启说。

"没头绪?你可是在说笑话?地契的下落,小弟早就有线索了。"

"哦?"梁启有意把声音拉得很长,"所以你连地契不在赵老板手里这件事都给调查透了?还敢说你大费周章地跑来这里,不是为了把地倒腾给洋人?"

"够了!"耳朵赵狠狠地一拍桌子,"都他妈的给我扔到江里喂鱼!"

李珏吓得一下跪倒在地。

梁启看在眼里,反倒放下心来,原来这家伙根本没有和净社谈成深度合作,只是单纯地出卖自己,想换取些现成利益。

"赵老板息怒,"这才是乘胜追击的时机,"没有地契,咱们照样稳赢。"

因为耳朵赵拍桌大吼,外面已经冲进来两个净社的大汉,但让梁启这么一说,耳朵赵又缓和回来,微微一个冷笑,挥挥手让进来的两个大汉暂时先退出去。

"最好你能说动我干掉那个耗子精,而不是干掉你。"

"赵老板,我这个办法,这家伙,"梁启指了指仍旧瘫坐在地上的李珏,"必不可少,还是先留着他的小命为好。"

话语刚落,就连李珏都大吃一惊,不敢相信这个已经被自己出卖了的人居然还要冒险保自己,一下被感动得热泪盈眶。

但在梁启的盘算中,当然不是真的还能对这个出卖自己的人大发什么慈悲,还要在鬼门关口拉他一把,而是假若不拉住他,自己多半也会玩完。原因不难理解,李珏和洋人的关系确实尚有利用价值,而更重要的是,耳朵赵是帮派中人,行走江湖,最恨的不外乎背信弃义的小人。

李珏出卖自己本来就是自损五百的一步棋，给人的印象本就不好，也就使得梁启轻易转守为攻。因此，在此时还能不计前嫌力保老友，等于又给自己上了一层保险。

"不知这家伙有没有给赵老板讲康脑脱路的由来？"梁启找回了自己的说话节奏，有条不紊，循循善诱。

耳朵赵摩挲着暖手炉，说："废话连篇。就算他没说，老子也清楚得很。"

那就是说过了，还真是死要面子。

"那想必也十分清楚庚子年间洋人的康脑脱医院是怎么瞬间垮下来的吧？"

"有屁快放。"耳朵赵语调低沉，语气森然，让人不敢不从。

"放啊，快啊。"李珏哭丧着脸，如同在哀求。

"闭嘴！这儿没你放屁的份儿。"

吓得李珏又缩了回去。

"靠的是一份报纸。用笔诛杀强过千军万马。而今天赵老板既然已经知道小弟的真实身份，那自然也清楚小弟在报馆的作为和笔诛的能力。"

到底有多大能力，对于耳朵赵这个大外行来说，梁启放一百个心他不会识破。

"笔诛？呵！你们读书人就是这么阴险，手段恶心得老子都嫌你们腐臭不堪。"

梁启抿着嘴，笑给耳朵赵看。

"别以为这么一句'笔诛'就能糊弄过关。你的计划一五一十全他妈的给我交代出来，敢有一点出入，立马要了你的狗命。"耳朵赵朝着门外喊了一声，"进来个人！"

门立马推开，进来的果然是那个鼻血。耳朵赵一看，皱着眉挥手说："去去去，拿纸笔过来。"

鼻血接到指令，立刻嘴里念叨着"纸笔纸笔纸笔"，又转身出去。

"全他妈的是废物。"此时耳朵赵的语调不高,却更加骇人。

室内一片静默,只有意味不明的机械轰鸣时而震得地板颤抖。

也不知道鼻血是跑了多远的路,上上下下去了哪几层,过了好一阵子,他才终于端着纸笔战战兢兢地跑过来。早就等得不耐烦的耳朵赵本打算像上次一样一巴掌抽在鼻血的脸上再说,但看见他手里捧着的砚台里还有墨,怕溅得到处都是,只好收手让他赶紧铺到桌上,开始记录。

"行了,梁先生,请讲吧。你的计划,我这小弟会一五一十全都给你记下来。"

鼻血舔着笔头,吃得一嘴黑,煞有介事地开始准备记录。

"好,那小生就开始了。"梁启整了整衣领说,"其实笔诛非常容易,只要抓到'正义'二字,什么文章都做得出来。庚子时,曾传尧就是抓到这一点,直接击垮了洋人。"

"说重点。"

"是是是。小生上次去康脑脱路时,就已心生一计。在康脑脱路的一头,有一座天主教堂,不知赵老板可曾注意?"

"嗯,是有那么个玩意儿。怪模怪样的,看着就恶心。"

哦?果然,他去过康脑脱路,恐怕还不止一次。

梁启从怀里掏出两枚银圆,递到了耳朵赵身边的方桌上,说:"小生出这两元钱,希望赵老板能派一个徒弟去那个教堂办一件事,用这两元钱买一样东西回来。"

"那个破教堂能有什么东西值这么多钱?"耳朵赵已经把两枚银圆摸到手里,把玩起来。

"教堂里的神龛。"

"哦?是古董?"

"非也,实际上可以说它一文不值。但就是因为它不值钱,花大价钱去买,才会让偷偷卖的人不敢在事件爆发时出来说话,而且'买'这个行为本身,也是必不可少。买了教堂的神龛之后,就请这位英雄尽情地大闹一场吧。"

"呵，尽情？我看你应该是有所指吧。"

"赵老板料事如神！要带着这座教堂神龛跑一趟英人电报局。在那里闹，就说必须要把这个神龛卖给电报局，卖十五个大洋，少一角都不行。电报局里的人必然会问：'为什么偏要卖这种玩意儿给电报局？'就回答说：'是教堂的人说的，教堂的神龛只要拿出教堂，七七四十九个小时之内找到新主，就能放出强大电能，用来发电。电报局电报局，一个电字不是就需要电吗！凭什么不买我的神龛？眼看四十九个小时就要过去了！'如此这般闹上几场。"

"哦？听起来倒是有趣，可是我问你，谁信这种神龛发电的鬼话？"

"当然没人信了，现在都什么年代了？可是大家都不信，偏偏冒出一个人来信，这说明什么？"

"有人狠狠地骗了这个蠢材。"

"正是如此！现如今老百姓最恨什么？正是洋人不停地欺骗糊弄我们。只要我们抓住这一点，'正义'就已经站在我们这一边。那么，小生的这杆笔，当然就能派上用场，大开杀戒了。"

"哈哈！梁先生啊梁先生，我好像说过吧，你才是真正的老狐狸。"

"赵老板，您谬赞了。接下来才是关键——达成咱们的目标。不过，在此之前，其实我想跟赵老板说明一下，小生的目标并不是让净社赶走兆顺地产，独占康脑脱路。"

"啪"的一声，耳朵赵的巴掌狠狠地拍在桌上，吓得鼻血哀号一声，差点儿跪在地上。

耳朵赵平静片刻，说："最好你能给我一个满意的答复，不然你立马变成鱼食。"

"赵老板明鉴，小生我绝对是全心全意为了净社利益最大化来做计划的。独占康脑脱路，看似坐拥全部财产，其实会成为众矢之的。况且在小生前面一番折腾后，康脑脱路肯定会变成一块烫手山芋。到时候谁先伸手谁倒霉。所以，小生的计划是：共治。这条马路，如果在庚子之前，咱们抢下来把洋人赶走，还算得上民族英雄，得个虚名，名扬一时。

可是现在，那里已经是名正言顺的租借地，就算硬取，最终也会因为工部局和《土地章程》在那里，不得不归还土地。来硬的，肯定是一场空，还自损了人马和信誉。"

"扯了半天，说重点。"

"方法很简单，一条名声变臭的马路，地皮最便宜。我们只要去和兆顺地产谈，把这条马路的经营权转让过来即可。地还是属于他们，但经营由我们来做。签上一份长期租用的合约，租金要极低，并且签死不许毁约，这样一条马路也就收入咱们净社囊中了。"

"他们凭什么和我们签约？"

"凭两点。其一，马路已经等于砸在手里，耗下去只有平添损失，作为利益至上的商人，他们绝对不容忍。能有组织乐意接盘，他们求之不得。其二，就是因为我们有他在手。"梁启用下巴指了指坐在地上的李珏。

忽然被人一指，李珏一脸惊恐。

"这个倒霉蛋刚好是我们所需要的。"梁启继续说，李珏已经紧张得喘起了粗气，"和洋人谈判需要技巧，技巧需要人实操。小生是报馆中人，赵老板已经知道，这个身份很难出面。如果需要有人往复周旋，那么李珏当然是最佳人选。他既是兆顺地产的金牌买办，又可以为我们所用，让他主动来和我们谈判，再往回传话说服洋人，几个回合下来，还怕康脑脱路跑了？"

李珏还是睁着一双小眼睛紧紧盯着梁启，完全无法判断梁启这一步是要害他还是要救他。

"听起来你的计划简直是天衣无缝了？"

不好，耳朵赵恐怕是起了什么疑心，只好加码。

"不敢不敢，事在人为。因为小生从一开始就是这样计划，虽然……"梁启停顿了片刻，把隐瞒身份的事实抹过去，"想必赵老板已经听说了我那位在浦东的能人朋友。小生着手操办此事后，就已发现自己能力不足，难以驾驭，所以早早就开始寻求我那位能人朋友帮忙。现在计划虽有些许变化，但实际上差别不大。由他出面代表咱们净社去谈判，以他的手腕，必然马到成功。"

对不起了，谭仨。梁启心里默默地想着，计划赶不上变化，事已至此，只能自己率先自作主张，保命要紧。

耳朵赵手捋泥鳅胡，看着梁启，许久笑而不语。目光让人捉摸不透。他又看了看还在吃力地画画一样写字的鼻血，也没有出手去教训，和蔼却让人胆战心惊地笑了笑。

梁启和李珏偷偷地四目相对，目光中全是无力和无助，继续静候着最终审判。梁启能打出的牌基本上已经全都打出，接下来结局怎样，只能听天由命了。

"两个礼拜。"耳朵赵忽然说，"按洋人的计时方式，两个礼拜，给我康脑脱路的经营权。"

"这……"梁启沉吟，"恐怕事件发酵最少也需要……"

"两个礼拜。"耳朵赵打断了梁启，完全不给他讨价还价的余地。

李珏坐在地上，使劲挤眉弄眼。无论两人之前有多少恩怨，此时此刻都是拴在一根线上的蚂蚱。

梁启向李珏回敬一个意味深长的笑容，又开口说道："两个礼拜就两个礼拜，不过，小生还有一个请求。"

李珏倒吸口凉气，知道接下来绝对不妙。

梁启继续说道："希望事成之后，小生能连本带利地收回自己付出的投资。"

"嗯？哈哈哈哈！"耳朵赵爆笑起来，"梁启，你他妈的给我听好了！别他妈的以为我刚才觉着你在理，你就能蹬鼻子上脸！连本带利？你给我什么了？"耳朵赵掂了掂那两枚银圆，"这两元钱从刚才到现在就一直他妈是老子的！"

李珏已经绝望得全身发抖。

但梁启沐浴在耳朵赵的吼叫和笑声之中，依旧泰然自若。

"哎呀呀，赵老板，是小生措辞不当，可千万莫要怪罪。"必须让耳朵赵认为自己是贪图利益才和净社谈合作，不然一旦被他发现真正目的，恐怕会打草惊蛇，既让调查失去线索，也让自己身陷险境，落得个谷孟松的下场，"小生当然想得点儿甜头了，您看，这是人之常情。"梁启搓着手看着耳朵赵，"而且，说实话，小生要是真弄出这么大动静，也算是双脚都踩到独木桥上了。为防万一，多少也得给自己铺一条后路。所以小生斗胆，求到时候净社能赏赐给小生一间商铺，让小生做点儿小本买卖，有个生路。"

"常言道：贪心使人丧命。"耳朵赵双臂抱胸，恢复平静，一脸的哲思。

哪儿来的谚语……

不过，显然耳朵赵是信了自己。

梁启终于松下这口气。

"滚吧。"过了许久，耳朵赵平静地说道。

奔走

简直是重获新生。

当梁启从净社总社那个腥臭阴暗、噪音不断的恐怖水寨里走出来以后，才真切地感到自己可能还是活着的，同时难以抑制地全身颤抖起来，如同恶寒袭身，无法抗拒。

"我真是差点儿被你最后那一招给吓死啊！"李珏像一条街边跑来讨好的野狗，摇着尾巴，谄媚地说。

真想一拳打烂李珏的鼻子。可是一来自己没有这个本事，二来打也于事无补，只能徒增不信任和变数。

"好自为之吧。"梁启厌弃地说，"别忘了我们只有两个礼拜时间，几乎还是等于死路一条。"

"啊？我以为你有十足把握呢。"

"各自逃命吧。"

"啊？啊？别呀！净社人的本事你也不是不知道……就算我逃到天涯海角，他们也肯定能把我弄死。更何况，天涯海角哪儿有咱们租界待着舒服？"

"你自作自受还怨上我了？要不是你出卖我，拖我下水……"说着，梁启气不打一处来，狠狠地踹了李珏一脚。

"你他妈的打我？啊？你他妈的有种啊！行！小爷我记住了，你等着。有你好看！"冷不防挨了一脚的李珏撂下这句狠话，跑了。

看着滑稽可笑又可恨的李珏跑远，梁启只有无奈和对未来的绝望。

从净社总社出来，感觉全身被掏空，梁启什么都不愿多想，只希望赶紧回家，重重地摔到床上，睡上一觉。

过了垃圾桥，远离了净社总社的威慑，像个游魂一样的梁启好不容易叫到了车。一路颠簸，终于回到住处，却发现别说回家，就连那栋公寓楼的大门都很难接近了。

看公寓楼大门前挤着不少围观群众，梁启就知道自己想回去睡上一觉的微小愿望已经被无情地剥夺。

无奈之下，梁启只好抖擞精神，上前看个究竟。

梁启刚一走近，就被房东老头看到。他穿着一身睡袍，蓬头垢面，就像是被逐出家门的怨妇。房东老头一看到梁启，立刻扑上来，抓住他的肩膀就开始哭诉。这一幕看得周围笑声不断，比去看戏都有趣。梁启连哄带劝，和房东老头周旋了好久，才终于从他断断续续的抱怨中听出个大概。

原来梁启一早刚走没过半个小时，两个凶神恶煞一样的净社人就来了。还没等房东老头反应过来发生了什么事，两个流氓就已经踹开房东的门，把穿着这件睡袍的房东老头从被窝揪出来，劈头盖脸就问李同住哪个房间。

"李同？什么李同？我哪儿知道李同是什么玩意儿？"房东老头还是一副惊魂未定的样子，反反复复地跟梁启抱怨着，"我就知道你和他们有关，前几天带了那么个怪物来，把我的地板都踩坏了！我还没找你要赔偿！"

"所以？"梁启抬头看看自己的房间对街的窗户，语气出奇地平静。

房东老头不敢抬眼看梁启，只是支支吾吾地说："你得赔，你得交双倍房租。"

这一天到底是撞了什么邪,四处被人卖……

甩开喋喋不休的房东老头,走进公寓门厅,只见一片狼藉。门厅里本来没什么东西可砸,所以地上散落的显然都是从自己房间里扔出来的。梁启迈过扔在楼道里的自己的日常杂物,经过躲瘟神一样避之唯恐不及的邻居,进了自己的房间。

房间里更是惨不忍睹,仅有的一个柜子和两个书架全被掀翻,书和衣服杂物被扔了一地。梁启踮着脚避开杂物,来到书架前,把其中一个扶起来,在散落附近的书中翻找起来。

果然,关于康脑脱路的调查记录全部被拿走了。

梁启深吸一口气,看了看自己那张床。不知来的那两个人是憋了多大的火气,可怜的床铺被褥已然被撕烂扯破,棉絮满地。想凑合着再躺一会儿恐怕都难。

早晨走后不到半小时,这两人就来了?

梁启继续仔细翻找,看会不会有漏网之鱼。

时间踩得有点太准了……他回想起清晨去谭四那里的路上,天泽说谭四火急火燎找了德律风,通知天泽荒江快带自己过去。现在再看,恐怕是他得到了净社会对自己不利的消息。

到头来,清早之所以召集那场尴尬聚会,除了要和自己吵上一架,谭四还要救自己一把?故弄玄虚,真是令人恼火。要是他能直说,自己说什么也不会独自一个人离开浦东,还坐着渡船自投罗网。梁启苦笑着。

不过,躲得过初一躲不过十五,被净社逮着是早晚的事。

而且这件事还有一些让人费解之处。刚刚在净社总社和耳朵赵对峙,无论结果如何,起因自然是身份暴露引起他震怒。那么一早来擒人的,为什么开口闭口都是在问"李同"这个假身份?以净社众浑不怕的性子,根本没必要隐瞒自己已经知道了真相。进一步说,他们根本没有这个隐瞒的意识。

另一方面,能在案头繁杂的资料手札书籍中,把关于康脑脱路的全部材料精准地挑走,这种情报素质实在没办法和看报拿反、"光绪"读成"光者"的净社众关联到一起。是耳朵赵他们扮猪吃老虎？他们本来就是老虎了，这样伪装又有何用意？抑或是说，耳朵赵的势力也只是净社组织的小角色？

多猜无益。当下可以确认的是，没搞清楚两个净社的人和耳朵赵到底关系如何之前，这个地方暂时是不能住了。梁启大概收拾了一下可怜的房间，把该扶起来的柜子扶直，该收上去的书收好。不宜大张旗鼓，便没有拿箱子，只用手提包装了些必需品，就离开了。

梁启路过房东房间时，向里面瞅了一眼。房东老头已经回屋，他便好声好气地给了老头些补偿金，并加了点小费，拜托他帮着把房间打理打理。

房东老头虽然满嘴抱怨，但收钱还算痛快，让梁启放下些心。

门外看热闹的人还没散，又不敢进来，只肯在街上交头接耳，见事主出来，立马吓得纷纷让出一条路。

在不明真相的群众的窃窃私语声中，梁启默默走出。一直走到三马路上，才算两耳清净。时间已过中午，报馆云集的三马路上热闹起来。大街上奔跑着送报到各个销售点的小童，大中小报馆的撰稿，有的穿着马褂长袍，有的穿着西装马甲，有的戴着瓜皮帽，有的戴着圆沿帽，大摇大摆无所事事。这里面少不了熟面孔，碰见梁启，都是来一句"好久不见""有大新闻别忘了帮衬一下兄弟"这样的恭维话。

在报界摸爬滚打两年多的梁启，多少算是报界中坚，对报馆的工作谈不上喜欢，但也并不讨厌，只是一直厌恶报界同行这种礼貌的冷漠。可现在，这种客套的场面话反倒让他感到舒坦。

住的地方暂时不能回了，谭四那里一时也不想去，现在恐怕……反倒只有报馆算得上唯一归宿。真是有些讽刺，但自己的脚步竟已经自行向自家报馆走去了。

久违了的新新日报馆，久违了的……

刚上报馆二楼，正和从经理室出来的吕经理不期而遇。真是久违了。

"小梁？"吕经理的语气就像大白天撞见鬼，或许他真的认为梁启已经死了。

"经理。"梁启回应。

"唉！小梁回来了，大家过来欢迎啊。"

在经理的号召下，梁启获得了几声并不热情的问候。

"真是的。"吕经理自己也觉得怪没面子，抱怨了一声，"小梁啊，能全须全尾地回来就好，可是让经理担心坏了。你不在的时候，咱报馆也有了新变化，你猜是什么？"

肯定没好事……

"咱们报纸也有英文名了！"

吕经理招着手让梁启到经理室去。进了经理室，他从案头拿起一张纸，展开给梁启看。纸上用毛笔写着不伦不类的英文字母：NEW NEW NEWS。

"怎么样？咱们报纸的英文名，够新颖够气派够朗朗上口吧？"

梁启看着，却没有气力回应。

吕经理立刻察觉，把纸放下，严肃起来，说："我知道你有情绪，有不满，有委屈，可是咱们报人，就应该任劳任怨不低头。"

梁启正想低下头休息一下疲惫的双眼……

"经理……"梁启终于开口说话，希望能在报馆留宿几晚。他没有说具体原因，但实际上，吕经理看到梁启手里鼓鼓囊囊的手提包，就已经猜到一二。

"我这间办公室姑且借你留宿。"吕经理顿了顿，"既然已经回来，那就立刻回到自己的工作岗位上。知道你辛苦奔波，但无故旷工还是不允许的，不然如何让我服众？现在你就不要再做记者了。咱们报纸最近在连载大作家情可待寂寥生的新小说，但他已经一个多月没有交过稿了，现在你马上就去他住处，把稿子给要过来。"

吕经理语气坚决，有种不容马虎的气势，给了梁启这个情可待寂寥生的住址，便让他把手提包放下出去了。

梁启手里拿着情可待寂寥生的住址，向那些还没开始工作，正在闲聊的同僚微笑致意，然后下了楼。坐到一楼的会客藤椅上，总算可以休息片刻……

情可待寂寥生？梁启不得不苦笑着骂了一声。这要不是吕经理有意安排，老天都要发笑了。这人才是真正的老狐狸。

这个寂寥生说是在《新新日报》上连载小说，其实只是发了三四回的东西，然后不了了之。而他的主战场，真正的发表重镇是在稿酬比《新新日报》高了一倍的铳报馆《小快活》。想要接触曾传尧，这就是切入口。不过，这个切入口能有多大，尚未可知。

浑浑噩噩地，梁启终于在藤椅上睡着了。

在夜幕降临之后，电气路灯缓缓亮起，把上海租界照得如同一条条交织的金链。

四马路三马路灯火通明，人声鼎沸，正是热闹之时，然而再往上走，过了吴淞江，沿岸马路上便鲜有行人了。

接近垃圾桥，空寂更甚。

只有一个人影，静悄悄走在橙黄色电气路灯下，向着漆黑江水中阴森恐怖的净社总社走去。

尽管气势骇人，净社总社的浮桥口依然有人把守。把守的两名大汉，一年来第一次见到有人夜里主动走向净社总社，不免大吃一惊。就在吃惊的空当，两人惊异地发现这个人已经到了浮桥上，越过自己的守卫线，大摇大摆向水寨大门走去。

"喂！"两人向着浮桥异口同声地高喊。

那人立刻转身，一脸不满的表情，双手向下挥动，示意少安勿躁，莫要出声。

守卫自然不会听他摆布，骂着不三不四的脏话，压了上来。两人手上各拿一根长棍。在往常，这样的架势足以把周围的老百姓吓跑，可惜现在浮桥上的人绝非等闲，他们一出招就已等同败北。

两个人挤着扑上浮桥，一个用长棍捅向擅闯者，另一个则是劈头盖脸向下抡。擅闯者在狭窄的浮桥上轻巧地移步侧身，躲开刺来的长棍，顺势握住棍头向后一带,大汉一个狗吃屎,一头撞到浮桥沿上昏了过去。而另一个棍已劈下,无法收势,只能眼睁睁地看着同伴被夺走的棍子抡到自己的腰上,哀号一声,倒在同伴身边。

守卫倒地,擅闯者却没有立即过浮桥,而是转回头来,一脸无奈地对着两人说:"我最不赞成的就是一上来便用拳头说话。你们啊,就不能在动手之前先动动脑子?"

话音刚落,就听净社总社的水寨如同一头从美梦中惊醒的怪兽一样,发出金属摩擦的刺耳怪叫。

怪叫让擅闯者没了教育两个倒霉守卫的兴致,踏上了浮桥。

刚迈出两步,就见浮桥尽头紧闭的铁门上方,塔楼样子的装置打开了一扇窗。有人影出现在窗中,黑乎乎看不出样子。只见那人从旁边端起一支枪架在窗口。

看见枪口对准自己,擅闯者却一点没有恐慌,只是全身警觉起来,为接下来的应对做好充足准备。他右手悄悄探进怀里,还抽空对身后的守卫说笑:"这还像点样子。"

窗内本来一片漆黑,忽然闪起火光,十分显眼。

火光乍现,擅闯者却不屑一顾,右手又松懈下来。

"什么呀,居然是火铳……连把正经一点的枪都没有吗?"

"轰"的一声爆炸,窗口射出了一条火舌,骇人地号叫着击向擅闯者。擅闯者只是抓准时机向后撤了两步,便轻巧地躲开了子弹。

见子弹"啪"的一声镶进浮桥,擅闯者咂舌叹息,似是又开始给倒在地上的两个守卫上课一样地说:"看见了吧,这种落后的武器,既没有速度,又没有准头,连破坏力都不够。你们这样搞防御拿不上台面啊。堂堂净社总社,要是让洋人看到了,又要笑话咱们大清国无能了。"

擅闯者嘴上说个不停,手也没停,已经把刚才的长棍又捡起来,瞄准不远处的窗口,趁里面的人正在重新填充弹药,用力抛出。长棍带着风声,正好戳中窗内那个倒霉蛋的脑袋。

一击命中,擅闯者满意地拍了拍手,跟两个还是爬不起来的守卫说了一声:"哥俩儿,在下先进去看看,咱们后会有期。"便再次走上了浮桥,留下身后那个没有昏厥的守卫不停地呻吟。

走到浮桥尽头,看见漂浮在吴淞江上的铁怪大门紧闭。他凑近瞅了瞅,确实无懈可击,想必内部有机械机关锁死,不是一时半会儿撬得开的。又抬头看看方才的窗,倒是还敞开着,但高度同样难以一跃而至。

方才击中窗内人的长棍掉落回浮桥上,倒是可以一用。不过,这位擅闯者懒得费劲去跳,又东张西望,寻找其他防卫疏漏点。就在这时,伴随着杂乱的齿轮咬合声,面前原本紧锁的铁门缓缓打开了。

"这还差不多。"擅闯者等着铁门完全打开后,向漆黑的通道拱手说道,"在下南洋公学教习张丰,前来拜会,望能通报。"

结果谭四自报家门的声音只是在通道里回响,无人回应。谭四撇了撇嘴,再拱手说了一遍。依然毫无回应。

"这可叫人如何是好。在下课业繁忙,只有今夜得闲,若是再约,又不知是何年何月了。能不能叫贵社掌事的直接来和在下谈上一谈?我们都有可以互相交易的筹码,亏欠不了。"谭四故意大声叹了一口气,"算了,那就恕在下冒犯了。"

话语刚落,他就甩手进了铁门。

刚一进来,就见通道两侧一阵闪烁,十来步一盏的电气灯无声点亮,把方才还是伸手不见五指的漆黑通道照得一片橙黄。

"原来是这种待客之礼,在下真是三生有幸,才得此夹道的电气灯相迎。"

通道在电气灯的照耀下,虽是明亮,却更显诡异莫测。每一盏电气灯都套着铁笼保护罩,铁笼的影子映在对面墙壁上,让整条通道看起来也像漫长的铁笼。

果然和梁启描述的一样,通道幽长,充斥着从下而上的机械隆隆声。只是与梁启来时不同,这次没有通道两旁东倒西歪、无事可做的流氓,两侧偶尔出现的木门也都紧闭。没了那些注视来客的无赖眼神,这条通道反倒变得令人窒息。

谭四深吸口气,结果被通道里的腥臊霉臭味呛得不行。

"这帮人就不能给自己的老巢通通风吗……"谭四嘀咕着,继续沿着电气灯照亮的通道指引向前走。

确实是走向另一条路了。梁启说过,他是被耳朵赵带着走了一段通道,便进了左手边的木门,穿过一间房间,再到另外的通道,而现在自己并没有穿过任何一扇木门。随便吧,这帮人还能疯到为了做掉自己把整个总社水寨弄沉不成?只要不沉,终究有办法应对。

谭四继续向前走,看似漫不经心,但处处留神机关。一边走一边算着步数。就在这条笔直的通道差不多快要到头,前面已无电气灯照明,不远便又重归黑暗时,右手边的一扇木门嘎吱一响。

"呦?还是个自动门?"谭四嘴上不闲着,推开了这扇自动开锁的虚掩着的木门。门一被推开,门背后的漆黑就一下被数盏电气灯照亮。

"够豪气。"谭四拍着手,走了进来。门后不是一个普通的房间,而更像是张园里的马戏篷,开阔的圆形场地,在不计成本的灯光照射下,显得格外空旷。

木门在谭四进来之后立即"啪"的一声关闭了。场地里还有四扇门,彼此间隔相同,分布在圆弧墙壁上。谭四身后的门一关闭,另外四扇便随之打开,冲进十来个打手,个个膀大腰圆,看上去就甚是能打。

看到此等架势,谭四还是不忘先问上一问:"各位朋友,在下南洋公学教习张丰,前来拜会贵社掌事,有……"

谭四还没客气完,十来个打手已经从四面扑向他。

"怎么都不听在下把话说完?算了,看来必须先过这一关。"谭四苦笑一下,"来吧,正好练练新把式。"

在打手们扑向自己的同时,谭四双脚前后分开,跳跃两下,做了极不寻常的准备动作,双拳一前一后举起,前手架在眼前,后手护住下巴。第一个打手已经扑来,谭四没有用往常习惯的招式去抓对手借力抛出,而是轻巧垫步侧向一滑,闪开攻击,随后借着躲闪的势头,猛一拧腰,带动右拳直击他的颧骨。这一拳打得结结实实,把那打手打得侧飞出去,倒地呻吟。

"威力不小嘛。"谭四满意地说,同时步伐早已调整回来,又是滑步躲开新一轮攻击,不出右拳,直接用左拳画出一条弧线迎击对手。这次打中的是面颊,凭手上的感觉,料想对手的下巴已经被打脱臼。

接下来就不是单枪匹马的对手,而是三两个一组,成群杀至,但都奈何不了谭四的轻巧步伐。他如闲庭信步,游走在众人的空当之间,同时毫不留情地出拳反击。谭四的每一拳几乎都照着对手面门挥去,只是偶尔因为刚好位置不合适或者身高悬殊,而去重击对手的腰部和腹部。不过基本上全都是一拳击倒,打得畅快淋漓。

不到两分钟,所有对手皆已倒地呻吟,丧失战力。

看到对手已全数解决,一直轻快地跳着步子的谭四长舒一口气,多少觉得有些疲惫。

"这下满意了吗?在下此来,无意寻衅结仇,只望能和掌事的一谈。"他不知该和谁说,只好对着空旷的场地中央喊话。没想到喊完之后,立刻有了反应,却并不是谭四期待的结果,而是五扇木门皆开。

又是十来个打手冲了进来。没机会多话,谭四一咬牙,重新摆出架势,长拳短打再战起来。

新一拨对手,再次全被迅速打翻倒地,但谭四也是汗如雨下,双拳已然皮肉绽开出了血。可是就在谭四刚刚停下脚步,还没来得及擦汗的时候,五扇木门再度打开。场景一如刚才,又冲过来十来个大汉。

"喂!"谭四趁自己站在场中央还有片刻时间喘息,朝着头顶大喊,"不带这样的!有完没完?在下只为来……"

根本来不及把话说完,对手已经越过满地的同伴再次杀到谭四身边。这回谭四不再垫步躲闪,而是气一沉,扎了个马步,沉肩坠肘,含胸拔背,换了一套打法,云拽提按之间,已经有三四个人被打翻在地。

只不过,这次谭四无心恋战,只是给自己争取了一个极短暂的空当,大喊一声"够了!"从怀里迅速掏出他那把转轮手枪,朝着天花板就是一枪。枪声在密闭的场地里格外响亮,不论是站着的还是倒地呻吟的,统统浑身一震,一时都停下了动作。

不知是从哪儿传来了一阵令人作呕的笑声。

谭四不肯放松。既然亮了枪,也算是打出了底牌,就看接下来怎么谈判了。

"张先生,哦,不,是不是应该称呼你谭四谭先生?"依然不知道声音从哪里传来,但可以肯定的是,这个阴阳怪气的人并不在现场。

"既然你们已经知道在下的身份,明人不做暗事,何不开诚布公,坐下来慢慢谈谈?"谭四的语气已经变得一本正经。

"你有什么资格和老子谈?"

"资格?当然是我手里的这个家伙了。"

"一支已经打掉一发,只剩五发子弹的转轮手枪?"

"呵呵,我岂不知该有备而来?当然了,你这个躲在安全地方的家伙是看不到的,可你最好别小看我的转轮手枪。"说着,谭四用不可置信的方式把转轮从枪中迅速取出,更换了满弹的新转轮,同时从怀里掏出了一串鞭炮一样的满弹转轮。

"你还真有一手。"那声音的主人就好像能看到一样。

局势瞬间逆转,在场没有倒地的人皆不敢轻举妄动,进退两难,只好等待那个声音再次发令。

"但是,"声音更加阴阳怪气,"我敢保证你根本不会杀人。你再有神技,也都只是摆设。"

"哈!"

谭四没有反驳,但转轮手枪在手,又有刚才的表演,他目光如炬地看着四周,结果还是没人敢迈前一步。

那个声音一时没有再出,场面僵持不下。

"再僵下去估计外面天都亮了,你们兄弟不用出去干活吗?"谭四终于主动打破僵局,"我说这位躲在不知什么地方的英雄,想必您就是贵社二当家赵老板吧?赵老板自然清楚在下的来意,在下诚信而来,希望赵老板同样能以诚相待。诚信嘛,才是交易的基础。"

"你这嘴皮子不比拳头功夫差啊。"

"这是您还对在下不了解,在下鼓捣机械的功夫更好,我听你们这下面的噪音,怕不是有的锅炉输出功率不足了吧。不知贵社考不考虑聘在下来做个机修师,好好排查一番?"

"你还真会小看我们。"耳朵赵的声音停顿片刻,"谭大侠单枪匹马闯关,显然不是只为了来帮我们铲事吧?莫非有求于我们?呵,真是想不到谭大侠原来是这样的大侠。"

"这可是赵老板误会了。我要是无欲无求而来,你们能放心让我办事?我拿着条件来交换,只要公平,我们双方都放心,不是吗,赵老板?"

"哈哈哈哈!"声音从场地的四面八方传来。

耳朵赵笑了好一阵子,终于发出命令,说:"行了,你们都下去吧。"

五门再开,没有负伤的人又拖又抬,带着伤员一同离场。跟着,五门又关,随即一道门再次打开,显然就是接下来该走的那道了。

寂寥

是楼梯？

谭四看到那道木门后面，竟是一条通往深处的楼梯，不由得感到好笑。不知道另外几道门后面是什么样，但照这条楼梯的坡度判断，另外几道后面不可能也是楼梯。那么这道门出来的打手，岂不是要爬上如此陡的楼梯才能出场？表情愣是和其他几道门的人一样淡定，实在辛苦这道门后的兄弟了。

楼梯与方才的通道比起来，不友好了很多。通道里全是电气灯照明，就算有意指引到这个比武场，那也是敞敞亮亮，好歹让人看得清路。而现在的楼梯，除了比武场灯光把谭四的身影拉长到虚无之中以外，只有深不见底的黑暗。

谭四正想回去向耳朵赵抱怨，木门就像猜到他的意图一样，迅速关闭，断了退路。谭四叹了口气，把转轮手枪收好，又从怀里摸出了一根棒子。他摸索了一下棒子的顶端，小心翼翼地从那里把它掰断，棒子立刻喷出了耀眼的银光。

"这玩意儿真够呛鼻子的。"谭四举着银光棒，捂着鼻子往下走。

一边走一边继续抱怨给前后漆黑的楼道听："我说赵老板啊，你就给在下开个灯好不好？你看看我这个棒子喷出来的烟，呛死了。咳咳咳……你们这个水寨通风又不好，本来味道就不对，烟越来越多，你们排得出去吗？咳咳，怕是你们接下来一个月全得闻这个烟味了，何苦啊。咳！哦，我明白了，你们净社的宗旨一定是小弟性命如草芥！你早就盘算好了，烟靠刚才那帮小弟过来人力吸走对不对？可真是坏透了啊咳咳咳……"

谭四说个没完，咳得更没完，结果一直走到楼梯尽头，还是没有遂他心愿。既然已经到了门边，不必再照明，谭四当机立断，把那个还在喷着银火和烟的棒子用特制的盖子一压，火就熄了。

"这破玩意儿，每次盖上都能烫死人！"

这道门不是上面那种机械门。谭四甩甩手，去摸刚才已经看准的门把手，同时开始计算这扇门和门后房间在净社水寨里的位置。那条通道一直斜插向水寨中心，而刚才的楼梯一共二十四级台阶，所以深度大概十五六尺。这个深度，吴淞江的话大概已经快到底。就这个水寨的深度来看，足以给净社一个"深不可测"的评价了。

谭四握住冰冷的门把，向下一按，门即打开。

"太好了！"谭四笑呵呵地说，"这边不是另一条楼梯，在下可算放心了。"

房间不大，点着奢华的电气灯。灯只有一盏，但房间里布满了各式各样的镜子，使得房间格外明亮。在镜子包围的正中央，一个人坐在雕饰繁复的沉重的太师椅上。

果然就是那天晚上站在桥上用绳镖的高手。

"谭大侠。"

"赵老板。"

耳朵赵捻着他的泥鳅胡，笑而不语。显然他也一下认出了面前这个谭大侠，正是那天夜里开船破了净社宵禁的人。但两人都没把这件事说破，只是心照不宣地确认了对方。

同时，谭四用最快的速度仔细观察了一番这个布置怪异的房间。却没有发现任何操纵杆和机关，只有明晃晃的镜子。镜子都是洋人的水银面玻璃镜，价格绝对不菲，但看不出用处。只好初步判断，刚才耳朵赵并非在这个房间窥视自己。他们净社，还真是喜欢大费周章地故弄玄虚。

"赵老板，咱们就开门见山吧。在下可以帮你把康脑脱路谈妥。我想李同，嗯……既然赵老板已经知道在下的真名实姓，想必也查出了他的，那在下就不拐弯抹角了。梁启他今天早晨肯定是被你们抓来了吧。既然他到了你们这里，肯定要周旋一番才能全身而退。那么谈判的任务想必还是落到了在下头上，所以在下现在主动请缨，算是时机刚好吧。"

"你的消息相当灵通啊。"

"不是，这都是根据现实情况做的推断。真实与否，在下并没验证。"

"不用紧张，姓梁的老子上午就放了。"

"不会是留下了胳膊腿之类的才放走吧？"

"呵，随你怎么想。"耳朵赵捻着胡子冷笑一下，"姓梁的就是一条狐狸，做他的朋友，你小心点儿吧。"

"多谢赵老板好心提醒。"谭四不动声色地回应。

"老子对你们之间的事可没兴趣。姓梁的说了，让你代表我们净社去找兆顺地产谈判。既然他推荐你，老子就信你一次。具体谈判事宜，外面会有人给你交代清楚。"

明明是早就打听清楚了那个传言中的"浦东能人"的底细，谭四心里冷笑。

"那么在下也说一说自己的诉求了。"

"请吧。"

"在下想从净社借一个人，仅借一天即可。"

"哦？"恐怕谭四的要求确实出乎耳朵赵的意料，他把吃惊完全表现在了脸上，"借人？找我净社借人？这还真是新鲜事了。大新鲜事。以谭大侠的武功，不可能是想要借打手吧。"

"赵老板明鉴。因为在下想借的人只有净社才有，所以在下才会铤而走险，专门拜访。"

"说吧,拐弯抹角,跟个读书人似的,酸气。"

"净社是水上霸主,咱们华人在水上的骄傲。在下想借的,正是净社最好的机械船操控师。"

"哈哈哈哈!"又是耳朵赵的那个阴阳怪气、像是豪放却让人憋闷的笑声,"我说谭大侠啊谭大侠,你如此大费周章,就为借一个机械船操控师?你还真是会说笑话,老子是个粗人,懂不了那些虚头巴脑的洋人科学,可是这个老子还是相当懂。机械船操控师我净社随便挑,你刚才打翻的人里就有四五个,个个都是一等一的水平。"

"我要最好的。"

"都他妈是最好的。"

"净社最好的机械船操控师难道不是康揆?"

突然听到"康揆"这个名字,耳朵赵愣了片刻,双眉一紧,说:"你他妈的在说笑话?!"

"哎呀。"谭四一脸惊慌失措的样子,"您别介意,在下也只是道听途说而已。只要是高手……"

"老子没兴趣跟你兜圈子。"耳朵赵不耐烦地打断了谭四的话。

"是是是,全听您安排。"

"行了,老子去安排,给你最好的机械船操控师。明天晚上直接过来领人。不过,你给老子记住,这是交易,你先得了好处,必须拿出十万分的精神给老子干活。要有一丁点儿让老子不满意,你,还有那个姓梁的,全都会直接堕入人间炼狱,到时候别怪老子心狠手辣。"

"在下今后全都仰仗赵老板的。"

"呵,"耳朵赵又是一声冷笑,"不用装模作样。你小看净社的实力,是你一生犯下的最大错误。滚吧,明天来领人。"

一直站着的谭四,向耳朵赵作了个揖,说:"告辞。"

耳朵赵不予理睬,手里玩弄起别在腰间的那根铁钉。

谭四一撇嘴,转身将去,忽然又停下脚步,侧回身来,像是刚想起什么来,说:"对了,赵老板,不知您听没听说过,留美学生界有个什么影子杀手军团？"

耳朵赵的眼神比他手上的铁钉还要冰冷，短促地说："从未听闻。"

"那就对了。在下也一直认为，堂堂净社可不会甘愿做这种勾当。"

"你该不会认为钟天文是我们干掉的吧？"耳朵赵语气竟比刚才还要平静。

"看您说的，怎么会呢。"

"你刚才已经一脚踩进鬼门关了。"这句话是一个字一个字从耳朵赵牙缝里挤出来的。

"哦？"谭四的语气却越发轻松，"我倒觉得自己现在甚是安全。在康脑脱路任务达成之前，在下这条命，贵社不仅不会要，还得保着才对。"

耳朵赵只是狠狠地瞪着谭四。

"唉，赵老板别动怒啊。在下只是顺口一问，千万别放在心上。"谭四笑着就走，忽然又转过身来说，"对了，还有……赵老板能不能帮忙把这楼梯的灯打开啊？……呃，算了算了，您慢慢坐着，楼梯走过一次，在下摸黑也摔不着。您……身体健康万事如意。"

嘴上乱七八糟地说着，谭四已经自觉地从黑漆漆的楼梯走了。

情可待寂寥生……

在报馆暂住一宿的梁启，感受着整条报馆街最宁静的清晨时刻，真不知到底谁才是最寂寥的那一个。窗外望平街的电气路灯已经熄灭，整个魔都早该被太阳照亮，却因为阴云细雨而显得昏昏沉沉。

地址在手，梁启已感到这个寂寥生多少有些与众不同。

自从梁任公的《新小说》创刊之后，大清国写小说的人就雨后春笋一样往外冒。可是，真要说写小说，多是两类人。一类有着远大抱负，把小说当作启发民智的利刃。这些人不仅写小说，还办报办杂志，硬要把声势造到最大，李伯元、吴趼人他们就是如此。另一类则像荒江这样，原本是安府的千金，写小说纯是娱乐，相当随性，当然也习惯性地隐姓埋名，笔名背后到底是谁很少有人知晓，更不用说获悉作家住址。

不过，近几年倒是有第三类人逐渐成了气候。就是一批职业小说作家，说白了便是卖文为生的人。这样的人，多数会把住址告诉来收稿的报馆编辑，以便不必奔波就能交稿。当然，这其中不乏各种狡兔三窟、四处躲避编辑的人。

至于这个寂寥生该归到哪一类，与其凭空猜想，不如亲自去拜访一下来得实在。拜访之后，无论看到的是什么样的人，都能以此为依据，继续筹划针对曾传尧的计划。

寂寥生的住所在愚园和张园之间，倒是情理之中。这两个园子，张园中西合璧，把世间最稀奇古怪的东西全都聚于园中，愚园则位于古刹静安寺旁，是座典雅别致的传统园林。两者虽然风格迥异，功能却相差不远，聚集了全上海几乎所有叫得上名的或者还默默无闻想要往上爬的文人墨客。一个以写小说为生的人，住在这两个园子之间，算得上最明智的选择。只要有集会，无论是在哪个园子，都能及时赶到，可谓近水楼台。

清晨的望平街不太容易叫到人力车，梁启一直走到三马路上，才有车来载。

一路湿滑，人力车跑得不快，但细雨寒风迎面扑来，打湿了梁启，好生凄凉。

半个多月来，这条路竟然跑了无数次。路过张园时，或许是因为天气阴冷，竟没了喧嚣，就连飞龙岛，远观过去都像是一夜间生了锈迹。

终于到了寂寥生所留的地址门前。

下了车，撑着伞，梁启没有急于进去，而是仰头仔细观察了一番。

真不愧是一个笔名叫"寂寥生"的人的住处。不仅自己，就连这街道，甚至张园似乎都被这名字感染了。或许是个不得了的人物。更何况，他的这间住所，二层的中式小楼，虽然被挤在两边的弄堂山墙之间，显得有些狭窄，但终究是独栋，条件自然比石库门里的房间好上不少。

从外观来看，独栋小楼二楼游廊和一楼门窗风格统一，没有东拼西凑的感觉，更没有肆意侵占公共空间的意思，显然这一栋小楼都是寂寥生一个人居住，没有其他人合租。看来，《小快活》的稿费不菲，确是属实。这家伙靠写小说就过上了不错的日子。

写小说这门营生，自从可以拿来养家糊口甚至发家致富，三教九流只要能写两个字的人就都摩拳擦掌跃跃欲试。虽然是报馆的记者，但除了荒江，梁启还从没有接触过小说家，很多关于小说家的劣迹自然都是道听途说，从未亲眼见识。所谓劣迹，无非是偷梁换柱，把自己写的小说冠以瞎编的外国人名，冒充翻译小说，或者直接把外国小说翻译过来当成自己所作——这种都算是技术含量比较高的。更有编辑去某个小说家的家里取稿，推开门，发现一间屋里坐了六七个人，一问全都是某某某，竟是多人共用同一个笔名，今天你写明天我写，胡乱拼凑地搞创作。

那么，谁知道这个寂寥生又是怎样的小说家，正派与否呢？

撑着伞，梁启走到门前，轻敲了三下。

没有响应。

又敲了三下。

依然无人应答。

这栋小楼左右都是墙壁，没有邻居，无法打听。敲门恐怕不会再有作用，梁启撤后两步，向着楼上喊道："寂寥先生，小生从望平街新新日报馆来。我们报馆经理吕大雄，想必您也应该认识。吕经理派小生前来，正是因为先生在本报所载小说《南云记》深受喜爱，望先生再能赐稿。稿酬皆按《时报》《新闻报》小说稿酬计算。即便是在其他报纸上刊登过的小说，也不碍事，稿酬不变，现款结算。先生意下如何？可否开门细商？"

梁启把该喊的话全都喊完。这样的条件可以说是相当优厚，若是一般小说家，绝对会跳着出来接待。然而，话喊完，又等许久，依然毫无回应。

看来是家中无人了。

梁启走回到门前，说了一声"那小生就冒犯了"，便推开了大门。

方才敲门时，梁启就已经发觉这门并没有上门闩，屋内无人应答，外面也没有铁锁锁住大门。若是屋内真的无人，那只有一个可能，就是寂寥生突然匆忙地走掉了，连门都来不及锁，抑或因乱而忘。

再加上进门时，又打了招呼，还没有人冲来阻拦，屋中确是没人。

虽然没有邻居街坊，但梁启还是用最快的速度闪身进屋，绝不拖泥带水，生怕被任何人看到。

一窗一门的宽度，进来以后显得有些局促。左手边是一架立柜，柜子旁边一张方桌，右手边则是木质楼梯，看上去倒是并不陈旧，只是光线着实昏暗。方桌上没有东西，没有灯台痕迹，左右只有两把方凳，看来是用餐之类的桌子，不是用来写作的，也并不像用来打麻将的。一楼没有会客区域，这一点倒是有些出人意料。地址既然是公开的，来收稿的编辑自然要到这里，却只给两把硬邦邦的方凳。这个寂寥生的生活如果说真的寂寥，恐怕也是因为他性情这般孤傲吧。

梁启踩着嘎吱作响的楼梯，上了二楼。

二楼因为外面还有游廊，面积更小了些。一张床紧挨墙根，一张书桌和一把藤椅贴在窗边，另有书架和放衣物的樟木箱。大概是为了节省空间，房间里并没有去外面游廊的门，估计想要出去，需要翻窗了。

房间里基本上没有霉味，还带着点樟木味道，并且有着住过人的日常杂乱，被子只是团在一角，床铺上还有睡过人的褶皱。书架上的书，摆放得横七竖八相当零乱，更有不少堆放在书桌上。桌上高高矮矮乱七八糟地堆了许多旧报纸。

倒是有些卖小说为生的样子了。

梁启先到书桌前看了看，桌上摆着一盏豆油灯。打开灯瞅了一下，灯芯是旧的，灯油刚刚灌满，还没用掉多少。看样子这里确实是寂寥生长住的地方。桌上虽然乱糟糟堆满了书，但没有一页纸是寂寥生的手稿。可以说，他所写的小说，在这间房内一个字也找不到。门没锁，人不在……梁启说了一声"抱歉"，打开了樟木箱，里面的衣物一部分叠着，但也有一部分翻得零乱。

看来，是寂寥生突然起意，急匆匆离开了这里。仅带走了自己的所有作品和日常必备的几件衣服。

这就有意思了，为什么会突然出走？

梁启没有多猜，只是继续检查，看能不能找到更多的蛛丝马迹。

想要了解一个小说家，最直接的方法就是研究他都在读什么书。然而，书架上的书极为稀松平常，不外乎是些刊印出来的话本小说，新小说几乎没有，只藏着几本梁任公在日本印的论争集。剩下的则是市面上最为常见的几种外国书，多是经过多次转译，最终从日文译来。逐一拿起来翻看，依然只能再度给予"稀松平常"的评价。全是些泛泛而谈的东西，内容多是把某一门西洋学问剔掉精髓胡乱归纳讲解，美其名曰：某某学之速成。

感觉完全是一个才学浅薄之人。

再去看书桌，倒是有意思得多了。桌上没有留下任何写作的痕迹，更没有遗留的手稿，但堆满了报纸，都是相当有年头的旧报纸，这便微妙了。

一个写小说的人，为什么要攒这么多旧报纸？走近翻了翻，更是让梁启大吃一惊，这些旧报纸几乎连听都没听说过，年代皆是五六年前，甚至还有更早的。再看地址，竟不限于上海、北京、天津、济南、武汉、广州，各地的报纸似乎都被这个寂寥生收集了来。难不成这个人有收集旧报纸的嗜好？好几堆的报纸，有的高达三四尺，对个人来说，可谓是相当可观的收藏，何况这些报纸还都如此偏门难找。

可是从他所看的书来判断，他应该是一个相当浅薄的人才对，为何在收集方面又如此与众不同，这让梁启有些不得其解。仔细研究一下这些报纸之间的关联，或许能有答案。

梁启刚要翻开这些旧报纸来看，忽然听到楼下有动静，是两个人到了这栋小楼门口，正在说话。

梁启心中一惊，但越是这种情形就越不能慌乱。

是两个人站在楼外说话，显然不是寂寥生回来，而是来了访客。梁启不由分说，先躲到窗边见机行事。幸好寂寥生的窗是玻璃的，又因为内外亮度相差非常大，在暗处的梁启并不会被外面的人发现，他便侧身探头向外看了看。

两个人都穿着长衫马褂，戴着瓜皮帽，样子斯文，像是报馆中人。两人站在门前，暂且没有要进来的意思，说话声音又有些肆无忌惮地大，这正合了梁启的意。

个儿高的那个皱眉观看，像是在找什么东西，门边的犄角旮旯都瞅了一遍后，显得更是生气，向着矮个儿说：“怎么今天还是没稿子！”

是来拿稿子的？看来确实是报馆的人了，却不知是哪家报馆。不过，近来寂寥生只在《小快活》上连载小说，这两个十有八九是铳报馆的人了。两人在门口摸索，看来这是寂寥生的习惯，如果写出新稿子会按某种形式摆在门外，供按时来取稿的人拿走。这倒更印证了梁启进门时见到一楼摆设后的猜测。

这个"寂寥"二字，大概是他自己营造出来的吧。

两个人还是在门外转，矮个嘀咕着什么，隔着玻璃窗听不清楚。不过，很快高个儿又暴跳起来，朝着楼上喊："寂寥生！你自己算算已经有几天没交稿子了！三天！我给你算着呢。今天已经是第三天了。事不过三，人的忍耐是有限度的。你给我听好了，你有本事就一辈子不交稿，一辈子再也别写小说。"

高个儿越喊越怒，而矮个儿只是紧拉着他，想阻止他继续口无遮拦下去。

"现在我们已经找到广告填充你的小说版面了，你懂吗，你已经被替代了！你就一点儿都不觉得羞耻吗？堂堂七尺男儿，连个正脸都不敢露了吗？轻易就被替代，心里一点儿都不感到恐慌吗？我要是你，就跪着出来求饶。你仔细盘算盘算吧，除了我们《小快活》，哪家报纸还能给你这么高的稿酬？你自己心里一点斤两都没有吗？当缩头乌龟也解决不了眼下的危机，还不如赶紧给我滚出来面对。"

因为高个儿一直朝着二楼骂，梁启还是有些担心他会看到自己，于是侧身全部隐到窗边的墙后，只是用心听着他们口中流出的情报。比如说，这下确定他们就是铳报馆的人无误了。

高个儿还在骂，结果矮个儿忽然说："先生，好像门没有锁。"

梁启心中一紧，冒险又侧脸看了看下面，只见矮个儿已经走到门前，被游廊挡住了身影，此时反而轮到高个儿显得迟疑犹豫，伸手去阻拦矮个儿推门。

这个时候最考验心理承受力，越是贸然行动，就越会被当场发现。梁启只有屏住呼吸，伺机而动。

根据现在的状况来看，反倒是一上来就气势汹汹的高个儿可能更了解寂寥生。他们已经断稿三天，同为报人的梁启，当然真切地明白那种"在印厂里等着印刷，版面上还空着一大块无法填上"的焦虑和愤怒。因此，不论高个多么了解寂寥生的习性，不论他们本来就有什么约定，此时都再没有理由阻止他们推门而入了。

时机就在两人进到小楼一层之后。

一层松动的木地板帮了梁启的大忙，嘎吱声让人轻易就能判断出他们到了哪里。他们绝对也是第一次进到屋内，一进来就对寂淡的布置一阵惊叹。梁启缓缓地推开了身边的窗，不发出一点声响。

只有这个时候才能开窗。梁启过来时已经观察到，外面游廊基本上是镂空扶栏，从下面能将游廊上的情况一览无余。只有他们进到屋里，自己才有可能躲出去。

梁启没有功夫，不可能做到翻身一跃还悄无声息，但他有的是小心谨慎。他把屁股一点点挪到窗框上，再坐在窗框上悄悄缩腿，慢慢转身。为了防止不小心摔出去，他确定自己坐稳之后，才开始继续把身子向外转去。此时已经听到了两个人上楼梯的声音。

不能急，越是在最关键的时刻，就越不能急。梁启终于完全转过身，脚一沾地，就立刻趴了下去，从打开的窗子下面爬过，同时慢慢把窗重新关上，悄无声息……

"先生！"

就在窗关到一半的时候，忽然听到那个矮个儿的声音，梁启心中大叫不好，同时不敢再动。

现在只有……祈祷这两人足够粗心。

"那个窗户刚才是关着的，对吧？"

完蛋！这下完蛋了！矮个儿一提醒，高个儿也发现异状。听到两个人的脚步声向窗边逼近，梁启下意识地往身后的墙上靠去。不靠则已，一靠立刻发现玄机：这根本就不是一堵墙，而是一道暗门，而且根本没有阻挡，一靠上去立刻就开了。梁启一下子摔了进去。

这一摔，梁启算是彻底暴露了。方才两人喊着"外面有人"，就开始翻窗户出来。

刻不容缓，梁启立刻观察摔下来的地方。实在算是幸运，或许寂寥生开这道暗门本就是如此用意，暗门的另一边不是旁边里弄住宅的单元房，而是公用的灶间。又值上午前后不搭的时间，没人在这里。可此刻根本不是松气的时候，听着暗门那边两个人正笨拙地翻窗户出来，梁启继续寻找掩蔽方法。

灶间非常狭小，只有灶台上还摆着两碟冷菜，一碟豆干，一碟笋干。

"我去！先生，这里好像有道暗门。"

事不宜迟，梁启俯身伸手去摸豆干。同时那扇暗门被推开。

两个人气势汹汹地闯过门来，正看到一个惊慌失措的惶恐表情。不过，这样的惶恐，倒并不像是要仓皇而逃的样子，而是那种……趁上午没有人悄悄跑到炊房偷吃百家菜却冷不防被人撞见的穷酸困窘模样。

"喂！看没看见有人跑出去？"高个儿劈头盖脸就问。

梁启被吓掉魂一样，说不出话。

高个儿咂着嘴，说了一声"追"，就带着矮个儿冲出了灶间。

幸好这天是在报馆过夜，出门时根本没有打理自己，随便穿了件长衫就跑来了，样子显得颇有些落拓。这样想着，梁启却一点没有松懈。两人刚刚出去，他就立刻从暗门回到寂寥生的小楼。

回来后，立刻看那道暗门，果不其然，这边有道门闩。梁启赶紧把门闩别上,才算略感安心。

那两个铣报馆的人都不是傻子,出了灶间一看楼道里楼梯上全没有人,自然明白刚才的偷嘴穷书生就是先他们一步到寂寥生家里的人。两人立刻折返回灶间,果然发现书生已经不在。气急败坏地去开暗门,结果发现暗门被反锁,更是生气。

矮个儿的问:"那个人该不会就是寂寥生吧?"

"当然不是!我见过寂寥生,不长那德行。谁知道那个人跑到寂寥生那里干嘛。赶紧追。"

可是这哪儿还来得及追,待他们从住宅绕出来,再穿过支弄上了总弄出了石库门,梁启早就从窗子翻回,扬长而去了。

急行了一段距离,几乎快到张园了,眼看人流增多,已经不会再轻易被抓到,他才终于放慢些脚步,调整呼吸。

竟然连经理另外安排的活儿都变得这般凶险……最近绝对是犯了什么冲。

梁启越发感到无奈。

方才虽然看得匆忙,但从寂寥生的书籍和旧报纸中,多少看出了一点儿端倪,接下来就该认真翻阅资料去印证自己的猜想了。不过,梁启一直没有忘记,这一天正是和宗义民三日之约到期的日子,该再走一趟四马路青莲旅社,继续未完成的交易了,哪怕谭四那边还没有给出个确定说法。

夜探

每当入夜，净社总社码头前就是一片肃杀。而这一夜，净社二当家耳朵赵亲自带着一队人马，站到垃圾桥的桥头，注视着吴淞江下游。白日的阴云已经消散，正是一轮皎月当空，银色的月光远离两岸的电气路灯，洒在乌黑平静的江面上。

这条黄浦江的支流，昔日上海与内陆的大动脉，此时只剩死寂中躁动的暗流，一派山雨欲来的架势。

终于，怪模怪样的东西从远方静悄悄驶来，大概是一艘船吧，划开江上的银光。

耳朵赵用泥鳅眼狠狠地盯着来船，冷笑一声，低语道："这小子分明就是在挑衅净社的威严，早晚让他付出代价。"

船徐徐开来，过了垃圾桥，顺理成章地停靠到净社总社的码头。说是怪船，确实很怪，靠了码头，却不见有人扔缆绳。再看这艘船，只有个全金属的船壳，甲板上光秃秃的，连个船舱都没有，不见轮子，更不见人。

净社的这些人整日生活在水上，却也是看着怪船新鲜，一时间吵闹着开始三两开盘下注赌这艘怪船如何停靠。吵闹声影响了净社的威严，耳朵赵毫不客气地呵止，但赌局已开，明面上已经重归于无声，暗地里却都盼望着出现自己所押的结果。

怪船终于有了动静，停靠在那儿，忽而"吱呀"一声，甲板前端翻起一块铁板，一个人就像刚从地窖爬出来一样，探出了头。

"哎呀，赵老板！"探出头的是谭四，他扬着手向耳朵赵打招呼，就像撞见了老朋友一样，"在下真是荣幸万分，竟能有赵老板亲自迎接。"

说着，他已经出了怪船内舱，跳上码头。

耳朵赵正故作姿态地上下打量谭四，从内舱又钻出一个人。这个人一探头，就引起一阵喧哗。不过，耳朵赵倒是相当淡定，因为这个人他本来也见过，只是意味深长地"哦"了一声，问谭四："这位洋人兄弟是……"

"在下的好友。"

"没想到你还能有其他的好友。"

"看您说的，把在下想成什么样的人了。"

谭四还在打趣，怪船里钻出了第三个人。一脑袋的碎茬头发，竟然连辫子都没有留，活脱脱像个刚刚还俗的无赖和尚，不修边幅，身上的衣服破破烂烂。这人一冒出头来，也不管岸上是怎样的阵势就开始骂谭四，说船舱里挤得他头晕，气味难闻得简直要吐。

说到"吐"，这家伙竟然言出必行，跳下船就趴在码头吐了起来。

一半吐进江里，另一半吐到了码头上。这要是一般人早就自己吓死过去，可是这个人毫不介意，吐完之后用袖子胡乱擦了擦嘴，说："你就感谢我没吐在你船上吧。"

这样目中无人，要不是有耳朵赵一直镇在最前面，净社众早就一拥而上把这个家伙绑上石头扔进吴淞江里了。当然，他们还顾忌另一个人，谭四。一个人单挑十几个净社打手的本事，有他在，谁还敢轻举妄动？

"还是介绍一下这两位新朋友吧。"耳朵赵强忍着没有发作。

"雨果·根斯巴克，在下的好友。胜七，一个赌徒。"

"呸！老子就这么几个字可以说？"胜七嘴上流里流气地说着，人已经走到净社众当中,不知怎么从手里变出一个碗和两个骰子,问道,"要不要来两局。"

"赵老板,在下想要的人呢?"谭四问道。

耳朵赵使了个眼色,身边的一个小个子走到谭四面前。谭四上下打量一番这个小个子,实在看不出是不是最好的机械船操控师,或者说是不是机械船操控师都无法判断,于是索性说道:"有赵老板担保,在下一万个放心。"又看向了小个子,"这回相当凶险,成败全仰仗兄台了。稍不留神,恐怕兄台就要和我的好友一起葬身江底了。"

小个子好像并不以为意,看来确实有些自信? 事到如此,那就听天由命吧。对了,毕竟还有如同拥有天命的胜七……再看那个赌徒,已经和耳朵赵身后的净社众混到一起,大呼小叫地赌起了大小,不亦乐乎。

看着这般景象,谭四赶紧向胜七喊道:"你只有七次机会,别随便浪费了。"

"成功一次还不够?用掉六次正好赚点儿零花钱。"胜七赌得正酣,根本无暇理睬谭四。

胜七这样的回应,似乎反倒让耳朵赵很满意,他又恢复了阴阳怪气的语调,捻着泥鳅胡,说:"谭大侠,人我只能借你今天一晚上,你可要好好利用,不要白白浪费了我的一番诚意。"

"托赵老板吉言,今夜一定马到成功。"

耳朵赵正要再揶揄两句,就见雨果过来,跟谭四说了两句洋话,然后兀自回怪船上了。因为雨果是个洋人,耳朵赵多少有些克制,再次忍下来没有当场发作。

"赵老板,时候不早,那我就带着您的人先去干活儿了。"

耳朵赵咬着牙说了一声"请",就连打带骂,把那一群已经输红眼的人赶着回了总社。

"还有几次?"

谭四确实非常关心这个问题,立刻来到胜七身后询问情况。

"六次。"胜七一边收拾赌具,一边不屑地说,又把地上的碎银子一块一块捡起来,"你怎么当大侠的?这么婆婆妈妈。"

"事关重大。"

"行了行了,你那个洋朋友又把那套破玩意儿给拿出来了。幸好我不用再下水,祝那个净社的小朋友好运吧。"

语毕,胜七已经把骰子、破碗和碎银子都揣到怀里,扬长而去了。

雨果听不懂那么多的中文,不必斗嘴,反倒清净,这会儿正在强行给那个净社的小个子戴上一个奇怪的头罩。这个头罩看上去就是一个把脑袋完全包裹起来的头盔,只有眼睛的位置镶着两块滑稽的玻璃镜片,嘴部接着一根管子,连上气瓶,显得相当笨拙可笑。

净社小个子十分不情愿,但还是被语言不通的雨果硬给戴上了。

两个人顶着座钟一样的头盔,摇摇晃晃上了怪船,钻进去,关上舱门。

怪船依旧悄无声息,却不像来时那样驶于江上,而是向前走了一段,离开码头,到了江心,像一头准备静候猎物的鳄鱼,悄悄潜入水中,没了踪迹。

净社小个子确实是一名相当优秀的机械船操控师。他进了这艘怪船之后,和语言不通的雨果用机械操作的动作交流片刻,再实践了一遍,就基本掌握了这艘船的基础操作。

耳朵赵登上净社总社制高点塔楼瞭望台,看着那艘怪船下潜消失,过了一会儿又浮出水面,像一艘正常的船一样行驶在吴淞江上,向着黄浦江而去。而谭四并没有登船,和那个赌徒一起走在吴淞江北岸的大街上。方才赌徒说船舱里面挤得要死,看来那艘怪船虽然外观已经有半艘沙船大小,里面给人的空间却相当狭小。这么大的一艘船,里面全是机械设备不成?而且还能潜到水下,显然用的不是蒸汽动力。不过,耳朵赵一点儿也不急,等自己的人回来,这艘会潜水的船以及他们到底要干什么,就都一清二楚了。

地下居然还有庭院,这也太乱来了吧。

再次从青莲旅社乘坐那个浮夸的升降梯去玉兰公会的地下世界后,

梁启直接被等待在隧道门口的人带入一条僻静小径，和上次截然不同。

小径两侧也是房屋，只是并未住人，更不是给洋人娱乐的功能性建筑，有可能以后会开发出新的项目，也有可能本就另作他用，抑或只是在炫耀地下世界主人的财力，就像小径尽头的这片地下庭院和庭院里的别墅。

把梁启带到庭院后，引路人就自动退下。

庭院非常西化，和别墅的巴洛克式风格相得益彰。被剪裁出各种形状的松树，配上笔直的碎石子路，让庭院显露出几何之美。庭院的顶上布满电灯，以保证整个庭院植物的光照。

"电都是英人电气公司的副总偷偷拉线接过来的。"

声音从梁启背后传来。梁启回过头，终于见到了宗义民的真容，满脸商人赚到了大钱的得意笑容。

上海遍地都是有钱人，梁启见过很多，上至盛宣怀盛大老板，下至土豪地主，各有各的特点，但不外乎三类：其一是大官中饱私囊步步高升，这类人全是一副政客嘴脸；其二是帮着洋人做买办的投机商，这类人洋里洋气目中无人；再一类则是抓住某些特殊机遇的暴发户，各个镶着金牙满身宝石，生怕别人不知道自己是有钱人。但宗义民却与这三类都不相同，身材虽胖，却并不臃肿，穿着西装，却不显做作，手里拄着文明杖，反而更像是行动不便者用的拐杖。走在大街上，只让人觉得是一位读过些洋书的学堂教书先生。就算是这样的身材，也绝不起眼，是一个极好的隐匿者。

除了他的笑容。

"这就是这世上比金钱更好用的东西——人情。"宗义民指了指庭院小径边的石板椅，梁启便像个提线木偶一样坐了上去，正可看到他居高临下的面容，"老夫从不贪财，因为有太多东西不是用银子就能买到的。比如，这里的电。再比如，这里的繁华。还比如，那些自大又可怜的洋人对老夫的依赖。"

坐在石椅上，梁启只感到屁股上的冰冷传遍全身。

"梁先生果然是一个守约的人，说好的三日期限，必定准时赴约，老夫十分欣赏。"

梁启抬起头刚要说点什么，却再次被宗义民似笑非笑的表情给挡了回来。如此的面对面状态，让梁启感到一丝惧怕不安，仿佛一脚踩入河里才发现河水深不见底。

"谷翮。"宗义民忽然说出了一个名字，"咸丰十一年出生于广东顺德，同治十一年跟随容闳所选的第一批天才幼童前往美国。西历1881年与其他被突然召回的留美学生一同回到国内。流离失所十年有余，终于在上海华界落脚。他在美国学业有成，回国之前已顺利从麻省理工学院毕业，所学专业：医学。"

不用做更多解释也能明白，宗义民所说的这个留美学生谷翮，就是三天前梁启所希望调查的南洋咖啡馆老板谷孟松。而他的简短叙述又证实了两个猜测：其一是谷孟松确实就是当年留美天才幼童计划中的影子儿童之一；其二是他的专业是医学。那个建起康脑脱医院前身的华人志士，也便是他无误了。

那么，他之所以惹来杀身之祸，就是因为康脑脱医院的地契了？

梁启还没想明白这一层的关系，宗义民就把一本薄薄的册子放到了他所坐的石椅空处。梁启急忙拿起册子翻了翻，发现这上面写着更多更详细的关于谷孟松的信息。

"不用着急硬记这些。"宗义民仿佛一眼看透了他的心思，徐徐说道，"这个本来就是给你的。这就是人情，拿走时悄无声息。就算你答应与老夫交易情报的事情没有兑现，老夫也毫不介意，因为你早晚要还回来，而且比高利贷还要贵许多倍。"

宗义民在慢慢走开时似乎笑了，但梁启已经无心确认，只是看着他步履蹒跚的背影，脑中一片空白。

明暗两界，一江相隔，文明之光似乎永远抵达不了黄浦江的东岸。不过这一晚，浦东陆家嘴的工业码头上倒是热闹，甚至点起了不少油灯来照明。

幸好黄浦江足够宽阔,浦西那边足够明亮,在远远的浦东点着几盏油灯,实在引不起谁的注意。不过,如果真的走到码头跟前,恐怕感受就不尽相同了。

一个庞然大物,俨然是一个蒸汽火车头,正在码头的边缘,颤抖着全身每一个部件,发出隆隆的机械声。

说是蒸汽火车头,实际上这个庞然大物看上去要比火车头复杂得多。在车头大鼻子蒸汽机锅炉上层,直接暴露着一整套火轮机。高高低低的汽表各司其职,时刻指示着从汽缸中给到每一根轴杆的力有多少。裸露在外的火轮机前端,从车头底部斜向上伸出一根粗大的长杆。长杆顶端有转轮,绳索系之。绳索一头缠绕在火轮机最大的飞轮轮盘上,另一头远远地探入江中,就像一头机械怪物正坐在码头钓鱼。

其实这个机械怪物在上海魔都不能算是多么稀奇的东西。早在十几年前,美国传教士、中国通丁韪良已经在《中西闻见录》里介绍过,还给它起了一个中文名,叫:鹤颈秤。

现在这台鹤颈秤,比起丁韪良所介绍的那种要巨大得多。从锅炉的大小来看,动力也更加强劲。在鹤颈秤尾端的控制平台上,站着两个人。一个目不转睛盯着绳索的方向,双手紧握身前复杂的操纵杆,正在小心翼翼控制着什么;而另一个却似乎无所事事,仿佛只是站在高处看风景。

"喂!那个什么鬼玩意儿潜水船还能不能漂上来啊。"胜七双手紧握操纵杆,虽然一直盯着江上动态,嘴上的抱怨却也一刻都停不下来。

"谁让你刚才浪费了六次机会,本来轻松完成的事,你只给自己留一次机会,气氛这么紧张怪谁?"谭四说。

"你信不信我立刻用最后一次机会直接拿剪刀把你捅死完事?"

"算了吧,你是真不想要一个新的计数装置了?"

胜七正要回嘴,远处的江面就有了动静。漆黑的江水翻滚起大大小小的旋涡,那艘潜水船终于徐徐浮上水面。见船上来了,看似轻松的谭四才真地松了一口气。他怕的是雨果所做的蓄电池支撑不了水下作业全过程。虽然这块蓄电池已经经过多次严苛的试验，但潜入江底还是第一次，太多不可控因素，让人无法不提心吊胆。

待船完全浮上水面的一刻，胜七果断地双手用力拉动那根握了太久的操纵杆。操纵杆一拉到底，整座火轮机都随之转动起来。汽缸推动短小的轴杆，轴杆带动小轮，小轮带动大轮，大轮再带动另外的大轮，轮与轮顺时逆时关联着转动起来，蒸汽有节奏地从汽口喷出。

随着飞轮扯动缆绳一点点收紧，能感觉到缆绳的另一头实实在在地拉着什么东西上来了。

看来是成功了，谭四更是彻底放心了。

再看胜七，方才聚精会神的样子早就不见，已经跳下了鹤颈秤的操作平台。此时谭四其实也无事可做，接下来的任务只要交给必定会成功完成任务的鹤颈秤就可以了。

"我说，你也是奇怪。"

"怎么？"谭四也下了鹤颈秤，擦了擦汗。

"我那个计数器，既然你也能做，为什么不自己用？算到自己的'胜七领域'，直接操作不就结了？"

"哈！难得你能认真思考一次问题。但不巧的是，你是天助奇运，这个算法只对你一个人有效，其他人还要再推演新的算法。不过更有可能的是，除了你，其他人根本推演不出适用的算法。"

"听不懂，随你怎么说吧。没事的话，老子就走了。别忘了你的承诺，谭大侠。"

鹤颈秤暴躁地轰鸣着，吃力地拉扯着，整台火车头一样的巨大机器都在疯狂地颤抖。尽管站在地面上，谭四还是能感到鹤颈秤在完成这次工作中的恐怖震动，一时有些心有余悸。要不是因为有胜七"必会成功"的简直违背自然规律的概率奇迹，这次打捞工作的成功率恐怕连一成都到不了，行动时简直近乎赌命了。

胜七已经走掉，那艘潜水船停靠在远处的另一座小型码头，雨果和净社的机械船操控师戴着滑稽的头盔从船舱中出来。与此同时，他们辛苦打捞的东西终于随着浪花从江中拔出。满是水草淤泥的庞然大物,被鹤颈秤慢慢吊上半空。

"我们终于又重逢了,"谭四走到岸边,仰头看着悬在空中的巨物说,"铁爵爷。"

铁爵爷这位巨型差分机当然不会回应谭四,因为它还根本没有重新启动。

追踪

没有谁的计划追得上这个时代巨变的脚步。

谭四打捞铁爵爷上来,当然是早早就开始的计划,包括制造大型鹤颈秤,制造潜水船,和雨果合作研发大功率蓄电池,利用南洋公学的试验场进行各方面试验等,甚至还包括请来胜七为打捞上最有力的保险,确保全过程万无一失。但当铁爵爷真的打捞上来,运回到他的蒸汽发电厂,开始调试重新启动时,谭四就已经深知,利用铁爵爷这台高效的差分机提高一直停滞不前的W实业信息库的硬计算能力,已经不再是全部工作的终点,而只是帮助梁启那个倒霉蛋解决他现在所面对的一系列棘手事件的起点。

真是一个时刻督促自己进步的"诤友"。谭四无奈地继续调试着铁爵爷身上的每一个零件。

同样是深夜都没有入睡的梁启,则正在已经寂静无人的报馆中,翻阅着资料库里的大量废旧报纸。

《新新日报》创办已经快三年了,在瞬息万变的上海报界中,算得上跻身中坚。报馆吕经理又一直称自己是有新闻理想的人,弄一个囤放废旧报纸的资料库理所应当。只不过,这个资料库根本没有被重视过,就连进去,都要绕到报馆楼后的侧门才行。

资料库里满是霉味,梁启提着盏豆油灯,开始了检索。资料库中存放的废旧报纸数量相当可观,但是这里没有照明,只靠一盏可怜的豆油灯,实在是有些杯水车薪。更费劲的是,这些报纸根本未加分类,只是一捆一捆地胡乱堆在一排排架子上,如果本人没有头绪,完全无从查起。

幸好梁启对自家报馆的资料库还算了解,在寂寥生那里看到的几份上海发行的报纸,很快就被他找出了两三种。

这些报纸不全是小报,也有看似正经的报纸,可是全都有着相似的处境和结局。从报头的发行渠道便能窥见,它们的销量多么堪忧。虽然报纸都坚持了半年以上,但它们如此销量惨淡,最终都关门大吉,恐怕现在能记得它们的人,超过一百个都算奇迹。

要不是吕经理有收集旧报纸的嗜好,这些报纸大概早就被时间之轮碾过,为世间所有人所遗忘。当然,这其中并不包括那个寂寥生。

借着豆油灯的微弱光线,梁启展开了第一捆目标报纸。

报纸名为《海上业报》,是光绪二十二年(1896)创报的小报,比李伯元的《游戏报》还要早,不知什么时候就已经销声匿迹,要不是在寂寥生的书桌上看到此报,谁能知道还有这样的报纸存在过。

这一捆《海上业报》并不多,拆开一看就能了解大概。报纸一开始是三日刊,过了四个月改成了五日刊,再过不久就沦为月刊,随后停刊。因为在寂寥生那里翻得匆忙,能记住几种报纸的名字,已属不易,实在无法记下那一书桌的旧报纸都是哪年哪期,此时只好一张一张翻看,或许能找到些线索。

《海上业报》每期都只是一张报纸,单面印刷,算是典型的小报做派。内容是把"业"与"夜"字相通使用,整张报纸都是关于夜晚的魔都上海的。那时候还没有电气路灯,自来火路灯也才刚刚安装了几条街,其中就包括直到现在艳色不减的四马路,而这张报纸完全就是一份四马路指南,只不过是列出当时四马路上的一些妓馆,把最粗俗的介绍放到报纸上。不知道十多年前的人们是怎么想的,竟会花钱买这种内容粗俗、满篇广告的报纸，相较之下，李伯元在《游戏报》弄的花榜，都显得超凡脱俗不少。

内容毫无创意，大概就是《海上业报》销量不济的原因。梁启粗略地翻了一个月的内容，感觉要是在十来年前，自己也不会花钱买这种传单一样的小报，如果再不想办法改变，这家报馆的经理恐怕得赔得底裤不剩了。随后……果然有了改变。报纸还是一张纸单面印刷，但在一个多月后，那份名单便只占半版，另外一半变成了小说栏目。在十多年前，小说还并不流行，这个小报上就有了连载小说，实在有些让人吃惊。仔细一看，原来一直连载的是同一部小说，名为《洋场警世记》，署名"小笑才子"。无论是小说还是作者，全不曾听说。又随便翻了翻内容，是典型的章回小说体例，一回大体上连载三到四期。文字没有什么特别之处，故事随便看了几章，同样乏善可陈，多是某某才子在四马路妓馆中的无聊艳遇。可以说，这部最终也没有写完的小说，就是悄无声息地写了，又悄无声息地成了一捆废纸。

把《海上业报》放到一边，梁启继续翻看其余几种从资料库垃圾堆里找出的报纸。都是大约十年前的小报，版面粗糙，办一段时间就不了了之。这些特点基本相同，不必赘述。再仔细一看，果然发现上面都连载过小说。长篇章回小说还有两部：分别是《海上花新传》，署名"温生"；《花都名录》，署名"驰"。与那个小笑才子的《洋场警世记》如出一辙，无论是小说还是作者本人，早已跟着连载他们的报纸一同成了废纸垃圾，消失于世人视野之外。内容也都是乏善可陈、了无新意，被遗忘本就在情理之中。

为什么寂寥生会收集了这么多陈词滥调的……废纸呢？吕经理囤积这些旧报纸，美其名曰出于他的新闻理想，实则只是做做样子给别人看。那寂寥生也需要这种理想，也要摆出这般姿态？不合理，或者说是根本不需要。梁启在寂寥生的家里听到那两个上门来讨稿子的编辑讨论要不要进屋搜查，也就是说，他们之前从来没进去过。以寂寥生在自己家做暗门这一点来看，恐怕他不会主动让任何人进到他家里去。这样想来，他的奇怪收藏自然不是为了显摆给别人看,那么……

梁启从眼前这堆报纸中随便捡出一些,再提着豆油灯向资料库外侧走去。说资料库没有分类存放也不太准确,至少是有时间排序的,往里搬新货时,旧的就会往里踢一踢堆一堆,因此越是接近门口的报纸就越晚近。

到了门边的报纸堆,梁启轻易就翻出了如今的当红小报《小快活》。这份《小快活》上已经有了之前见过的那个妓馆美人图的企划。之前看的时候光注意这个妓馆捐客一样的企划,而没注意过上面连载的小说。再次拿起来看,正刊登着署名情可待寂寥生的热门连载小说《繁华梦》。

就着豆油灯的灯光,只是扫了两眼,梁启心里就大体有数了。恐怕真的和自己一开始所设想的一样,这个叫什么寂寥生的家伙,拿着《小快活》高额的稿酬,却做着鸡鸣狗盗的事情。

这个世上还真是不乏这种可笑卑鄙的聪明人。

梁启翻了翻手上的几张报纸,更有信心,就又回到了资料库深处,把刚才翻出的那些报纸重新打开来看。虽然有点儿辛苦,但很快还是找到了。一模一样,完全一模一样,连错别字都原封不动地搬了过来。再翻几章,这个《繁华梦》竟和方才找出来的《海上花新传》完全一致。梁启拿着两份相隔有十年之久的报纸来回对比,哭笑不得,不知该用什么样的心情来评判这件事了。

难道这些都是寂寥生十来年前的旧作?

梁启小心提出新的质疑,重新思索了一下,便又予以否定。如果是旧作,寂寥生没有必要攒下那么多旧报纸。况且,《海上花新传》和另外几部未完成的小说的语言风格完全不同,实在难以想象是同一个人写的。更重要的是,几份旧报纸刊登小说的时间有所重叠,任谁都不可能有这个本事,同时创作那么多小说,还能保持相当稳定的连载频率。退一万步讲,就算寂寥生真的有这等能力,他为什么要沉寂将近十年?早在几年前新小说就已经如日中天,包天笑等号称"洋场才子"的人,稿酬能达到千字四五块钱的水平,为什么他不更早地重出江湖?而且既然能有那等能力，那他再写些新的，而不是重发这种已经落伍了的小说，也并非难事才对。

所以，梁启有九成九的把握认定，情可待寂寥生这个人，就是看准了十来年前的那些小说早就被人们遗忘，正是他发财的宝库，只要随手抄一抄，早晚有一部可以赚到。就比如说现在的《繁华梦》。这家伙，还真是捡垃圾来卖钱的人了……

如此欺世盗名的行为，倒确实是足以拿来和不可一世的曾传尧对话的筹码了。

本来就差半步，可现在，听那两个《小快活》的人所言，寂寥生有三天没交稿了。梁启翻了一下《海上花新传》，现在的连载进度还远远不到它的终章，也就是说，寂寥生不会是因为躲稿而逃离。房间没有上锁，十有八九是从那道暗门逃走的，因此暗门才同样未锁。恐怕是有什么事，让他不得不仓皇逃窜。而时间和谷孟松被杀的时间过于接近，会不会有什么联系……这些姑且放置一边，现在手头有了如此一桩丑闻，足可以去找曾传尧一谈了。只要有对谈的机会，就能从中挖出新线索，到时候再回头来调查也不迟。

梁启打定主意，便把所需要的材料统统捆好拎上，离开了自家报馆的资料库。

又是一个清冷的上午，经过了一个通宵的准备，梁启赶在同僚起床来报馆上工之前，就已经收拾好了所有的材料，同时把自己过夜的经理室收拾整齐。看着吕经理的那把藤椅，他不由得再次叹道：这只老狐狸啊！

铳报馆不在报馆最集中的望平街，却在更为喧嚣的三马路街面上。三马路上也有不少报馆，但因为是个寸土寸金的地段，小报馆根本租不起，只有《申报》《时报》那样的畅销大报才能在这里占据一席之地。仅凭馆址所在，已可见到铳报馆的了不起了。

从望平街出来，和三马路交叉的路口处是申报馆。申报馆旁边是那片阴森森的外国人墓园，墓园不大，再往前走不远，便是铳报馆了。与斜对面的慕尔堂遥相呼应，也是一派西式风格，颇有些威严肃穆。

虽然才刚到中午，但铳报馆已然没有其他报馆的冷清，早已是人来人往，全是那些自视精英的铳报馆报人。同是报人，梁启与他们相比却相形见绌。

走进铳报馆，同样感到这里与其他报馆之大不同。其他报馆那种文人扎堆儿才有的闲散气全然没有，不仅每个人的工位书桌布置得井井有条，就连西洋楼固有的大堂都弄得像是洋行一样，通透敞亮，让人不敢大声喧哗。

梁启刚刚在大堂站了片刻，立即有人上前询问。

"请问这位先生，您是要访哪个部门？"用词很客气，语气却是咄咄逼人，"可曾提前预约？"

当然没有……梁启笑而不语。

正当此人打算把梁启攮出报馆时，从门外进来一个人，十分眼熟。那人个子很高，一进报馆就看到了两个人僵持在大堂，原本没有理会，可是走过梁启身边时，不出所料地停住了。

"你……"高个儿死死盯着梁启。

梁启则是微微一笑，说："小生正是来代替寂寥生交小说稿的，寂寥生有要事在身，不便在旧居久留，故让小生代交稿件。"

高个儿的目光变得更锐利了几分，瞪着眼睛没说出话来，但眼见同僚都注意到自己，又怕因为寂寥生的事遭到同僚耻笑，只好迅速打发走了拦住梁启的人，叫梁启去自己的工位再说。

到了高个儿的工位，他自然迫不及待地伸手就要稿件。寂寥生的《繁华梦》已经开天窗四天，显然已经让他焦头烂额。看来说什么随便就能替代掉寂寥生的小说，全是虚张声势。这样很好，只要捏住了他最利益相关的东西，什么事都好办。

梁启不紧不慢地从提包中掏出一页纸，递给了高个儿。他看到写满了字的纸，立刻抢了过去，看了片刻，皱起眉头，说："这不是寂寥生的字迹。"

"那又何妨。"

高个儿瞪着梁启,不知何意。

"看看内容便知。"

高个又仔细看了看手中的稿子,沉吟片刻,就像看贼一样看向梁启,说:"故事确实对得上……你这稿子哪里弄来的?"

"自然是寂寥生辗转交给小生的。"

"别骗人了。你口口声声说'寂寥生',但你根本不认识他吧?寂寥生姓甚名谁,何许人也,你说得出,我再信你。"

"哦?你能说得出来?"这是一次十有八九能赢的赌博。

听到梁启的反问,他顿时心头一沉。梁启则不失时机地从提包里又掏出了几页纸,在高个面前晃了晃,却没有给到他手中。

"只要不断有稿不就好了?"

"你把寂寥生怎么了?"高个儿突然警惕地问,"他现在人在哪里?"

"这个嘛,"梁启笑笑继续说,"你不够格,让我直接跟你们经理来谈。寂寥生该是你们报纸的当红小说家了吧?他的事,够分量请出经理来。"

"你不要得寸……"

高个儿还没说完,就见梁启当即把手中几页纸撕成了两半,并作势又要再撕。高个赶紧阻止了他,几乎是用哀求的眼神看着已经被撕掉的稿子。他没有再坚持,立刻狠狠地说了一声"好",就顶着大堂里众人的目光,带着梁启去了铳报馆的经理室。

"进。"

高个儿敲了门之后,只是听到里面传来简短的指令。仅仅一个字,甚至没有听出任何语气,却因为十分洪亮饱满,让这间经理室都变得威严起来了。

门打开后,高个儿让梁启一个人进去,自己默默退下,把门带上。

经理室的布置和范世雅的办公室几乎相同,与门正对的是张书桌,书桌后正坐着那位干练的铳报馆经理——曾传尧。

可算又见面了。梁启心中暗想。

曾传尧本来在低头忙于工作,抬起眼从圆框眼镜边缘瞅了一眼,看见梁启,微微一愣,皱了一下眉,又低下头,继续批阅手头的文书,像是没有人进来过一样,只是在用钢笔沙沙地书写着什么的同时,不动声色地说:"我们见过面。"

"曾经理好记性,在那次划船大赛……"

"三分钟。"没等梁启说完,曾传尧便打断了他。他停下了笔,从怀里掏出表来,打开盖子,看了一眼,终于正正经经抬起了头,摘掉了眼镜,"说明来意。"

和传言一样,拒人千里,惜时如金。而现在居然能给出三分钟时间,简直是莫大的荣幸了。

"贵报的副刊《小快活》上有情可待寂寥生的一篇连载小说,最近几日我看是突然停更了。"

说到这里,梁启故意停顿了片刻,想看看曾传尧会有什么样的反应,可是他根本不动声色。完全看不出开场白有怎样的效果。这样的对手,可以说是相当恐怖了。

"小生有幸,得了寂寥生的委托,拿来他新写的几页小说,希望不给贵报平添麻烦。"

"二十五秒,"曾传尧看了一眼怀表,"但阁下恐怕没有继续说下去的打算了。本人对阁下所言不感兴趣。小说能不能连载,那是副刊的事。如果他们处理不好,自会辞掉他们,不需要阁下费心。"

他说完,收起怀表,戴上眼镜,重新拿起钢笔,蘸了蘸墨水,继续批阅。

在他一开始提到"曾经见过"时,就明确了这次谈话是有基础的。只是需要一个突破口……故作姿态,真是最让人不悦的一种做派。

"但如果,"这是你逼出来的,本可以不闹到这个层面,梁启心想,"贵报刊登的小说是剽窃来的呢?"

曾传尧手上停顿片刻,把钢笔缓缓放到一边,看起来还是相当沉着。

"贵报素以铁面无私正气浩然闻名于世,即便不是正刊而是副刊小报,发生了刊登剽窃之作的事情,恐怕在声誉上……小生同样是报馆中人，怕是……"

"梁启，新新日报馆。"曾传尧直接打断了他的话，"在美人划船俱乐部时，你自报过家门。"

这个人确实有相当恐怖的一面。

"拿出证据吧。本报的宗旨从未改变。剽窃是最让人不齿的行为，只要证据确凿，本人必定立即严惩，向世人发布公告，承认工作失误。不必劳烦贵报。"

真是铜墙铁壁固若金汤啊。可是明明他是要和梁启深谈，却又偏偏不开城门，专门为难梁启一样。

梁启只好见机行事，先摆出一小部分证据给曾传尧看。

"十年前的报纸，名不见经传，上面刊登的小说也同样。但凑巧的是，和寂寥生的名作《繁华梦》一模一样。顺便一提，他是个惯犯，我报同样是受害者。"梁启又把另外一份十来年前的破旧小报和一份刊登了《南云记》的《新新日报》递给了曾传尧。

曾传尧只是把几份报纸拿来瞥了一眼，就放到了一边。大概是因为看到梁启做足了准备，已经没有现场逐一验证的必要，只是想看看这个做了这么多准备的年轻人接下来还要出什么牌。他态度缓和了一点，拿起一张刚才批阅过的纸，对梁启说："寂寥生已经潜逃。"

终于松口了！梁启简直感动得要哭出来，立刻抓稳机会，连忙说："确实，但如果不是因为小生急于求稿去了寂寥生家，又因为他不知何故潜逃了，小生也不会进到他家中，看到他书桌上堆满的旧报纸。如果没有那些旧报纸，小生怎么可能发现得了他的剽窃行为？他剽窃的可都是些从未听闻的东西，从这一点看，他算得上是个报界老手了。真不知他下了多大的工夫刨出这些鲜为人知的小说来给自己换钱。这样说来，小生倒是有一事不明：他为什么会突然弃家而逃？小生不才，在他家还发现了暗门，显然是从他住到那里时起就做好了潜逃准备。这又是何故？难不成贵报馆对剽窃的惩罚是要人命？"

曾传尧冷眼看着梁启，没有说话。

"小生当然是在开玩笑,曾经理千万不要往心里去。可是,一个至少还有十来回的篇幅可以交的剽窃者,到底是因为什么可怕的事情,让他出此下策?小生翻遍和寂寥生有哪怕一丁点儿联系的报纸,却都一无所获,直到忽然翻回最近几天的新闻才有了点发现。寂寥生每天都会把亲手抄好的小说新章节放到家门口某个固定的地方,供前来讨稿的人自行领取。这样做当然是怕报馆中人进屋后发现端倪,使得剽窃小说有败露的危险。但因为字迹很难模仿,方才也验证了贵报的人辨别字迹的能力,所以可以肯定在连载中断之前,寂寥生一直都在那栋小楼里,没有换过其他人。随后,他逃走了,小说也同时中断连载。他消失的时间就有点意思了。说来是不是太过巧合,寂寥生消失后第二天,张园南洋咖啡馆的谷老板遇害,凶手至今未能抓出。两个人本来应该毫无关系才对,可是呢,一个是在铳报馆的副刊小报《小快活》上连载小说的当红小说家,另一个则是和您铳报馆经理、大名鼎鼎的曾传尧过从甚密的咖啡馆老板。冥冥之中所谓'不相干'竟被铳报馆给联系到了一起。现在想来,怕不会寂寥生就是凶手吧?可是不能放任凶手危害社会啊。"

"梁先生,"这是曾传尧第一次正面称呼梁启,"你还真是善于牵强附会,罗织罪名。"

"曾经理息怒,"梁启这样说着,但曾传尧依然是不动声色,根本没有表现出愤怒的样子,"小生只是随便猜测一下,说到底寂寥生哪有什么杀人理由?只是这个时间点和他们之间的联系,确实让人不免浮想联翩。我想,既然愚笨如小生都能猜到这一层,其他聪明人恐怕更……"

"吞吞吐吐拐弯抹角让人生厌,你是想借机来打探咖啡馆老板的事吧?"曾传尧皱着眉头,"不清楚你来打探这些到底是何目的。你们报馆的吕大雄也不是什么上得了台面的人才,但为了扼杀没有必要的谣言,确实需要给你说清楚一些事情。本人与南洋咖啡馆老板结识多年,他算是有些学识,我们相谈十分投机。如今友人遇害,本人自是痛心。但本人身为报馆经理,既非巡捕又非官府,无权插手,只望早一天真相大白,还友人公道。梁先生,同是报界中人,虽然不应越界管贵报之事,但身为报界同行，姑且算你的长辈，好生劝你一句：做新闻，切勿无事生非。"

"曾经理教训得是。实际上，小生也与谷翮谷老板有过些许交往。"梁启直呼谷翮这个名字，见曾传尧掩饰不住地跳了一下眼皮，"谷老板一听小生是个报人，立刻就说起了您曾经理。他讲了许多您和您的伙伴们畅谈的事情。那些理想着实让小生心潮澎湃。"

曾传尧不带情绪地"哦"了一声，终于又摘下眼镜，用极为犀利的目光看向梁启，说："很好，本以为你只是一个浑浑噩噩的混子，原来真应了老范的话。"他停下来，只是盯着梁启，像是在重新审视，又像是在警告，却什么都没有继续说下去。

"曾经理教训得是。"梁启再次说了同样的话，"您与另外几位先生的理想，那种想要让上海成为举世瞩目的都市的理想，小生第一次听到时着实感动。当今大清国所缺乏的正是几位先生这样既满腔爱国热忱又有真才实学，并且不断努力将理想付诸现实的英豪志士。能有几位先生来到上海，本应该是上海的一大幸事，可是……"

"没有什么'可是'。很多事情还是不要涉足为妙，对你们年轻人有百害无一利。"

依然不肯透露一丁点儿信息，与之前范世雅滔滔不绝地讲了那么多看似无用的信息截然相反。但或许是出于同为报人的直觉，在梁启看来，这个闻名黄浦滩的火药桶，永远一副铁面示人的曾传尧，竟流露出了比范世雅更真诚的态度。只是，这个"真诚"又是落在了哪一个层面上呢？

"同样是报人，您应该非常理解小生现在的渴求。我们只希望让真相大白于天下。如果事件只有开端，最终却不了了之，您觉得出于报人的操守，能忍吗？"梁启没有放弃，甚至语气还加重了些。

"你在天文遇刺的报道上已经做得非常出色。"曾传尧语气缓和。

遇刺？这个词忽然让梁启心头一颤。自己的报道用的标题是《完美谢幕钟天文，夜半丧命洋泾浜》，用词非常小心，从没有断定钟天文是遇刺。直到现在钟天文丧命的案子仍旧没有结果。曾传尧口中的"遇刺"……是说漏嘴，还是另有所图？梁启不禁流露出了渴望的眼神，看向曾传尧。然而他已经重新戴上眼镜,意味着这次不是故作姿态,而是真要送客了。

"曾经理,"梁启十分务实地放弃了坚持,"小生只想请教最后一个问题:您在做康脑脱医院的深度调查之前,是否认识谷翻?"

曾传尧不再理睬梁启,也并未去继续批阅案头文件,只是用目光告诉他:请你现在尽快离开我的办公室。

梁启心中叹了口气,知趣地示意一下,便起身准备离开。就在打开办公室门的时候,他听到身后传来曾传尧的声音:"不曾认识。"

"谢谢。"

他没有回头,出了房间。

一拳

纸烟这种东西，真是微妙。

以往并不是没有烟草，买些上好的烟丝，塞进烟斗里，拿火一点，吸起来吧嗒吧嗒的，是一种惬意。可是烟斗不论大小，都算个物件，一来要花银子买，时间久了还要换新的，二来总也占着一只手，自由大打折扣。纸烟则不同，只是把烟丝卷到薄薄的烟纸里，划一根洋火点燃就能吸，吸到尾巴，直接扔掉就是。而纸烟也好，洋火也罢，只要放在制服的兜里就好。

即便如此，当梁启被满怀善意地塞来一支点燃的纸烟后，还是全然无法感受到吸这种东西的乐趣，索性厌恶地扔到一边。

"啧！"那声音简直痛心疾首，如同账房先生眼睁睁看着一张万两银票被人撕碎了一样。

梁启立刻察觉确实不妥，但再捡起来同样不妥，索性毁尸灭迹，迅速用脚把地上亮着红光的烟给碾灭了。碾灭之后，又故意没好气地补了一句："算是你平白揍了我一顿的补偿。"

还是那个无窗的黑暗房间，还是弥漫着纸烟的烟雾，那个把"一介无照警察，平生所爱就是打抱不平"作为临别自我介绍的辰正，又低沉地哼了一声，随即深深地吸了一口自己手里的那支烟卷，好似这样才算是真正的补偿。

他吸烟的时候会发出嘶嘶声，特别是在这个静寂至极的房间里，听得更加清晰。

想要找到辰正太容易了。因为上次是从这里逃出去的，梁启自然清楚该去什么地方找他。从铳报馆出来，沿着泥城浜一路向下走，到了和洋泾浜交界的地方，那个露在街面上，让梁启看一眼都有几分心悸的小楼，就是辰正的所在了。

这栋小楼原本属于旁边的石库门里弄，却独自开出一道朝向街道的门，真不知道最开始是怎样的设计理念。楼道只有一扇窗，好几个房间恐怕都没有窗子，仿佛从建造之初就是为了藏污纳垢一样。

可是，这里面躲了一个警察，无照警察。

在不审讯的时候，辰正的这个房间里也是点灯的，一盏豆油灯照得屋里烟雾缭绕，才傍晚时分，屋里就甚是暧昧不明。关于八年前的失踪案，追查许久的辰正自然掌握了相当的线索。这条线可不能断。

辰正吸完嘴里这根烟，也像梁启那样扔到地上，用脚碾灭，重新看向梁启，说："你来的时间不凑巧，刚好赶上我要去上工赚烟钱。你要是有空，一起走一趟，让你看看另外的世界。"

可笑，身为在上海摸爬滚打两年之久的报人，还有什么没见识过的世界。梁启点点头，还是接受了辰正的邀请。

"不错，没有读书人那种磨磨唧唧的毛病，在下很欣赏。"

辰正又点了一支烟，才带着梁启出了小楼，过了泥城浜，朝张园方向走去。最终却是到了古刹静安寺。

说是古刹，其实一点儿看不出这两个字的韵味。近年来在沪行商的人，不知听了什么样的谣言，开始给这座古刹所有能贴东西的地方贴上金箔，贴满一层再贴一层，从寺院气势如虹的山门到后面的大雄宝殿，甚至侧殿和佛塔，都像长了金麟的鲤鱼一样金光闪闪，妖艳耀眼。到了夜晚，再挂满鎏金红灯笼，让这座寺院散发出一种纸醉金迷的魔性。

进了静安寺山门，大雄宝殿前的香炉还冒着滚滚浓烟，毫不逊色于白日。而香炉四周的大殿侧殿已被再次熏黑，只有院内的几排红灯笼照出些它们昔日的光彩。绕过大雄宝殿，正中是藏经楼，左边是佛塔院，从院外便可望见佛塔，另一边则是一扇未开的木门。木门上也贴了些金箔，但不知出于什么原因，看上去相当低调，大概只有那些全然不明真相的人，才会为其贴金。

辰正所说的"另外的世界"，难不成就在这扇门后？确实从来没进过里边，可是里边能是多么不一样的世界？

跟着辰正走到斑驳金箔木门前，梁启翘首以待。

辰正左手夹烟，右手熟练地在木门上敲了一连串长长短短的暗号。暗号敲毕，木门很快便打开了。一个瘦削的和尚探出头来，打量了一下辰正和梁启，迟疑片刻，指着梁启问："这位是……"

"一位朋友。"

就跟没有解释一样，辰正吸着烟，已然走进了木门，梁启也跟了进去。瘦和尚并不敢阻拦，随即关上木门，躲远了去。

木门内，是一条幽暗的竹林小径，小径碎石铺成，曲折蜿蜒，气氛和布置都与外面群魔乱舞的世界甚是不同。走不多远，便有一座石台路灯，点着油火，不用担心越走越黑。

灯光影影绰绰，令竹林里显得更加迷离。越往深处走，也就越紧张。不过，在竹林小径走了一阵之后，还没看到小径尽头，就已经听到不远处传来起哄、叫好、喝骂的声音，乌七八糟，一片嘈杂。

正所谓曲径通幽，现在他们所走的这条曲径的尽头，让初来乍到的梁启大吃一惊，果然称得上是自己没见过的世界了。

梁启从竹林小径出来，第一反应是：怎么这里还能有如此人山人海的场景？紧接着便注意到那座一人多高的比武擂台。擂台上正有两个人打得不可开交，在完全不懂武功的梁启眼里看来，就像两个小孩在摔跤打架，争得你死我活，不过就是紧紧抱在一起，偶尔摔倒，再互相纠缠着在地上打滚。

梁启正在瞎看,就发现辰正已经钻过人群,到了擂台一边的方桌前,和方桌后面一个肥头大耳的家伙说着什么。

院子算是不小,四角都立着相当高的木杆,对角的木杆之间拉着两根交叉长绳,长绳上悬挂着一只只红灯笼,为整个院子照明,红彤彤的,显得院子热血沸腾,好不热闹。

不用告知也能明白,这里竟是一个藏在魔性古刹院内的真人擂台赌场。这样的擂台赌场,规则多半十分模糊,经常直到把对手打得重伤爬不起来甚至打死才判定结果。可以说,是一个充满血腥暴力的非法场所。对梁启来说,这种事情虽然不算新鲜,但能藏在佛家寺院里,还是这般香火旺盛的寺院,确实有些独特神奇了。

辰正还在和那个肥头大耳的家伙说着话,梁启怕错过什么有用信息,立即挤了过去。

"赚点儿钱,快得很。"见梁启过来,辰正恋恋不舍地把嘴上最后一点烟使劲吸到肺里,又眯着眼睛慢慢呼出,缓缓地继续说,"都是些十恶不赦的家伙,揍一遍刚好。"

原来他是要上场打擂?再看那个肥头大耳,已经给辰正做好登记,向着擂台边的一个人比画了一连串看不懂的手势。

辰正把辫子在脑袋顶上盘好,塞进警察的圆顶檐帽,摘掉别在腰间的短棍,把它和从警察制服上衣兜里掏出来的半包纸烟和洋火一同塞到梁启手里,走向了擂台。

擂台上的这一轮比赛基本上已进入尾声。两个滚在一起的汉子,实在是滚得身心疲惫。终于其中一个体力不支,跌到了擂台下面。另外一个自然不会错过如此良机,鼓起力气一同跳下擂台,照着先摔下来的人的脑袋就是一套乱拳。打得那人口吐白沫,全身直挺,双脚双手抽搐不已,所谓的裁判这才终于喊停,在一部分观众的欢呼和另一部分观众的谩骂中,宣布了胜者。

败者就像一只快病死的老狗,众人将他扔到角落,随即重新聚到擂台四周,大呼小叫要求快快继续下一场。擂台看着粗糙,实际上还是有不少人在打理。打完一场之后，就算没有人去清理台下，台上也会立刻上来两个人，把血迹啦，各种碎屑啦清理干净，然后开始下一场。

一个猥琐的小个子跳上了擂台，眼看他胸腔一鼓，竟然发出和他的身材完全不相称的洪亮声音，力压全场。

"接下来到了今晚的高潮。对阵双方分别是……"小个子故作悬念地顿了顿，"神技奇能杀人越货铁牙张！"

一个满脸横肉、粗壮丑陋的人爬上了擂台。

"铁牙张力大无穷，手腕残忍，双手就能给人开膛破肚，而且他还有一项绝技，也是他'铁牙'称号的由来——"小个子再次顿了顿，"用牙咬住射来的洋枪子弹！这就是本场的选手，神技奇能杀人越货铁牙张！"

铁牙张已经站在小个子身旁，感觉他一口就能把小个子的脑袋咬掉。

"铁牙张的对手，不用再多介绍，"小个子指了指擂台另一边，辰正已站到擂台上了，"我们的老朋友，一拳传奇的保持者，无照警察一拳辰！"

小个子介绍完，就听刚才和辰正交谈过的肥头大耳开始"下注下注！买定离手！"地吆喝起来。这一吆喝，台下乱了套，叫喊着撕扯着互骂着，叽里咕噜一团一团地给新一场比赛下注。

而擂台，谁还管有多少人买好有多少人犹豫？两个人各站一角。没有行礼也没有客套，铁牙张张牙舞爪扑向了辰正，仿佛只要双手一接触到对手就能立刻将其撕碎。而辰正只是若无其事地背着手，缓缓向场地中央走了两步，和铁牙张迎面交错。只是一瞬，就连那些已经下好注、全神贯注盯着擂台的人，也都没看清是怎么回事，只见到辰正的拳头重重地轰在了比他高出一截的铁牙张面门上。

铁牙张应声而倒，全场一片哗然。

"又是一拳！一拳啊！不愧是一拳辰！"小个子兴奋地蹿上了擂台，把还没来得及下注的人的抗议声压了下去，顺便看了一眼仰面倒在擂台中央的铁牙张，门牙全都击碎，满嘴鲜血，不省人事，不由得倒吸一口凉气。不过,不愧是这个黑窝点的王牌主持,小个子立刻重新控制住全场,再次用高亢的嗓门喊道:"怎么样!是不是觉得一拳辰上场没悬念?我们开一场全新赌局,就赌一拳辰一口气能连胜多少场,多少场时一拳辰会出第二拳。只要一拳辰在场上,你们随时可以下注,随时可以添注,随时可以赢钱。怎么样!有不有趣!刺不刺激!激不激动!"

小个子又把气氛煽动起来,连辰正都苦笑了一下。

接下来,还是同样激情澎湃的介绍,一个又一个的对手,全都听上去大有来头十恶不赦,同样一个比一个相貌凶恶,但在擂台上永远都是一拳就被打得不省人事。

完全不懂武功的梁启,看着这样一边倒的擂台赛,根本看不出辰正到底是什么样的身法,只能惊叹。难不成这就是谭四口中所说的燕青拳?如果是的话,这种拳法实在强得夸张。

一拳、一拳、一拳、一拳……

宛如神话一般,只是不断地累积着胜数。

八、九、十、十一……

场下那群赌徒,已经不再鬼哭狼嚎地为挑战者呐喊,而是齐刷刷地为辰正的胜数计数。

十五、十六、十七……

为了让擂台上更加精彩,节奏更快,小个子主持人也不再上台,而是一起带着节奏在场下数数。

二十一、二十二……

突然,下一名挑战者登上擂台,全场突然一片死寂,就像聒噪的猴群突然看到猛虎来袭一样。

真可算是个庞然大物了。一个巨大的身影,从人群后面缓缓升起。人群迅速闪开一条通道。这个庞然大物踩着沉重的脚步,几乎是一抬腿就迈上了擂台。

所有人都被这逼人的气势所慑服,这是正常反应,但其中最恐惧的那个大概就是梁启了,因为这样的庞然大物,全上海不会有第二个,他便是傻山。

突然的死寂，让气氛一下子降到了冰点。小个子主持人看清傻山并非前来滋事，而确实是下一个挑战者，就又壮起胆子重新炒热气氛。他当然知道这个全上海独一无二的巨人其实是净社的干部，可到底该怎么介绍，他一时无法确定，只好干巴巴地喊着："悬念悬念！巨人亲临角斗场，是一拳辰再续传奇，还是巨人终结神话？紧张紧张！两人已经……"

两人在擂台上只是一个对视，傻山缓缓抬起如蒲扇大的双手，摆开架势，准备扑向辰正。辰正却率先动起来，一个闪身，轻巧地一跃……从擂台上跳了下来，同时抬起手来，喊了一声："我认输！"

全场再次一片哗然，就连站在台上正欲大打出手的傻山一时间也愣在了那里。

接着自然又是骂街的骂街，摔东西的摔东西，都是因为刚刚押了辰正新的连胜场数，却被突如其来的变故给坑惨的人。但谁都知道辰正的厉害，他们只图口头之快，不会有谁真敢对他怎么样，只能眼睁睁看着认输的辰正去了肥头大耳那里做记录。

突然认输的举动，最赚的无疑是庄家。肥头大耳乐在心里，自然不会为难辰正。就算已经狠狠地揍过二十二个恶徒，辰正脸上还是没有任何喜悦或者悲伤的表情，只有一如既往的冷峻，随便点了一下肥头大耳递给他的几张钞票，胡乱地塞进了警察制服的上衣兜里。

他习惯性地又摸了摸上衣兜，这才想起梁启。

梁启当然明白他想要什么，先把那半包烟和洋火递还给他。辰正接过烟来，立刻从软乎乎的纸包里叼出一根，单手点燃了一支洋火，点上了烟，同时从咬着烟卷的牙缝里挤出一声"谢谢"，大概是说给梁启的。

狠狠地吸上一口，眼看三成的烟卷已经燃尽，辰正如同沙漠中喝了甘泉一般舒坦，这才双指夹着烟卷拿离嘴边。梁启又把那根短棍递给辰正，辰正接过短棍，点点头，熟练地插到腰间的扣上。

梁启此时才注意到，辰正的警察制服已经湿透了，一道道汗水顺着脸颊不断地流淌下来。原来刚才的打擂，看着轻松，一拳一个，但其实相当耗费体能，绝非易事。

"那家伙，"辰正低沉地说，他所说的当然就是傻山，现在的傻山就如同被扔到马戏舞台上展览的黑熊一样，伸着双手却不知所措，"我大概要抱着必须杀了他的决心，才能与之一战。"

梁启无从判断辰正这句话到底是说自己有几成胜算，只好附和着点点头。

"走吧。"辰正把手上这支烟吸尽，破天荒地没有立刻再点一支，用脚碾灭烟头，从人群中挤开条路，带着梁启重新走上方才进来时的那条竹林小径。瘦和尚一见他们，赶紧打开木门，两人出门，穿过依旧喧嚣如同庙会一样的静安寺，来到了寺院金灿灿的山门外。

静安寺外，也正是热闹时间。街边一溜的小吃担子，迎接着夜半来寺偷偷拿着金条打金箔同时饥肠辘辘的香客。

"去找个地方吃点东西。"

说是找，但显然辰正早就有相熟的摊位，直奔一个面摊而去。面摊老板见这个身穿警察制服大汗淋淋的熟客又从静安寺出来，知道生意又来了，立刻给他准备好了一大碗肥肠面。又看到梁启，不知他想吃些什么。梁启随便要了碗素面，挨着一旁大口大口吃起面的辰正坐下来。

一瞬间肥肠面已经吃完。

梁启还在愣神，辰正又去隔壁摊位要了二十个生煎馒头，端着堆成山的碟子回到面摊的矮木桌旁，坐回板凳上，也不怕烫，生煎馒头一口一个，吃了七八个，才算停下来。

竟然消耗了这么大的体能。

辰正擦擦嘴，状态平缓下来，点上烟，恢复了旧态，一边吸着烟，一边徐徐地说："那种地方，鱼龙混杂，想要套出东西来，最为方便。只要动动拳头，什么都能揍出来。"

梁启想起自己也被这家伙一拳一拳地揍过，不禁打了个寒战……

"给你看样东西，"辰正仰着头，把肺里的烟缓缓吐到空中，伸手从另一边的制服兜里掏出一张叠得整整齐齐、反复被汗浸透又晾干的纸，"想必你来找我也是为了这个。算是我揍了一年人的唯一成果。"

梁启接过这张还有辰正潮热体温的纸，小心翼翼地打开，却一下有些失望，上面只是写了两个字：谷翮。

"那个人的姓名。"辰正吸着烟，不紧不慢地说，"失望了？我知道你去找玉兰公会也是为了查这个，应该和我获得的信息差不多。但是呢，很多时候交易下得到的，远不如拳头下得到的准确。宗义民那个老家伙，给你再多的材料，你敢保证全是真的？"

确实，虽然手里有着厚厚一沓材料，可是明显那个宗义民有所保留，而且凭直觉来说，他一定扣住了最关键的东西。

"见仁见智吧。"梁启挑起一根素面，又放回碗里，"谎言，经不起逻辑推敲。"

"还真是乐观，你推敲的工夫，大概已经又死一百个谷翮给你看了。"

梁启吸口凉气，无言以对。

"说说吧，宗义民那个老家伙都给了你什么信息，我帮你断一断真伪虚实。"

这家伙可真会抢占有利局势发起快攻，和他的拳法一个路子。不过，和这个人接触几次之后，梁启知道他虽然手段过于粗暴，但脑子还算清晰，更主要的是人品不差，在阅人不少的梁启看来，是个有担当的汉子，足可以透露给他一部分信息，作为交换。

随即，梁启把谷翮的留学经历告诉了辰正，但隐去了他影子幼童的身份。讲完之后，辰正没有立刻做出回应，吸了口烟，眯起眼睛，把肺里的烟再次全部慢慢吐出，这才说："我知道你有所隐瞒，而且隐瞒的比你说出来的多得多。"他把烟头扔到地上，认真地碾了许久，"不过我不在乎。因为你挑出了这些来告诉我，就可以判断你得到的是哪些信息。你别忘了，关于谷翮，我已经调查了一年之久。你再神通广大，或者说宗义民那个老家伙再怎么八面玲珑，到你手里的信息也不可能超出我所掌握的。直接跟你说吧，你这些东西，意义不大。"

"哦？"梁启没有太过吃惊，这样的回应他大体上已经预料到，便顺手拿起一个上面撒了黑芝麻的生煎馒头，小心翼翼地咬了一口，还有些烫的油汁从里面溢出，味道尚可。

"你们文人，总有一大堆改不掉的臭习惯。比如说，只要看见'历史'就跟狗看见屎一样，忍不住冲过去扒。越往童年扒越兴奋，还美其名曰'知人论世'。说白了都是迂腐，臭不可闻。就这种固化思维，一叶障目，永无出路。"

不知道这个判断是他对读书人固有的偏见，还是警察学校的偏执灌输。姑且不与他争辩，听其下文。

"谷翺这个人，到底怎么开起一家医院，只要知道他的大概身世就已经一清二楚，还没完没了地挖，简直是浪费生命。从逃离那家医院到开了南洋咖啡馆，这期间他都做了些什么？去过什么地方？"

"请先生指点迷津。"

"先生？你别恶心我了，我就是一介无照警察，没权没势，没有名分，平生所爱就是打抱不平。"

这是他的口头禅吧……

辰正非常认真地又点燃了一支烟，深深吸了一口，吐纳一番后，说："那家伙后来直接逃出大清国了。为什么一定要逃走，确实让人匪夷所思。我到康脑脱路走访了很多人家，不少是当年事件的亲历者。这些人呀，活得浑浑噩噩，搞不懂到底谁对他们好，谁在算计他们，但有一点可以信任，就是丢命的事绝对记得清楚。就算是七八年前的事，没有什么暴力冲突，没有什么武力厮杀，他们说没有，所有人都说没有，那就一定是没有。反正他就是逃了，像个丧家犬一样地逃了，逃到了南洋新加坡。所以，他说自己是新加坡人，多少也不算错。"

"什么时候回来的？"

"呵。"辰正冷笑一下，"倒是有些敏锐度。他应该跟你说过才对。"

梁启微微皱眉，说："他确实说过，是庚子之后就从南洋新加坡来了上海，先是做了一阵子橡胶公司的翻译，后来自己单干，开了南洋咖啡馆。但这显然都是谎话，不足为信，更何况他没有说过具体时间，当时我也没有在意过。"

"南洋咖啡馆很容易查到，从租下张园里那家店面算起到现在，尚不到两年时间。开咖啡馆之前才是重点：到底什么时候回来的？之前又做了什么？为什么最后变成了咖啡馆老板？"

"蛮棘手的。"梁启撇了撇嘴，"虽然我非常想立刻知道，但……"他又用筷子挑起没吃几口的素面，"你是怎么发现的，一个看似毫无关系的咖啡馆老板就是你苦苦寻找的那个逃离又返回的医院主事？或者换一个问法，上海三教九流各行各业芸芸众生，你怎么就能锁定一家不起眼的咖啡馆？"

"确实有点儿意思了，今天的晚餐闲聊不算耽误时间。"辰正终于正眼看向梁启，"其实我早就敬你是一条汉子，虽然我还是觉着你们这些酸腐文人，往往软弱无能成不了事。为什么会锁定南洋咖啡馆？我觉得你应该很清楚，因为我开始关注的另外一个人频繁和那个把'磕肥'译成'咖啡'的咖啡馆老板往来，不关注到他身上，都有些难了。"

"另外一个人……难不成？"

"钟天文。"辰正果断地说出了这个名字。

"他有什么问题，会被你关注到？"

辰正吸了一口烟，仿佛陷入了沉思，过了一会儿，才再开口说："大概是因为他太优秀了吧。"

这是什么鬼扯的原因！又转念一想，钟天文尸体被发现时，他就在现场验尸，倒确实可以看出他真在关注钟天文。

梁启沉吟片刻，说："开咖啡馆之前，谷翮在做什么，自然也调查清楚了？"

"可惜没什么特别之处，他还算有些本事，从新加坡带了一支商队，往来上海与新加坡，跑了几年贸易。"

"几年？"

辰正哼了一声，说："他是光绪三十年回来的，摇身一变，已然是一个剪了辫子的外国人。"

　　光绪三十年（1904）。今年是光绪三十四年（1908），按辰正的说法，谷翮租下店面至今不到两年，倒推回去就是光绪三十二年（1906）。这和他组织商队又相差两年。跑了两年的海上贸易，赚到些本金开了一家咖啡馆，这些线索此刻还无法判断到底有多少意义。

　　而钟天文之死……这个对梁启来说真正的事件起点，在此时感觉更加微妙了，从曾传尧那里得到的一丁点信息也隐隐指向了钟天文。

　　事情似乎就此回到原点。

　　"走吧。"

　　梁启还在思索着，被辰正一声打断，再看小桌上所有食物都已荡然无存——包括自己那碗素面……

　　辰正已经起身，梁启自然不好再坐。同时，他也明白为什么辰正忽然急着要走。因为不远的静安寺金光闪闪的山门处，一个骇人的巨型身影正在不明真相的路人游人的尖叫声中向外走来。

　　确实赶紧离开为妙。梁启紧跟几步，追上了已经转入小巷的辰正。

　　辰正还在吸着烟，皱起眉，说："我在那里打了一年。那个怪物……倒真是第一次见到。说不定是因为你，那个怪物才会跑去。"

　　梁启无力反驳这种猜测，但他来静安寺并不是提前计划，那么傻山在静安寺擂台等的人，实际上该是辰正才对。是狙击，还是别有目的？净社为什么忽然盯上了辰正？也是与钟天文、谷翮，甚至至今未再见到身影的康揆有关？

　　辰正大概也想到了一连串类似的问题，没好气地把才吸了一半的烟扔到地上，起步便行。走到一个不用大声说话又有一些距离的地方，他侧着脸和梁启说了一句："给你个忠告：净社，十恶不赦。别随便把命给丢了。你，好自为之。"

　　随即，他向着小巷的黑暗深处扬长而去。

重启

浦东工厂深处，外国坟山背后，那座蒸汽发电厂，从当初建成，到被废弃，再到谭四将之据为己有，改造成基地，直至现在，从来没有这么拥挤过。

发电厂一面墙，明显有拆开又重新补上的痕迹。再看厂房里面，经过多次改造，补丁摞补丁的大马力蒸汽发电机仍在厂房尽头，独享着房顶的烟囱。而厂房中央被一台比二层走廊还要高的巨型机械所占据。机械由同样高大的矩形金属外框所支撑，框架之内，密密麻麻竖着数不清的红铜机械轴。红铜机械轴从上往下一共分成十三层，横向又有四十二组，每一层之间都有几根红铜横轴，横轴上套有斜面齿轮，可以让纵向机械轴有多种组合联动，而纵轴上紧凑地由串联齿轮数字盘组成，每一个齿轮数字盘都可以自行转动并与其他齿轮数字盘联动，每一个齿轮都由精密的探杆予以拨动。整座巨型机械如果分正面和背面的话，那么正对发电厂原本大门的就该是它的正面了。所谓的正面有一个异于后面机械主体的操作台，除了有精密复杂的数字罗盘以外，还上下排列着大大小小功能各异的手摇轮盘。看来是可以在这个操作台上进行相当复杂的操作，而操作台上并没有大型蒸汽动力机械固有的那些气压表。为什没有，这个秘密只要绕到它的背面就一目了然。巨型机械的背后接着一架全封闭的金属立柜，柜子里是什么结构无法直接看到，只能看见它一左一右从底部伸出两股粗大的电缆，一股电缆直通不远处飞速旋转工作的蒸汽发电机，另一股则是如同马尾辫一样，由数十根电线拢在一起，马尾辫每一根电线的另一端都接着一部无线电报收报机。收报机似乎一直在给立柜传输数据，带动着整个巨型机械不停运转，并在另一端不停地冒出电报纸条。

"终于又见面了，爵爷您喜欢自己的新装扮吗？"谭四站在操作台前，敲着那里的发报机。

发报机的信号传送到这座巨型机械组中。不过，谁都知道它不会有回应。这台沉入黄浦江底一年多的分析机加差分机，就算再怎么给它升级组块，哪怕是把昔日的蒸汽驱动换成电力驱动，那个被灌入铁爵爷意识的初始程序也不可能再回来了。只是谭四明知这个庞然大物已然是一座崭新的东西，却还是没有拆掉和铁爵爷交流用的发报机，以及铁爵爷用来和外界交流沟通的摩斯码灯。说不定什么时候又能和这位老对手叙叙旧呢。

姑且还是称之为"铁爵爷"好了。在雨果的帮助下，他的升级重启十分顺利，又与诸多收报机连接成功，W实业总算在时隔一年之后要重启了。只是在正式重启之前，还是要先把当下棘手的事情统统处理妥当才是。

有了铁爵爷回归，和宗义民谈判的筹码也就差不多足够了。

谭四用英语和雨果交代了一下，要小心别让玉玉跳到铁爵爷里面发生危险，便再度独自离开了发电厂。

耳朵赵给出的最后期限是从那天起之后两个礼拜，梁启算算时间，尚有余裕。

是时候回到原点了。

梁启深吸口气，敲响了最后一个必须去却迟迟没有再访的地方：美人划船俱乐部。

美人划船俱乐部的规矩，华人一律非请勿进，即便曾经有钟天文在，这一条也没有松动过。梁启想过再通过荒江进入划船俱乐部，但荒江恐怕也是因为那次划船大赛才收到钟天文的邀请，而现在……要是去寻求荒江帮助，反倒是为难她。因此，他只好硬着头皮，一大早发了张名片给俱乐部，成与不成随他去吧。结果不到半天，梁启就收到了"欢迎梁先生到俱乐部一聚"的邀请帖。

划船俱乐部的铁门打开，是一个红头阿三，见是一个华人敲门，立马把黑脸拉得老长，翻着白眼，恨不能啐口唾沫到梁启脸上。梁启趁红头阿三还没有摔门关上，赶紧把邀请帖塞给了他。邀请帖上有俱乐部的标志，非常显眼，倒是防止了红头阿三拿过去立刻擤了鼻涕扔出来。不过这只是本俱乐部的邀请帖，里面没有夹任何好处，他的脸依旧是那个铁黑模样。梁启心里骂着，脸上却挂着笑，塞给了他一枚银圆。红头阿三接过银圆，咬了一下，这才放下心来，冷哼一声，让开一条缝，放梁启进去了。

吴淞江边的看台早已拆除，一点痕迹不剩。莫说划船大赛时的盛况，恐怕就连钟天文这个奇迹之人，再过一段时间也会被遗忘，杳无痕迹吧，想来真是让人唏嘘。

可是……一块大洋，让梁启更不痛快的是这个，进美人划船俱乐部比进公园还贵。他闷头向着那座浮夸的巴洛克式洋楼走去，脸和这个天一样死气沉沉。

洋楼门前的大理石柱，雕着品味极差的粗糙花纹，梁启正要去推沉重的大门，结果大门自己猛地打开了。他一愣，看见从里面出来一个人，身材极为肥胖，走起路来步履蹒跚……

康揆？！

梁启被眼前意想不到的人给惊到。已经失踪快一个月的康揆，怎么会突然出现在这里？在梁启这一个月来的思考里，康揆应该和净社有某种不可告人的关系。考虑到他在钟天文死后第二天就拿着机械船的关键数据消失，傻山后来又潜入南洋公学，梁启一直都以为康揆就是躲到了净社的某个地方。

康搋几乎是从门内冲出来的。虽然他走路摇摇晃晃，根本没有"冲"的速度，但带着一股气势汹汹的架势。不知道是因为过于孤傲，还是因为气愤而得顾不上周围，康搋出门时一膀子把愣神的梁启撞开，却完全不予理会，径自朝俱乐部外走去。

他好像一直在嘴里嘀咕着什么，可惜一来事发突然，梁启毫无心理准备，二来康搋本身也口齿不清，加上声音太小，无法听懂他在说些什么，所以只能姑且猜测，这个家伙和俱乐部的人谈了什么，非常不满意，于是愤然离去。

再看守在门口的红头阿三，刚才还不可一世得像个上等人，看见康搋踏着滑稽的步伐走过去，竟显露出几分惧意，没有去开铁门，而是像条小狗一样往俱乐部的江边码头跑。

康搋坐船离开，船夫看不出什么特别，舢板的橹摇得非常娴熟，向着吴淞江上游而去。

是故意不走陆路，还是正好要坐船去什么地方？去吴淞江上游，那边有什么？

一时无法判断，梁启只好照原计划行事。进了洋楼大门，正看到一个金发美国人，穿着俱乐部统一的划船队服站在门内，像是在迎接梁启，一脸苦笑。此人算得上俱乐部里除钟天文之外的名人。只要看到这头金发，就知道他是美人划船俱乐部首席赛手查尔斯。

真不知道这是特意来迎接自己，还是刚好送走康搋……

梁启是按照邀请帖上的时间来的，所以撞见康搋是意外事件还是有意安排，同样无法判断了。

就当他是出来迎接梁启的吧。

梁启摆出一副客气的笑容走上前去，用洋人的习俗，与查尔斯握了握手。查尔斯力道十足，方才的苦笑全都收回，一本正经地握住了梁启的手。梁启明白现在绝非询问康搋来此何事的好时机。

"Mr. Liang？"

梁启努力把手抽回来，同时点了点头。

"President在楼上。"查尔斯中英混用地跟梁启说了一声，没有引路，而是把梁启一人扔在大堂，匆忙出去了。

去追康揆？梁启很想看个究竟，可是楼里说不准哪里还有人盯着自己，不好轻举妄动，只得透过洋楼的石墙，听了听外面的动静。没有铁门打开的声音，只听到了有船下水。查尔斯穿着训练服，虽说今日并非礼拜天，但他身为首席赛手，勤于训练也不足为奇。

梁启皱了皱眉，先不管这些，去找到他们的President再说了。

一层大堂因为挑高的房顶和极大的落地玻璃窗，光线十分充足。这里更像是一座小型博物馆，陈列着俱乐部获得的种种荣誉。一个个展示柜里摆着各种形状的奖杯。一边的墙上挂着一排从古朴到新潮的船桨，另一边则挂着一些人物画像和照片，应该是历代俱乐部会长。从会长们身后的背景可以看出俱乐部的历史变迁——远在上个世纪中叶发祥于美国港口城市纽黑文的划船俱乐部，被一步步发配到了远东上海的历史变迁……

大堂一边是大理石楼梯。梁启轻轻迈步上了二楼。

二楼的走廊很长，单面的墙上照旧挂着些历年划船比赛的照片。一路走下去，如同走在时间长廊里，每一张照片都是他们俱乐部获胜的庆祝场面，从纽黑文郊外，到新加坡，最后到了上海。终于，梁启看到了钟天文。一张模糊的照片，也没有标明到底是哪年哪月，若不是对钟天文有所认识，恐怕照片中只能看出有一个样貌模糊、留着长辫子的华人站在一群洋人群中。这是最后一张照片，不知道是美人划船俱乐部在钟天文成为总教头后哪一场胜利的留影。这一次人机大赛，没有一张留影。或者说，还没来得及留下什么，人就已经不在了。

梁启敲了敲走廊尽头的房间门。门应声打开，开门的是一位衣着像英国管家一样考究的年长侍者。

会长办公室果然气派。同样有落地窗，让整个房间看上去明媚光亮。一张厚重的欧式书桌正对房门，书桌后面坐着的自然就是俱乐部会长。

书桌一侧是立柜，另一侧是洋人喜欢的沙发。沙发上……还坐着两个人？！

"李……李珏？！怎么又是你！"梁启完全无法控制自己的情绪，当着第一次见面的划船俱乐部会长的面惊呼起来。但实际上更让他惊讶的是另外一个。不同于李珏獐头鼠目的样子，那人看上去文质彬彬，是不久前才见过的人——范世雅的侄子范稀奇。

他在这里，意味着什么？

李珏、范稀奇、俱乐部会长，以及刚才气鼓鼓走掉的康樘，抑或还要包括刚刚到场的自己。一时间，梁启根本想不明白到底是怎么个局面，更何况李珏完全没给他思考的时间……

"老梁，别来无恙？"李珏抢在其他人之前，贼眉鼠眼地冷笑着打断了梁启的思路。

梁启不想理他，知道不管在哪儿，只要有李珏出现，自己恐怕就遇不到好事。

"原来李先生也认识梁先生？梁先生还真是大名人了。"范稀奇不冷不热彬彬有礼地说，可是话中的嘲讽，恐怕是人就能听得出。

"可是我多年的老搭档了——是吧，亲爱的梁先生？"

梁启越过李珏和范稀奇，递了一张名片到俱乐部会长桌上，以示礼貌。不过，这个俱乐部会长……长得活脱脱就是马克·吐温小说里满脸横肉、在密西西比河上跑船的船长。

会长也不知冲着谁地点了点头，那张名片连碰也没碰，就对范稀奇说了两句英语。梁启大概听懂了，是让他们两个中国人来说明一下这次会面的用意。

怪不得那小子要抢着说话，果然是别有用心。梁启心中一叹。

范稀奇没有说话，而是李珏先开口。

"我说老梁，叫你来你居然真的毫无防备就来了？不怕这个门走得进却出不去吗？"

梁启冷笑一声，说："能比上次进净社大门更凶险？你再出卖我多少次,也没得甜头赚。"

"你厉害,你一张嘴打天下。不过,你那个大侠朋友更是能言善辩。"李珏也是一声冷笑,"竟然三下两下就说动了我们经理,现在敝司正在和净社那帮流氓交接租赁契约。可是小爷我呢,忽然又改变主意了。这么好的一条马路,怎么能让净社独吞呢,太便宜那帮流氓瘪三了。老梁,你说对不对?"

"所以……你打算背地里再搞动作?让这个俱乐部插上一脚?"

"不愧是小爷我多年的好搭档。"李珏的得意劲儿如同耗子进了谷仓,"俱乐部挑起竞拍,敝司不会乐意。到时候,小爷我就暗中周旋,让俱乐部得它半条街的经营权。"

"你这是引火上身。"梁启咬着牙说。

"老梁你真是愚不可及。净社少了半条街是我们的错吗?不是。是你那个大侠朋友办事不力啊!"

"你!"

"你别以为现在去通报还能侥幸挽回,木已成舟啦,咱们俱乐部会长已经和敝司签好租房契约了。"李珏奸笑着,两根食指在空中画出一个方框,仿佛那就是一纸契约。

"梁先生,"范稀奇终于说话,"法律上的事务全是由家叔一手操办,因此这方面也请放心,不会有什么疏漏。"

这个人……简直可以句句制敌了。

刚才康揆在这里也是在讨论这件事吗?依旧无从判断。不过,可以判断的是,无论是兆顺地产,还是净社,甚至现在也掺和进来的美人划船俱乐部,都仍旧没有弄到康脑脱医院的地契。虽然谷翻已经遇害,地契却依然不曾落到任何一方手里。因为如果在地产公司手里,他们绝不会再同意谭四的游说,甘愿交出一条街的经营权,自己只做个房东;若是已经到了净社手里,他们更不会像现在这样安静,而一定会立刻反扑,同样是为了霸占整条街,而非只要经营权。这个时刻他们可不是只等了一天两天。

样貌恐怖的俱乐部会长只是在玩弄手里的一枚玛瑙戒指。而那位年长侍者走到会长书桌旁,显然是要为会长代言。他一开口,梁启略吃一惊,这人汉语说得相当流利,让人不由地想到上海近年来流传的一句话:对洋人都要小心,会说中文的洋人要倍加小心。

"我们知道钟天文教头的死,是先生报道的。报道做得非常漂亮,我们也同样悼念天文先生,但是历史终究要翻过这一页。活着的人,终究要向前看,顽固不化只能辜负天文先生在世时的一片辛苦努力。"年长侍者说着,"因此,鄙人也在此代会长向梁先生提出一件微小的请求。"

梁启不得不接下这一招,说:"请讲吧。"

"希望梁先生能在今后的日子里,多为我们俱乐部写些报道,写好报道,写那些振奋人心的报道,传播积极向上的奋斗精神的报道。"

真是会说漂亮话!还专找了钟天文的死来做整个请求的铺垫,让梁启没有任何余地拒绝。

这一个个全都不是省油的灯啊!

层层下套,处处算计。梁启很清楚自己现在的处境,别说关于刚才康揆会出现在这里的问题已经不可能套出情报,就连早就准备要获取的关于钟天文的更多细节,也是无从问起了。

或许这就是梁启办事的最大特点,一旦发现情况有变,就会立刻止步,绝不穷追不舍。

"怎么样,梁先生?"范稀奇说,"我们就此结成同盟,各司其职吧。以我们现在的实力,吞下公共租界指日可待。"

同盟?吞下公共租界的同盟?是在说笑吗?梁启不由环视了一下在座的各位,每个人都面带微笑,却不怀好意。他顿感确实有结成同盟的基础:兆顺地产出地,美人划船俱乐部出钱,雅世律师事务所做法律后盾,如果再加上自己这个报人在舆论上做一番引导和掌控,何愁不成事?

如果真能坐拥公共租界,之后就是整个外国租界,再之后……

但是!梁启当然是无比清醒的,越是面对美好的诱惑,他就越是清醒。与另外几股势力相比，自己渺小得不值一提。既然范稀奇都参与其中，范世雅自然也是这个所谓的同盟的一分子，那么舆论方面为什么不直接找曾传尧？是因为曾传尧的性情不符？说起来，梁启虽然与范世雅只有两次接触，却还是观察得出来，他的野心绝不在此。这其中必然还有蹊跷。

"好呀，小生当然愿意尽自己微薄之力。"梁启也面露微笑，索性演一出和光同尘，跟他们不分你我。

自己上午发名片过来，在他人眼里，自己当然就是计划外之人，所以才会立即发来请帖，要下午便会面。这大概又是临时形成的新算计，特别是有李珏那家伙在。一脚之仇看似无足轻重，但以梁启对他的了解，不报是不可能的，而且在报仇的同时，他必然已经算好了自己能赚到多少。

"你们相互握手，结盟达成。"俱乐部会长依然把玩着他的玛瑙戒指，皮笑肉不笑地用英语说道。

契约

连契约都没有，只是握手，足可以看出这些人的那点儿诚意。

从美人划船俱乐部出来，梁启直接赶往南洋公学。必须在第一时间过去确认一下，因为从舢板厂桥沿河去上游，是完全可以到南洋公学的。

叫了人力车一路赶过去，到了南洋公学，已经是黄昏时分。

黄昏下的南洋公学和往常并无两样，牌楼正门染着夕阳余晖。过了木桥，进了牌楼，康庄大道笔直宽阔。大概因为全天的课程已经结束，校园里的学生看起来都很轻松，正三两成群，散布在路两边成排的香樟下。外院中院过后，气氛大不相同。方才还是一些年幼的学生，满怀憧憬，现在则充满实干的气氛。这里的上院学生，或是三三两两争论着数学难题、世界局势，或是跑到操场上去锻炼体魄，而最为显眼的自然是机械特科的学生。他们在这条宽阔大道上试验着自己设计的各种奇异机械，大的小的，能动的能跑的，蒸汽的人力的，不明白是靠什么驱动的，还有会唱歌的，会旋转像是在跳舞的。一拨拨学生全神贯注，调试着驾驭着独自一人或几个同学一起做的机械，一如既往地专注，呆呆的让人怜爱。大概是被学生们的热情所感染，梁启不由得又想到了康搀，不是方才那个面红耳赤愤然离开的康搀，而是那个心无旁骛，和现在这些学生一样心中只有机械的康揆。

到了机械特科的试验楼前,天已经全黑。学生们有的回了宿舍,有的还在训练。梁启穿过试验楼,又一次进到特科的口字院。借着月色,看到院子里满地的车辙印,有深有浅,有新有旧。看来机械特科的学生不会浪费任何空间,只要是能试验新机械的地方,都会被他们利用。只是此时的机械特科,三栋车间都一片静寂,既没有滚滚黑烟,也没有机械声响。而中栋……也没有亮灯。

特科的学生大概从自己上次造访之后就明白了,康揆不会因为他们留不留灯而决定去留。

推开中栋的厂门,车间里冷冷清清。康揆那张正对大门的斜面桌还在原处,无人动过。悬挂在斜面桌上方的电气灯没有点亮,越发显得孤寂。

梁启走到桌前,摸了一下桌面,没有灰尘,但并不能证明康揆回来过。更可能是来中栋的学生们每日打扫的结果。车间的右手边恢复了原本组装台的样子,上次来时还能看到几艘机械船,这回已不见踪影。

这样的现场什么都证明不了。既不能证明康揆从划船俱乐部回到了这里,也不能证明他之前从来没来过这里。

没有办法了……梁启只好默默走出中栋,又出了口字院。

"梁先生?"黄樟看到梁启,愣了一下。

这次梁启是特意来找黄樟的。

想要在校园里找到黄樟实在容易。在这个时间,只要去他们常去的食肆,必然能寻到他。几个学生应该是刚刚从操场上锻炼回来,点了些廉价的汤面填肚子,其中正有黄樟。

"黄同学,好久不见。"梁启笑眯眯地看着黄樟,黄樟旁边几个学生根本不顾这个人,只是一个劲儿地吃着。

"没多久吧,"黄樟眼睛一转,"二十六天而已。"

"你还是这么不会聊天。"

"你这话也够直接的。"

黄樟貌似没有那么饥饿,站起身来,没和同学们打招呼,就叫着梁启离开了狭小破旧的校内食肆。

两个人向机械特科的方向走去。黄樟开门见山地问道:"梁先生,你就直说吧,这次来是又要套什么信息?"

"看你这话说的。以后出了学校,要还是这么愣头青似的说话,早晚会吃亏,吃大亏。我来查康揆。"

"转折太生硬了吧……"

"康揆今天下午来过你们这里吗?"

"今天?没有来过,康先生从上次出事之后,就再没回来过。"

"确切?"

"确切,我们特科还专门四处去找过,生不见人……"说着,他把后半句咽了下去。

"放心吧,活着呢,生龙活虎,气势汹汹。"

"气势汹汹?这什么话?"

梁启微微一笑,把下午在美人划船俱乐部撞见康揆的事说了一遍。

"真的碰见康先生了?"黄樟难以置信地瞪大双眼,"在美人划船俱乐部里面碰见?坐着船往上游来了?上游有什么?只有学校啊!可是他确实没出现过,难不成……"

"难不成他偷偷来了又偷偷走掉?"

"确实有这个可能,在我们下午都去试验楼学习的时候。但……"黄樟停顿了一下,像是在脑中把所有可能性都排演一遍又逐一排除,"不可能,以康先生的体型和行动能力……再说,他本来就是全校名人,前段时间同学们找他都快找疯了,要是他现在出现在校园里,路上绝不可能没有人发现。"

"除非……"梁启看了看远处,正好能看到操场。

"除非!"黄樟也恍然大悟,"他是开着什么密闭的机械车过来的。那就不奇怪了,开到哪里都不会有人多留意一眼……"

两个人走回口字院,黄樟看了看院子里那些横七竖八的车辙,嘀咕着这个是某某号那个是某某号,随后指着一条说:"这条……看上去像是简易蒸汽动力车的车辙，轮胎倒是有点儿意思，八成是橡胶的。"黄樟说着，发现自己好像偏离主题了，"没见过。"

梁启若有所思地看着黄樟指出的车辙，点点头，实际上他并不能看出多少门道。

两个人又进了中栋，黄樟把康搽斜面桌上方的电气灯点亮，过去看了看，回身说："什么都没留下呀。"

"为什么是'留下'，不是拿走什么？"

"因为这里本身就什么都没有了。自从康先生失踪，这里的东西，主要是康先生的设计图纸，同学们都认为那是鄙校的瑰宝，在康先生回来之前，必须妥善保管。因此早早就都运到机械特科自己的藏书馆去了。"

"你们特科还有自己的藏书馆？"

"当然有，我们可是特科。"黄樟自豪地说，"我们特科的藏书馆也是南洋公学的一大骄傲了。不光藏有机械知识书籍，世界上最前沿的机械论文，在鄙特科藏书馆都能看到，全是用火轮从英美德直接运来的原文资料。哦，对了，我们还有历史馆，里面藏有你都无法想象的浩瀚历史文献。入学新生在学习机械知识之前，必须要学习的第一门课程，就是去历史馆把机械发展史弄明白，没有对历史的全方面认知就很难……"

"带我去看。"梁启一句话打断了正说到兴头上的黄樟。黄樟虽然一脸不高兴，但还是带着梁启去了藏书馆。

机械特科藏书馆就在机械特科这个口字院中栋的后面，只是口字院由三栋包围，完全封闭，他们要先出了院子再绕到后面去。藏书馆和一般的藏书楼没有什么两样，规模挺大，足有四层，坡顶青瓦，每一层都有柱廊，看上去十分传统，散发着浓厚的中式建筑的味道。

黄樟带着梁启进了藏书馆。

到了夜晚，藏书馆里一片漆黑。不过，黄樟穿着机械特科的学生制服，所以有些特权。他到门房那里领了一盏圆筒形古怪照明灯回来。黄樟拿着灯，熟练地拧了一下某个旋钮，听到圆筒内有火石打火的声音，随即点燃。圆筒顶端插着一个银白色凹面镜,一道白色光柱就从凹面镜投射出来。

"直接去历史档案馆吧。"梁启说。

"哦?那倒是方便,就在一层。"

黄樟提着灯便带着梁启去了历史馆。

历史馆里有几张桌子,显然是供学生们阅读历史文献用的。桌子后面全是书柜,里面摆满历史资料。

"有没有关于世界顶尖机械学科的综述材料,关于西历上个世纪美国的?"

"应该很多吧。"黄樟提着灯,走向某一座书架,"这上面大约都是。"

"有多少是关于耶鲁大学的?"

黄樟用灯光指了指,可以看到不少打成捆的文书,说:"你应该早就想好要找什么了吧?直说还能省点儿时间。"

"你真是聪明得一点儿都不可爱。帮我找找看,西历上个世纪中叶开始,耶鲁大学机械专业学生的名录。"

黄樟把灯递给梁启,指点着他照亮的位置。随后他去搬了一把椅子过来,爬上去趴在光照的区域,右手抵着下巴扫了一眼,就从中抱下一卷。两个人,一人提灯一人抱书卷,来到桌前,铺开这一卷名录,就着灯光,梁启开始仔细地一行一行看了起来。

看到西历1881年,也就是光绪七年这里,梁启终于停了下来。没有特别的表情,但黄樟知道,一定是梁启找到了他想找的东西,便凑过去想看个究竟。

在西历1881年的条目上,密密麻麻记录了很多关于耶鲁大学机械专业的功绩。不过,他很快就发现了那个威氏拼音的名字——Kui K'ang。

"Kui K'ang……"黄樟念出了声,"康揆康先生?"

梁启微微一笑,点头说:"接着往下看。"

黄樟接着往下看,立即明白了。这一条用英文记录着:康揆,在1881年的耶鲁-哈佛划船大赛上,不幸溺水身亡。

"这是怎么回事？身亡？康先生在1881年就身亡了？！同名同姓？记录有误？"

黄樟难以置信，睁大了眼睛盯着梁启。

"同名同姓的可能性几乎为零。那时候能在美国留学的中国人，如果有同名同姓的，我们能不知道？"

确实如此，黄樟认可了这样的推定。

"这样一来，所有猜测恐怕都被证实了。现在的康揆，实际上是影子。或者更确切地说，是后来上位替代了正身的影子。"

同样经历过一年前过身客一役的黄樟，立刻就明白了"影子"的意思。不过，梁启还是把被杀的谷翻的影子身份告诉了黄樟。

讲完之后，梁启不禁叹息，事情有时候就是这么巧，刚好其他三人都不是华人留学大户耶鲁大学毕业，而是从哥伦比亚大学和布朗大学出来的。这样一来，除了一开始坐同一艘船去美国外，另外三人几乎和耶鲁大学的那个正身康揆没有任何交集。等到清廷下令召回所有留美幼童，他们一起坐船回来，自然分辨不出是不是十几年前的那个康揆。现在的康揆的影子身份，根本不可能被发现。

"所以，你认为钟先生就是现在这个康揆所杀？还有，那个谷翻也是？"

"这么说太武断了。不过，只要确认了现在这个康揆的影子身份，确实很多想法都能继续推演下去，并有可能得到相对更合理的解答。"

"比如？"黄樟急切地问。

"比如……"梁启正要说，眼睛一转又停住了，"还不好说，我忽然有了思路，现在必须赶回去再查点儿东西，我查明白了一定立刻告诉你。"

梁启竟然不用灯，就一溜烟跑出了藏书馆。

他们认识。谷翻和康揆，早在来到上海之前，他们就认识。不仅如此，应该说在去美国的船上，他们就已经认识了。在船上，影子幼童被关在远洋轮船的底舱，像牲口一样只能得到最低限度的生命保障，不见天日。

不能让正选幼童知道，自己还有这样一批同样聪慧的候补。正选不知道影子，但影子知道他们，并且影子在底舱那么久，彼此应该也都认识。

梁启赶回了报馆。他一路上都在反复揣摩着谷翾和康揆的关系，以及他们到底在上海暗地里做了些什么。这一批留美学生，都在光绪八年（1882）被大清国下令召回。回国后受到冷遇长达二十年，直到庚子之后，才再次得到重用。这正是所谓"归国四杰"来到上海开始创造神话的时间，也是谷翾离开他的医院，去新加坡办海上商队的时间。

杂乱无章的齿轮，似乎一下都咬合到了一起。

而最终解开锁扣的密匙……梁启走进了报馆的资料库。这个密匙，便是寂寥生这个所有人都没想到的变量。

关于寂寥生突然逃命一样消失掉的原因，现在还只能猜想。

梁启先从资料库的外围最近一年来的报纸里翻找起来。光是这部分报纸就已可谓浩如烟海，纷乱复杂。梁启虽然记忆力没有强到过目不忘，但他可以推理。根据铳报馆去索稿的两个编辑所说，寂寥生从来不出那个房间，至少他从不亲自与报馆的人正面接触。但刚好这家伙在前段时间给《新新日报》投过一篇小说，这样一来就有了线索。帮助寂寥生投稿的是一个在上海报界很脸熟的跑腿小厮。寂寥生是如何联络到这个小厮的无从知晓，但每个跑腿小厮惯常跑的报馆都比较固定，他们之间也有明确的势力划分，这样一来，寂寥生近期可能往什么报纸投过稿就一目了然了。梁启沿着这个线索，把目标报纸统统翻了出来。

报馆资料库里，仍是那盏豆油灯。昏暗的灯光下，梁启一张一张报纸地筛查。目标明确，而且基本上只筛近几个月的，过不多时就找到了十来篇零散的小说投稿，全都署名"情可待寂寥生"。要说也是幸运，这个专门剽窃小说的家伙，对自己的笔名同样毫无创造力，永远只会用这一个名字，倒是让检索变得轻松不少。

接下来——

梁启提着灯，抱着刚找出来的十来份报纸，穿越时空一样，走到了庚子年之后的架子前。用灯找了找上面打捆堆放的报纸，算了一下时间，决定更大胆一步，离开庚子年，向后走了四年的架子，即从光绪三十年（1904）开始找，工作量会小很多。

在寂寥生近期发表的小说中，有一个是连载小说，已经发表了四期，是在一份周刊报纸上连载的，在上一周还有出现，这一周则和他在《小快活》上的连载以及他本人一起销声匿迹。

这部连载小说，或许正是重点线索。

即便又减了四年的量，剩下的报纸还是数量巨大，如果每一份都来检查，恐怕七八天都完不了工。不过，这几天梁启已经对寂寥生做了相当深入的研究，基本上掌握了他挑选报纸的习惯和规律。

无名小报，存在半年以上一年以下，首选多为三日刊，这样既可以有足够的小说供他来抄，又不会因为出刊频繁而受人注意。

符合条件的报纸，在光绪三十年之后大体上有十几种。数量依旧庞大，但终究是可逐一排查的。

挑起豆油灯，自日本留学归来的五六年，梁启再次如此用功地读起了东西。

歌舞升平，纸醉金迷，竟有这样一个地下世界。

尽管与各种科技打交道这么多年，造出了那么多稀奇古怪的机械，谭四还是被眼前所见之景惊到了。随即又想到梁启也同样是从青莲旅社下来，走过隧道，豁然看到眼前这一幕，他的窘相绝对比自己有过之而无不及，谭四心里倒是畅快了不少。

跟着带自己下来的人，走到小巷，远离了专供洋人醉生梦死的地方，看到一个肥胖的身影坐在小径尽头的庭院里。

"谭大侠，终于见到你了。"宗义民手拄着拐杖，要从他坐着的藤椅上站起来。

谭四自然不能让这位老人站着，赶紧示意他坐着就好。宗义民礼到，便安稳地坐了回去。

"久闻宗先生神通广大，您这地方还真是让在下大开眼界。"

"谭大侠说笑了，都是些蝇营狗苟的生意，勉强度日而已。倒是谭大侠文武双全，艺高胆大，才是未来的栋梁。"

"那是未来的事了，现在是您的天下。"

"哈哈哈。"宗义民完全没有否认，只是笑了起来，笑过之后又说，"当今咱们上海，还不是老夫的天下，差得远，非常远，还要有谭大侠这样的能人志士，才能得了这片土地。"

"恕在下直言，天下不天下，在下毫不关心。"

"谭大侠素来才清志高，是老夫钦佩的品德。"宗义民意味深长地看着谭四，"老夫这里什么都知道，比如说，你那位姓梁的挚友，已经一脚踏进鬼门关了，难道大侠也不关心？"

谭四猛地瞪圆了双眼，又迅速恢复常态，在心中暗自揣摩宗义民这句话到底意味着什么。

找到了！

已然不知是深夜几时，梁启埋在故纸堆里，借着一盏光线微弱的豆油灯，竟然找到了。那是一份名为《今风》的小报。梁启手中拿着的那四期寂寥生连载小说，在《今风》光绪三十一年（1905）十月份上刊登着一模一样的原文。

这家伙还真是不负众望，一如既往地厚颜无耻。

梁启拿着两份报纸简单对照了一下，既兴奋，又因为寂寥生的做派而哭笑不得。

确认无误后，梁启把寂寥生的小说放到一边，开始专注地研究这份从来没听说过，存活仅仅半年有余的小报《今风》。

说它是小报，但从报名就能看出，它并不像其他小报那样专写风月场上的艳事，而是专报时政。这样的小报倒是也有一些，批判时政本来就是世人乐于参与的事情，只不过远不如风月场那么受普罗大众欢迎。

恐怕就是这么一份批判时政的小报，让寂寥生不小心触到了……

《今风》的小说并不是每期都有，差不多是三四期发表一章。因此，梁启需要考察的大体就是十月份的《今风》了。

很快,在十月底的一期上,也就是寂寥生剽窃的小说第四章与就要剽窃的第五章之间的一期上,梁启发现了一个熟悉的名字:周华明。

果然是这样啊。看到了用"周华明"这个名字发表的文章后,梁启心里叹道。

一看就知道,这个周华明就是那个一手把净社打造成公共租界独一无二的暴力帮会的青帮老头子。因为这篇文章讲的就是建立帮会的事情。

仔细看了看周华明的文章,发现文章相当有条理。从什么是帮会讲起,再深入讲到帮会的好处和在洋人租界中华人帮会的重要性,最后开始有板有眼地介绍该如何从无到有建立一个像样的帮会。是选洪门还是选青帮,周华明给出了明确答案,要选相对松散的青帮——立帮口会容易很多。

讲解得如此头头是道,让梁启不禁大为吃惊。他想了想自己接触过的净社的人,耳朵赵也好,那个鼻血也罢,全都是不折不扣的流氓,大字不识几个,只是凭着好勇斗狠和人多势众欺压手无寸铁的老百姓。没想到他们的老头子,最高掌权者,一手缔造这个流氓集团的家伙,写文章竟然如此条理清晰……

不一般,这绝对不一般。

寂寥生在发表了第四期小说之后,准备发第五期之前逃命了。也就是说,他知道自己发表的那篇小说已经无法撤回,只要周华明看到,必定知道他看到了自己当年那篇文章,于是选择逃命。但如果仅仅是看这单篇的文章,能了解到的除了周华明是个有相当学识的人,绝非草莽之辈这一点外,恐怕只有他对建立青帮帮口的热忱——这算什么致命的秘密?

在好奇心的驱使下,梁启往前翻看。翻了七个月,终于又见到了周华明。

文章不长,行文还是有板有眼,而内容是……如何与洋人做生意。

梁启深吸口气,又仔细看了看这篇文章。从行文来看,两个周华明应当是同一个人无误。感觉越来越接近已然预想到的那个事实了。

放下这篇短文，梁启继续往前翻，一直翻到《今风》的创刊号，赫然又见周华明。是一篇介绍"周华明"这个人的文章，文章相当醒目，一个从新加坡归来搞海运贸易的有为商人形象跃然纸上。

梁启看到这篇介绍周华明的文章，愣了许久，也明白了许多。

这个剽窃成性的人，洞察力绝对不弱，好奇心也不会小。因此，梁启相信这个准备把第五期小说抄到稿纸上的寂寥生，一定是和今夜的自己一样，看到了周华明这个名字，便好奇地往前翻找起来。虽然无法知道他猜到了多深的秘密，但显然，他知道自己已经招来了杀身之祸。无论这个秘密是什么，只要招惹到净社，必定不会有好下场。所以他立刻逃命，此时大概早已经逃出上海了。确实是最明智的选择。

而这个秘密，在现在的梁启眼前，已经解开。

周华明……这个雄霸一方的流氓集团的最高头目，他根本没有真实存在过，他，就是那个看似老实的南洋咖啡馆老板谷翻！

死关

这一晚,信息量太大了!

现在的康揆是影子,这一点梁启多少有所猜测,只是需要确凿的证据来证实。但谷翃就是周华明,这完全出乎他的预料。他只是觉得寂寥生发现的秘密或许涉及康揆和净社之间的关系,但完全没想到竟然直接暴露了周华明。

这个冲击实在太大了,但更多的疑问随即冒出来。

既然谷翃是周华明,也就是净社的最高头目,那他怎么会在这个时候被杀?谁有这么大的胆子?还是说,下黑手的人并不知道这一层的秘密?但无论如何,净社为什么对此毫无动作?梁启回想起谷翃被杀的那天上午,自己从谭四那里出来,是直接被掳到净社去的。但是观察耳朵赵和其他净社成员,没有一丝最高头目老头子被杀后该有的异动。消息不可能没有传到净社那里,他们却一直在死盯着康脑脱路……

说到康脑脱路,问题就更奇怪了。谷翃这个人身份太多,他不仅是净社老头子,还是那所一直处在风暴中心的医院的创始者和昔日的拥有者。净社这段时间一直在与兆顺地产争夺康脑脱路,双方僵持不下,各不让步。可是只要净社直接拿出康脑脱医院的地契，局面就不会像现在这样。梁启回忆几次与耳朵赵的接触，自己急中生智提出弃地权夺经营权的计策，得到了认可接受，由此可见地契不在净社手里。

净社的人显然是狗急跳墙了。不然不会在自己被掳到总社的同时，派人抄了他的住处，还抢走所有关于康脑脱路的材料。可惜那时自己还远远没有触及真相。

地契在哪里？

当然不可能在兆顺地产手里，兆顺地产可以最先排除。重新把目光放到"归国四杰"身上……

与曾传尧的会面，多少让梁启明白了他的立场。曾经靠报道康脑脱医院一举成名的铳报馆经理曾传尧，说自己那时并不认识谷翮，可信度到底有多少，很难判断，但话语之间明显可以看出，他想要和谷翮保持一定距离。另外，从他和谷翮的交往来看，他不可能不知道谷翮就是周华明，至少不可能毫无察觉。以曾传尧的敏锐，早就会发现蛛丝马迹，那么净社急求地契就不可能传不到他的耳朵中去。他没有做出任何动作，连谷翮被杀也没有做出过预警，只能说他在一定程度上恐怕并不想参与到整个事件中去。换个角度来看，如果他知道地契的下落，大概也早就告诉了谷翮，好让自己脱身。

范世雅就比较微妙了。梁启同样和他有过一次直接的接触，范世雅故意漏出许多关于谷翮的信息，让梁启从荒江的推断中更加确认谷翮就是当年的影子幼童之一。也就是说，范世雅在有意让梁启明白谷翮的身份。梁启重新仔细回忆了一下范世雅的那一番东拉西扯，却发现从头到尾只是在透露谷翮的影子身份；至于谷翮是周华明，则没有透露一丝一毫。是范世雅不知道谷翮的这一层身份，还是他有意隐瞒？无法判断。他对梁启的态度也是暧昧不明，似乎有意要拉拢梁启，但在当时，梁启可以说对整个事情一无所知，也没有可能会知道真相的迹象，为何要拉拢梁启？

然后不得不想到范世雅的侄子范稀奇。这个西装革履的年轻人在那天晚上亲自过来邀请梁启去雅世律师事务所一谈,他又在整个事件中处于什么位置?他这次去美人划船俱乐部又是何意?不过,无论范稀奇在打什么算盘,从俱乐部里的会谈可以轻易看出,他们几方,包括范稀奇、兆顺地产、美人划船俱乐部,手里都没有那张地契。

美人划船俱乐部没有地契……

再回到事件的原点,钟天文为什么会死?正是他的死才把梁启引到了争得你死我活的地契上,地契显然也不在钟天文的手中。他的死,和地契到底有没有关联?有的话,又有多少关联?要说没有,那也太凑巧了吧,巧到……

梁启一下子回想起,在划船大赛上,康揆曾突然爬到那个台子上打了一套旗语。梁启当时完全没有意识到其中含义,以为是一个机械痴人无法正常交流的做法。可是现在想来……旗语,梁启想起当时照相师傅还在打旗语的时候,一边猛按快门,一边多讹了自己报馆不少的照片素材钱。

梁启立刻把资料库收拾整齐,提着豆油灯回到了报馆。

当时的照片,因为属于报馆的财物,所以从张园拿回来就直接交给了吕经理。真是万幸,不然此时想要重新拿出来查看,只能回自己租住的公寓,而那里早已不再安全,现在回去就算不会被人算计,放在那里的东西也早就被洗劫了。

回到经理办公室,梁启打开柜子,看到里面分门别类地摆放着各式报馆财物,心中又一次赞叹吕经理。他的收集癖,看来又要立大功了。

梁启很快在存放近期照片资料的盒子里找到了划船大赛当时的照片。一共十一张,其中有两张拍到了康揆的旗语——竟浪费了这么多胶片……就算现在刚好用上了,也还是觉得这个照相师傅实在是不能再用,专门偷懒瞎拍。

梁启拿起照片来看,照片里,河对岸的康揆,圆滚滚的身材,双手举旗,动作定格在,右手在上,左手在下,打出一条斜线。

这是……没有旗语知识的人,恐怕无法看懂。南洋公学的学生们当时能看懂吗？他们是专攻机械的学子，旗语是水手的语言，他们十有八九也看不懂。梁启再去资料室翻出了一本"旗语手册"，一对照，立刻一目了然。这个动作的意思是：取消。

又去看另外一张，竟然刚好也是"取消"。梁启估算了一下照相机更换底片的速度，两张照片之间的间隔，大概正好是康揆打旗语的时间。也就是说，康揆在这一套旗语中，一直在强调取消什么。

取消什么？

显然不是取消划船比赛中的什么内容，因为之后钟天文还是完成了自己的谢幕表演，赢得全场喝彩。所以，取消的是他们之后的某些计划？结果钟天文死了……

乱了，好像又乱套了，又钻到了迷宫的死角里去。

梁启一屁股坐到吕经理的专座上，望着天花板，平复了一下自己的情绪。这里还有什么关键点没有找到，所以走不通，再硬走下去也是徒劳，还是重新回到"地契在哪里"这个更实际一点的问题上来吧。或许可以另辟蹊径，找到更多线索。

地契……

不能排除地契已经丢了或者被销毁了的可能性，但还是先假设地契就在他们某个人的手里。不在范世雅、曾传尧那里，不在划船俱乐部那里，甚至不在死去的谷翮那里，也不在净社……所以，只剩一个人，又是他——康揆。

谷翮把地契交给康揆，特别是瞒着另外三人交给康揆，是有合理性的。只有他们知道彼此的另一层身份，也就多了一层相互照应。这也可能就是日后净社起来，康揆会和净社走得那么近的一个原因吧。

梁启想起下午在划船俱乐部撞见康揆，恐怕是他暴露了什么，另外几个人一起把他叫来发出了威胁。以康揆这个人的性格来说，绝不会接受什么威胁，所以才会怒气冲冲地离开。

康揆这个人……太单纯了……绝对是一个机械方面的天才，人情世故方面的白痴。受到威胁后，他当然不放心自己所藏的地契，所以就算冒险也要回去看上一眼。

他看到那份地契没有呢？

梁启望着天花板笑了，必然是没找到。地契早就不在他曾经几乎寸步不离的中栋了。因为，他的东西早就被那些可爱的学生一股脑运走了。所以，现在那份让所有人争得你死我活的宝贝地契，实际上就在……机械特科藏书馆。

把它拿过来吧！趁着夜深人静。

这个想法一旦冒头，就再也挥之不去。确实，如果手中拿到这张地契，之前屡遭威胁、疲于应付的局面，就会立马扭转。净社也好，李珏也好，还是那个连契约都没有的联盟，全都不再是威胁。

梁启又长出一口气，从经理的椅子上站起来，整理了一下经理办公室里狼藉的现场，下了楼，出了报馆，走上望平街。街上空无一人，只有路边矗立的一根根电气路灯。

"你知道钟天文怎么死的，或者说是为什么而死的吗？"宗义民还是那个腔调，慢条斯理，却句句问到关键。

"洗耳恭听。"实际上谭四心中已经焦急起来。

"你们这些年轻人啊，一个个都有着通天的本领，却还是天真得可笑。"宗义民就像能看透人心一样，谭四越是心急，他的语速就越慢，"老夫早就说过了，只要你能协助老夫，老夫保证你的朋友能安然无恙，全须全尾地回到你身边。"

"这和钟天文……"

"你不着急救友了吗？"宗义民缓慢地打断了谭四的质疑，"以老夫这几天看到的情报判断，你的朋友今夜大概凶多吉少。哦，不，也许已经没救了。"

梁启叫了人力车，把他送到南洋公学大门口，塞给拉车师傅整整一枚银圆，把他打发走了。

深夜的南洋公学,高大的牌楼变得黑黢黢的,有些阴沉的压迫感。牌楼后的大道也是一片肃杀。所有的楼舍都熄了灯,整座学校已经陷入沉睡。唯有梁启这一条身影,独自穿行在整座学校的梦境之中,急行到了机械特科藏书馆。

方才还见过的看门人,同样也已入睡。梁启小心翼翼,不让脚下发出一丁点声响,摸黑找到了通向二层的楼梯。

到了二层,梁启稍稍松下口气。提起从报馆带来的豆油灯,轻声点亮。豆油灯的光线微弱摇荡,让藏书馆里气氛森然。

二层没有,又上了三层。在三层走了大半,终于在昏黄灯光下看到了"一级档案保管室"的牌子。黄樟说过,康揆的那些设计手稿都是瑰宝,不仅是机械特科,就算说是南洋公学的瑰宝都不为过。

试着推了一下这间一级档案保管室的房门,直接推开了。竟没有上锁,也许根本没有安过锁。

推开门后,梁启多少叹息了一下,南洋公学的这种疯狂与自信,有时候完全就是毫无道理的天真。

一级档案保管室里,挤满了规格款式全都一样的柜子,这些柜子里大概藏的都是瑰宝吧。说来机械特科不愧是有着严谨科学精神的地方,所有柜子上都标有所藏物品的索引。根据索引,梁启很快就在万千相同柜子中找到了属于康揆的那架。

梁启把豆油灯放到地上,双手去开柜门。柜子里正是康揆所有才华和学识的结晶。

"得罪了。"梁启忍不住默念道。随后,开始把柜子里的一捆捆绘图手稿抱了出来。

连杆轴、齿轮机件、链条机件、弹簧装置、联轴器、偏心销……每一种机件机构,他都做了相当详细的设计、改造和创新。梁启本以为那张地契会被康揆混在图纸中间,结果几乎翻遍了半柜子图纸,却一无所获。

难道自己从一开始就弄错了?梁启沮丧地自问。他叹了口气,失神地盯着敞着门的柜子，目光不经意间落在了几本书上。

是康揆的著作？并没有听说过康揆出过书。

梁启把那几本书拿了过来，发现并无特别之处，不外乎《格致汇编总集》《西洋要义》《海国图志》这样的大众书籍。他叹口气，把几本书又放了回去。

但就在放回去的一瞬间，他忽然意识到……不出奇，难道不就是最奇怪之处吗？

这里收藏的可是南洋公学的瑰宝，这种普罗大众的书籍……只能说当时学生们忙着转移康揆的东西，把它们一股脑都搬了过来，没有做挑选。大概一切都算是一种幸运吧！

梁启一本本拿起来翻看。这些书相当老旧，包背装的书籍，已经有书页粘在了一起，更不用说包背的书页之间。

《海国图志》……

这套书已经出版六十多年了，在南洋公学这种顶尖学府中早就没人看了。梁启翻着书，终于在正中间的那一页发觉了异常。

同样是包背装，同样是书页粘在一起，梁启用食指小心地捻了捻这一页，书页的页心被捻开，小心翼翼伸进指头，抽出来一张已经发黄的纸。

果然，没错了！正是康脑脱医院的地契。看到这张近在眼前的地契，梁启……

倏然，脖子上一阵冰冷。

是一把匕首，悄悄架在了自己的脖子上。

梁启指尖还捏着那张地契，觉得一口凉气倒抽进肺里。

"梁先生，别来无恙啊？"

声音就在耳旁，而这个声音……

"范稀奇？！"

一声冷笑，耳边的声音说："叫我周华明，我会更开心一些。"

匕首松开了一点，显然是有意为之。借着空隙，梁启不敢有大动作，但还是忍不住慢慢扭过头去看了一眼。千真万确，正是范稀奇那张脸，在微弱的豆油灯光下，变得扭曲恐怖。

"你为什么要特意告诉我这些？"谭四的眼神透着一丝警惕。

"当然是为了给谭大侠去救挚友提供最大的便利。"宗义民慢慢地说，"也算卖个人情给谭大侠，以后老夫在江湖上混，还要仰仗谭大侠。"

谭四冷冷地笑了。他没有再多耽误时间，说了一声"请"，就快步向地下世界的出口走去。

"你乐意也好，不乐意也罢，服服帖帖地为老夫冲锋陷阵，当好马前卒吧，谭大侠。"

宗义民手拄拐杖坐在藤椅上，影子被电气灯组斜射过来的光线拉得修长，一直延伸到这个地下庭院的深处。

脖子上是一道血痕。

范稀奇的手法相当老练，匕首压在梁启的脖子上，刚好割破了皮肤，却没有压进喉咙，也没有划破动脉。

不知道会不会流血啊。此时已经被两个净社打手死死摁住的梁启，还在担心自己颈部的刀伤。

范稀奇已经把匕首收回鞘里，举起地上的那盏豆油灯，照着手中的地契，看得入迷，宛如在欣赏什么珍宝。看着看着又笑了起来，"就为了这么一张破纸，一个又一个的老顽固争得你死我活。"

笑够了也看够了，范稀奇小心翼翼地把那张地契叠好，塞进西装的上衣内兜，然后把手里的豆油灯塞给一个眼疾手快立刻上来接灯的打手，向被压着跪在地上的梁启走来。

与此同时，门外传来一阵咚咚咚的脚步声。一个净社打手像提着瘦鸡一样，连推带拎地扔过来一个人，让他跪到梁启身边。这个人脑袋被蒙住，布口袋里面只是发出呜呜的声音，显然嘴也被堵住了。虽然这个人被蒙得严实，但只要看看他那小鸡似的身材和猥琐的小动作就知道，必然是李珏那家伙没错了。

拎人进来的打手,一把将蒙头的布口袋扯下,李珏那个獐头鼠目的脑袋立马露了出来。他的嘴被麻绳死死缠着,麻绳上不停淌出口水。

一见到光,李珏的瞳孔立刻迅速收缩,也不知看没看清眼前的情形,就已经恐惧得全身发抖,尿了出来。

范稀奇啧了一声,已经走到了李珏身后。不知什么时候,那把收入刀鞘的匕首交到了他的左手上,范稀奇右手无声地将匕首抽出刀鞘,面无表情地插进了李珏腰部右后侧。

突如其来的一刀,让李珏双眼暴突,喉咙里却痛苦得发不出声响,全身从颤抖变成抽搐,被绑住的双手用力扭动,腕上的麻绳发出吱吱的声音。

所有人就像是在观赏表演一样,看着叫不出来的李珏在自己的尿液和血迹中扭动、抽搐。李珏双眼暴突,已经失去了焦点,脸上的表情像是在恳求什么,却看不出是要向谁恳求。逐渐地,李珏失去了活力,只是微微地颤抖,翻着眼珠,断了气。

"臭死了,"范稀奇用一个打手的衣服擦干净匕首上的血迹,收入刀鞘,嫌弃地走远了些,使了个眼神,说,"赶紧把这儿清理干净,别弄臭了人家高贵的学府殿堂。"

趁打手收拾尸体的工夫,范稀奇又回到梁启身边,挑着眉说:"留他活到现在,就是想让梁先生亲眼看看背叛我们净社是什么下场。怎么样,是不是很有趣?小爷跟你讲,这匕首插到肾上最有趣。你知道为什么吗?那样几乎不流血,还是最痛的死法,痛到连喊都喊不出来。"

梁启喘着粗气,没有说话。

随即,范稀奇又做作地低声说:"梁先生,你知道自己有多幸运吗?本来你现在就应该和那个家伙一起挨上小爷一刀,扔进吴淞江沉了。但谁让你现在还有那么一丁点的作用,小爷我只好再忍上几个小时。"范稀奇似乎已经无法忍耐一样,狠狠地揪着梁启的辫子,让他凑到自己面前,"要谢就感谢老天赐给你一个爱多管闲事的打手朋友吧。我们得拿你当个饵,先弄死他,除了后患再说。"

范稀奇说着说着，不禁啧了一声，也不知道是因为想到了谭四而心烦，还是因为觉得刚才说话太多有失身份。

"哦，你那位朋友，现在大概已经自投罗网去了。"

梁启被松开辫子，继续喘着粗气，感觉口干舌燥，紧张得连颈部的那道伤痕都忘了个一干二净，却忽而带着嘲讽一笑，说："你做这些坏事，你叔父知道吗？"

语气就像在吓唬一个不小心打碎了花瓶的小孩。

范稀奇倒是不为所动，走远了些，看着收拾地上尿迹的打手们，说："叔父？那个老不死的？他去美国的时候，我还没出生。他从美国回来，带给我什么了？什么都没有！他来上海时，我已经自学成才了，他却拿我当个跟班使唤。他能给我什么？这一切，都他妈的是小爷我自己靠真本事挣来的。"

"挣来一个'周华明'的称号？"

范稀奇只是冷笑。

"所以，谷翻是你杀的？"

"哈哈！随你怎么想去吧。"

范稀奇几乎要咬掉梁启的耳朵一样，贴在他耳边，咬牙切齿地说："这个世界哪儿还有什么情义？早就没了，我的朋友。"

理想

谭四只身一人，直奔净社总社而去。

从青莲旅社出来，一路逆着四马路上花天酒地的人流而行。电气路灯和家家红灯笼照耀着他决绝的身影。他摸了摸怀里那把改造转轮手枪，深知这回和上次不同，是要动真格的了。他故意让步子走得轻快一些，以免露出杀气，惹来不必要的麻烦。

才走出四马路，在泥城浜东岸就有一辆马车飞驰而来，停到谭四面前。

华丽的四轮欧式厢车，坐在车夫边的那位仪表堂堂的绅士……

谭四不禁笑了，笑容有些无奈。最不想牵连他人，哪怕是为了那个该死的梁启。当然，虽说"该死"，却还是不能让那家伙死了。

"天泽先生，这……"谭四抄着手仰着头问道。

"不必担心，我不会让小姐冒险，她并不知晓。"天泽还是那个样子，脸上波澜不惊，态度彬彬有礼，"请上车吧。送谭先生一程。"

天泽都出来了，荒江那个鬼丫头怎么可能不知道。

谭四正要拔脚离开，马车门一下子打开了，车厢里传出一声喊："Come on, My friend！"

不用看也知道，是雨果。天泽知道谭四今晚要去净社总社，看来也是雨果去找了他的缘故。这个美国小伙子，还真是聪明过人。

谭四摊开手问天泽："他来添什么乱？"

"谭先生快上车吧，时间并不宽裕。"

天泽说得不错。从四马路口到垃圾桥还有一段距离，就算谭四的脚程了得，也需要两刻钟以上的时间，更何况真那么快跑过去的话，接下来的恶战可就凶多吉少了。没有人喜欢做没有胜算的事情……

"请。"天泽惜字如金地说。

谭四停了片刻，却没有上车，而是侧过脸向街边电线杆说："别躲了，那么大块头，还躲在电线杆后面，如何不被发现？小儿科。"

电线杆后面传来"啧"的一声，依旧穿着那身惹眼的警察制服的辰正走了出来。

"那么朋友，车上还能再坐下一个吗？刚好我要去垃圾桥办一点事，不知能否行个方便？"

已经上车的谭四，回身说："座位倒是有，你乐意就上来。不过，车上禁止吸烟。"

又是一声"啧"。辰正把嘴里的烟卷扔到地上碾灭，跟了上去。

听见车夫一声吆喝，马车动了起来。

马车车厢里原本坐三个人绰绰有余，只不过这一回雨果的装备就占去了一半空间。

雨果还是那身衬衫背带裤长筒皮靴打扮，还戴了一顶圆沿皮帽。他没有大清国的辫子，显得既干练又爽朗。而他身边的这一大堆东西，谭四看了一眼就大概明白了。

一堆大大小小的测试仪表和电线包围中的那个东西才是主角——一对他们刚刚研发出来的小型蓄电池。体积和重量都有突破性的压缩，要比之前用在潜水船上的还要轻便许多。虽然为了便携也损失了不少电能，但输出功率依旧相当可观。这是雨果在谭四的协助下完成的最新杰作。而现在，这家伙把这一杰作用在了一套穿戴装备上。

装备同样是背带式的，很符合雨果的一贯审美，就像是照片中的美国西部牛仔，腰带两侧本应该是枪套的位置各挂着一块便携蓄电池。蓄电池顶端正负两极各连出一根包裹着胶皮的电线，电线在两极上段拧成一股，麻辫一样走了一小段直线后，变成弹簧一般的螺旋状，螺旋电线的末端各接了一只拳击术手套。

这家伙是真的要大干一场吗？谭四看着雨果的这套装备，不由觉得这家伙也同样是个怪人。一个来华游玩的洋人，明知此行是要和净社这种暴力集团对决，居然连手枪都不准备，只是弄了这么一套古怪装备……看上去这次出征更像是要对自己这套战斗服装进行测试一样，是太有自信，还是太过天真？也许他对装备的痴迷，甚至超过了对自己安危的顾虑吧。

反正拦是拦不住了。

再看辰正，他倒是一点儿都不关心雨果的装备，只是看着车窗外的街景。但实际上谁都看得出，他已经第七次把手伸进警察制服的上衣兜里，想去掏烟卷，却又忍住了。

还真是难为了他忍这么久。

"我说，"辰正忽然看着窗外说道，"你就这么赤手空拳去？"

明显是在和谭四说话。谭四对着辰正后脑勺笑了笑，偏不去搭茬。

"倒是一个英雄。静安寺里面有个擂台。日后一定要过去和你堂堂正正、痛痛快快地打一场，一定很精彩畅快。"辰正又摸了摸自己的衣兜。

"呵，原来还是个赌钱的警察。"谭四冷笑着说。

"是无照警察。"

"无照就比赌钱好听？"

马车终于停了下来，垃圾桥的南端到了。

天泽跳下车头座椅，主动过来打开车门，等在车外，没有说话。

辰正和谭四率先下来。雨果忙碌起来，又是接表测试，又是拆卸配装。过了小一会儿，雨果才提着他的背带装备下了车。大概因为略耽误了点时间，满脸的不好意思。

"恕我家马车只能送各位到这里了,前路凶险,请一定保重。"天泽还是那么一本正经。

"别别别,跟送荆轲似的。"谭四帮雨果穿上那身装备,"你就赶紧回家给你们家小姐补习功课去就好了。"

"小姐才高,我已经教不了她了。"

"妈呀,你说得对,我看应该让你家小姐教你。教教你怎么说话才有趣点儿。"

天泽仍旧不动声色,只是看着雨果把双手从螺旋电线中穿过,戴上拳击手套。

"走吧。"辰正早就急不可耐地点了一支烟,眯着眼睛催促着。

三个人,一人吞云吐雾,一人套着怪异装备,一人走得潇洒自如,上了一旦入夜便是一片漆黑的垃圾桥。

净社总社形状怪异的机械水寨,在此时显得越发漆黑恐怖,也似乎更静寂了一些,仿佛早就在这里以逸待劳了。若说静寂,恐怕也不是错觉,垃圾桥再长,总也有走到头的时候。昔日吴淞江北岸,虽不如中央区繁华,起码也是有人烟有住家的公共租界。而此时,不仅是净社总社附近,整条街上除了电气路灯依旧不知趣地亮着,没有一家一户敢点灯。整条街,已是陷入死寂。

"嚯,咱们待遇不差。竟然能让净社人马夹道欢迎。"谭四说。

三个人一下垃圾桥,就看到在净社总社门前,已然站了一大群人。全是手持长枪铁棍砍刀板斧各式兵刃。黑压压一群人,全不是善茬。

"就是道夹得太窄了。"辰正环顾一眼局势说。

"呦,别看你一脸严肃不苟言笑,倒是会逗趣。"谭四笑着说。

"承让。"

"还没让呢。"

两个人你一句我一句逗个没完,三个人也朝着净社人群越走越近,仿佛前面是个菜市场,他们只是要挤过去似的。

"他妈的!杀!"领头的是个手持砍刀的家伙,他大吼一声就朝三人冲来,身后众人随之一拥而上。

方才还有说有笑,此时辰正迅速从腰间抽出短棍,谭四也做出迎敌架势,毕竟对方人数众多,何况还都持有武器……

可是,谭、辰二人摆开架势,雨果却径自走上前去,经过谭四身边时,向谭四侧了一下头,带着又是嘲弄又是享受又有点儿认真的表情。

大军杀近,雨果也不慌,双肘抬起,再用力向自己腰间一夹,触到开关,全身的装置启动了。只见他的拳套闪起了蓝紫色的恐怖电弧。

一见有异,不少净社打手吓得立刻收步,可是身后的人并不知情,依旧闷头向前冲,反而把前面的人当墙一样推倒,自己先乱了起来。

领头的倒是没有收步,叫嚷着举着砍刀就扑了上来。

雨果则用起拳击术的步法,一个垫步,闪开了一击,再斜侧方轻巧地一个左手刺拳,正中一马当先的砍刀右肩。

要说正常情况下,这样一个刺拳并不能带来多大的伤害,但谁也架不住拳套上带电。砍刀挨上一拳,应声倒地,口吐白沫,全身抽搐起来。

后面互相推搡的众人还在混乱之中,没能稳住阵脚,雨果就又用那种轻快的步法,在人群之中左冲右突,一拳一个,打出一条血……不对,是打出了一条痉挛抽搐之路。

谭、辰两大高手当然不会错过时机,一瞬间就冲过了人群。两人一冲过去,雨果立刻转身,再度面对刚才被撕开的人群。

谭四没有犹豫,立刻向浮桥跑去。

辰正忍不住喊了一声:"他一个人行吗?"

"他听不懂中文。"

"啧……"

"行了,那个洋小子一点儿不弱。"

辰正回头看,发现雨果戴着电拳套,垫着怪异的步法,巧妙地躲过每一次的武器攻击,而每一拳又都打得相当稳健毒辣,拳拳到肉,再加上全套带电,一拳就能轻松放倒一个打手。

"好,以后也要跟他打一场。"

"我说英雄，能赶紧先把新上桥的人清了再下战书吗！桥头门楼上面都要开枪了！"

两人虽然已经冲上浮桥，但眼看水寨里又杀出一群。

被谭四这么一说，辰正一下冲得比他还要猛上许多。面对杀来的净社打手，一根短棍舞得像镰刀，如割草一般将他们统统抡进吴淞江里。

谭四也不谦让，几乎和辰正同时冲进了寨门。

仍旧是那条腥臭通道，所有的电气灯点亮了。

"好家伙，这得多少电啊。"辰正第一次见到这种场面，不由得惊叹起来。

声音在狭长通道里回响。通道两侧隔几步就有一扇木门，突然间全开，又是一群净社打手冲了过来。

"英雄，现在回头还来得及。"谭四向辰正撇了撇嘴，说道。

"有你这么唠叨的时间，老子已经干翻十几个人了。"

棍声带着骨头碎裂的声音和哀号声，三个冲在最前面的打手倒地了。剩下的打手挤在狭长通道里，犹豫了片刻，却没有退缩，又冲了上来。

通道的宽度差不多刚好够两个人施展拳脚，谭四不甘示弱地迎了上去。

"你苦苦追查一年的旧案，现在这样难道不可惜？"谭四扭断迎面人胳膊的同时问道。

"抓到真凶，解开谜题。别的全无所谓。"辰正反手用棍尾捶碎了一个人的鼻梁。

"问题是，根本就没有什么真凶。"

"但闻其详。"

"先问你吧，你查出来的真凶是谁？"

又冲上来一拨净社打手，举着砍刀，可是通道狭窄，砍刀完全挥不开。辰正上前一步，正好迎面刺来一刀，他一侧身，右手持棍在前，反手向外一抖，敲中已经刺到眼前的刀背，荡开刀路，跟着短棍顺势向斜下一劈，正中对手锁骨。锁骨顿时断裂，那打手丢了刀，哀号倒地。

"这招叫什么？"

"谁知道，跟南洋那边的劳工学的，叫八字劈吧。"

"很实用嘛。"

说着，谭四化手为棍，向外轻巧地一磕迎面刺来一刀的刀背，照着来袭者的颈根一掌劈下。没有锁骨断裂的声音，只是那人眼睛一翻，也倒地了。

"别光顾着偷我的活儿，赶紧说，什么叫没有真凶？"

"你先回答我的问题试试看。你认为真凶是谁？"

"这不是废话，明显就是净社这帮兔崽子龟孙子干的好事，只是我还没找到确凿的证据，没法连锅端了他们。"辰正一棍抽中一个净社打手的腰上，让他在痛苦和惊恐中丧失了战斗力，"呃，等等，你说'真凶'，是哪件案子的真凶？"

"哈哈！你终于从里面绕出来了。"

"什么意思？"

"你追查的事件是失踪案，很久以前那个康脑脱医院的最初所有者突然失踪的案子，对吧？"

"那个倒霉蛋告诉你的？啧，我还特意告诫他别招惹净社，可他执迷不悟，就是不肯松手……"

"他啊，胆小怕事油腔滑调，没一点优点，只有这个容易'执迷不悟'的本性，到算是个可取之处。"

"呵，听起来你们关系倒是很好嘛。"

踢裆捶胸，又用一个人带翻三个，谭四没接辰正的话茬，说："所以康脑脱医院的最初所有者，你查清是谁了？"

"当然，那还不是我用拳头拷问出来的。"

"是谁？"

"这是要套我的答案不成？"

"是谷翻，那个南洋咖啡馆的老板，答案已经揭晓。"

"然后呢？"

"然后，他死了。"

"对，被净社的这帮混蛋给除掉了。"辰正左手抓住一个净社打手，右手用棍尾敲晕，"只是苦于没有证据。"

"你为什么会关注钟天文的死？"

"偶然撞到而已。"

"我看不是，"谭四抓住两个人的辫子，拽过来让两人的脑袋狠狠撞到一起，"你早就察觉到钟天文的异常了，他和你调查一年之久的失踪案有着千丝万缕的微妙联系，不是吗？所以你才会极力关注钟天文的动向，以至于他死的时候，你能第一时间出现在现场。"

"你什么意思！要打架吗！"

"这不正在打呢？"谭四不紧不慢，拽着一个人，一边揍一边说。

"给我说清楚。"

"说清楚就是，你早就发现了，钟天文就是周华明。"

话一出口，连净社的打手们都一时愣住了，随后才又嚷嚷着"打呀！别停手！"再次乱战成一团。

"废话，他暗地里搞的那些小动作，真以为别人都看不到？只要稍加调查，就能知道净社的基础是什么。一群瘪三组成的青帮，能弄出这些玩意儿？他们要是有这样的科技水平，那大街上的乞丐都能考上南洋公学了。美人划船俱乐部一样没有一个好东西，一个狗屁爱好者俱乐部，竟有那样气派，他们银子从哪儿来？稍微动动脑子就能发现问题。一个个全是蛀虫，从净社这边直接拿银子挥霍。从老百姓手里抢来的银子，从那些守法商铺勒索来的银子，甚至从洋人那里讹来的银子。"辰正说着，下手更狠了许多，吓得后面的净社打手都有些胆怯，"一个华人，就算是什么留学生，能有本事进洋人的地盘？还不是给足了好处，才当上个奴才？呵！他们就是狼狈为奸，十恶不赦。"

"辰大侠，其实你说得太重了。"谭四语气缓和，手上却一点不见缓，"钟天文的本事确实通天，所以才能让洋人都服他。"

"什么本事？嘴皮子功夫？"

"还真是嘴上功夫,三寸不烂之舌,可以打通天下事。在他的游说下,这个让你深恶痛绝的净社才能壮大。"

"还真是大功劳一件了。"辰正把最后一个净社打手踹倒在地,"不过我看不上,我只懂得用拳头打抱不平。"

一时间,通道里安静下来,刚才打打杀杀的叫喊声没了,只剩两人身后一地人的痛苦呻吟。前路一片空荡,只有电气灯照出来的牢笼一样的光影。可还没等两人多喘口气,空荡的通道又一下子打开四道木门,冲出七八个打手来。

"得!接着干!"辰正又率先一步迎上。

"钟天文是有理想的。"谭四追上去,打翻一个人,接着说。

"理想个屁!他的理想就是弄出这么一个帮会来祸害上海?"

谭四抓住一个净社打手,锁住脖子说:"你看看你们,名声那么臭,还好意思来打架?"随后利落地把他打晕。

"我懒得听那些虚头巴脑的,你就直说吧,堂堂净社老头子,怎么就惨死在洋泾浜上了?"

"因为你没有发现,其实谷翮也是周华明。"

"啊?等等!"辰正一把擒住一个打手,用短棍顶住他的下颚,喊道,"停!先别打了!让爷先听明白到底怎么回事!"

这一擒一吼,吓得剩下两个净社打手真的停了手,傻愣愣地面面相觑,不知该如何是好。就连接下来通道里已经打开一道缝的木门都重新关了回去。

"……我是完全糊涂了。你说清楚,谷翮怎么也成了周华明?"

"其实更准确地说,最开始'周华明'这个化名是谷翮的,后来他才找上了钟天文,寻求帮助,共用这个化名。不信你问问他们——你们谁见过老头子?"

被擒住的那个,还有另外两个都摇起了头。

"周华明从来就没有出现过,一直是以影子的形象在幕后操控着整个净社。"

"那……"辰正迅速思考了一下,"剩下的那几个……"

"没错,康揆他们几个归国留美学生,都是'周华明'这个化名的共用者。"

"太荒唐了!这我就更不明白了。几个人在幕后控制这么一个青帮团伙,图什么?"

"我说了呀,为了他们共同的理想。"

"哈!真是可笑至极。理想?不管他们有什么狗屁理想,就靠这帮瘪三?且慢,那就更不对了。大理想家周华明们,怎么全都一个个惨死了?根据我的调查,谷翾死的那天,可是有目击者见过这帮净社的瘪三进出张园。"

"你还不明白?因为那张地契。"

"谷翾要是周华明之一,那他为什么不把自己手上这张地契直接用到康脑脱路的争夺战上?"

"因为这帮瘪三可没那么好控制。驯兽师也不敢真把狗熊脖子上的铁链解开。"

"喂!"被辰正擒住的净社打手喊了一声,"你们两个,到底打不打了!给个痛快。"

"嚯?倒是个有骨气的硬汉。"辰正反手抽了一棍,净社打手当场昏厥。

剩下两人如同终于收到行动指令一样,一人一个被谭四、辰正擒住,话不多说,也一齐被击晕倒地。

随即,后面的木门再度打开,又杀出来七八个人。

"我忽然意识到另外一个问题。"辰正已然是满脸无奈,"你从一开始就没打算一个人闯净社吧?"

"废话,我一个人来,估计过了浮桥就已经累趴下了。"

"好久没有这么痛快地打过架了,小爷很满意!"

可是嘴上这么说,打出去的招式却有些滞涩,少了一开始的激情。

"为什么要告诉我这些?"

"这个问题，我同样问了告诉我这些的人。"

"哈！"辰正大笑一声，"看来是没有答案了。"

"也不尽然，算是为了救我那个倒霉蛋朋友吧。"

辰正习惯性地啧了一声。

再强悍的武力，也挡不住人海战术的消耗，谭四和辰正看似依旧闲庭信步，却都已经汗如雨下，虽然下手仍是很重。谭四用快拳捶翻面前的打手，趁机调整呼吸，"你烟瘾就这么戒了？我算算看，有两刻钟没有吸烟了。"

"呸！"辰正狠狠地抽打了一通扑上来的打手，"这条路到底有没有完啊！"

然后，就完了。

终于又放倒了一批净社打手，前面就是谭四进去过的那道木门。谭四做了个手势，示意到了，便伸手去推门。

门内正是上次已经来过的，被电气灯不计成本地照耀着的角斗场。而这一次，看样子不会再有打手从四扇木门里跑出来了，因为角斗场中央赫然站着一座山一样的怪物。

"啧。"辰正已经点起了一支烟，深深吸了一口，"看来兄弟我先碰上了早就预定好的对手。"

"你跟这种怪物有仇？"谭四故作吃惊状，"朋友……祝你好运。"

辰正微微一笑，又吸了一口烟，说："想清理掉我，你们还不够班。"说着，他扔掉剩下的小半截烟，重新握好短棍，今晚第一次摆开了迎敌的架势。

而率先启动的是谭四，他知道该进哪扇门，所以直奔过去。

傻山看到谭四一动，立刻伸着大手扑了过去，奈何辰正动作同样迅速，立刻持棍挡在了傻山面前。同时，谭四已经冲到门边，夺门而出。

他们……

他们都是周华明吧！

梁启忽然就想明白了,把脑中的线索串在一起,终于明白了。可是,或许此时明白已经太晚,脑袋上还套着那个骚臭的布袋,呼吸困难,头也越来越昏沉。他完全不知道自己身在何处,只知道从南洋公学机械特科藏书馆一出来就被套上这个该死的布袋,丢上一辆平板车,在夜深人静的校园里颠颠簸簸,不知要去向何方。

好像在几次转弯之后,进了地下,只不过,意识间或有些模糊,终究难以判断清楚。

激 战

电弧一闪一闪。

这可不是什么好兆头,雨果大口大口喘着粗气,低头看了看腰间佩戴的蓄电池,为了轻便,上面没有配装电量表,但快没电的事实恐怕可以确定了。

还有源源不断的净社打手从浮桥杀过来,这些人是疯了吗?完全搞不懂他们的办事逻辑,正主儿都已经杀进去了,为什么还要和自己打个没完?

不过,看着新一拨如潮敌手,雨果反倒笑了,这回来中国的冒险实在够刺激,可比凡尔纳的小说有趣多了,绝对终生难忘。

戴着电拳套没法擦汗,雨果用小臂扶了扶帽子,又杀了上去。

这个怪物一点儿也不傻啊!

辰正手持短棍,与傻山保持了可攻可守的距离,只是和他对视的一瞬,心中就有了这样的念头。

世间竟有如此大脑空空的高效杀人机器……

辰正只是与其对峙,寻找潜在的空当,完全不敢率先出手。过了片刻，傻山突然发动，伸出双手，如熊闯林一般扑向辰正。辰正不敢怠慢，短棍在面前逆时针快速画圆，准备同样是侧向格开傻山左手，顺势抽中他的软肋。

手多少是格开了，但辰正一棍抽在他的腰上，却感觉就像打在沙袋上，除了震得自己虎口胀痛，傻山竟毫无反应。同时，他扑来的势头依然不减，左手虽没有抓到辰正，但右手已然死死钳住了辰正的左肩。

辰正心中大喊"不好"，幸而方才抽棍让身体有了旋转的先机，再加上右肩没有锁死，有着抽身空当，便脚下迅速两个移步，借势旋身，勉强算是挣脱，跳到了安全距离。

仅仅一瞬的交手，辰正的右手还在震后发抖，而左肩只是被抓住一下，竟已然脱臼。豆大的汗珠滚下脸颊。

竟是如此恐怖的存在！比上次在静安寺所预估的还要恐怖太多。

真想再吸一支烟，可是傻山根本不给辰正歇息的机会，刚刚错身过后，便转身再扑过来。

进了那条全是台阶的深邃通道，就听不到角斗场上的声音了。谭四只有不回头地走下去。幸好这条通道已经来回走过两次，不用再点那根呛人的银光棒。谭四心里笑着，轻快地下到了最底层。

推开通道底部的门，里面还是那样，电气灯光被环绕四周的镜子反射得更加刺眼。唯一不同的是，这次镜屋里没有耳朵赵，空无一人。

又在故弄什么玄虚？

那在下就不客气了。谭四心里想着，已经走到了正面的镜子前面。

对着镜子挤了挤眼睛，顺手拎起依旧摆在镜屋中间的沉重太师椅，抛了过去。

让人神清气爽的破碎声，面前的镜子被太师椅砸得稀烂，露出镜子后面的房间。

"哈哈！果然如此。"谭四笑着，迈过镜子残渣，见到几个仓皇逃窜的身影。大概是刚才一直在镜子的另一面观察镜屋中的情况。

谭四没有去追,而是捡起一块碎镜片,对着灯光翻来覆去地看。"单向透光镜?居然还能有这种技术,净社当个青帮社团真的是太浪费了。"

出了镜屋,前面是一条拱顶砖石面的隧道,相当宽阔,足以并排跑两辆马车。那间镜屋则位于这条隧道的一端。

隧道照明倒是比较简单,十来步一盏煤油灯,不算太昏暗,但气味实在不佳,而且隧道里潮湿得很,阴风阵阵。

"哦……排场真是够大的,这不会是在吴淞江的河床下面了吧。"

谭四自言自语地走在潮湿的隧道里。

隧道是石板地面,就算轻步走在上面都会嗒嗒作响,传出回音。谭四一边走,一边计算距离,以及刚才逃走那几个人的脚步声延续的时长。

差不多该到了。

果然,面前出现了一道铁栅门,隧道的另一端到了。

果然是穿过了吴淞江?有这样的隧道挖掘技术,贯穿黄浦江也只是时间问题了。谭四再次赞叹起了净社的能力。

还没到铁栅门近前,就闻到了一股刺鼻的硫黄味。铁栅门没有上锁,大概是刚才逃走的人匆忙打开却不及反锁的缘故。谭四不客气地推开门,探头察看门里的情况。

像是……一座火车站?

一组粗大的石柱撑起更为宽阔的隧道,隧道一半是站台,另一半则是轨道,一辆拖着七八节车厢的蒸汽火车停靠在车站旁。蒸汽火车头喷着蒸汽,像是正准备开动。而车头前是耳朵赵,正在连打带骂,起劲地教训几个手下。

"谭大侠?"耳朵赵像是才发现谭四一样,停下教训,做出惊讶不已的表情。

"赵老板。"配合他一下吧。谭四心想。

"这是什么风,把谭大侠又吹来了?哦,还吹到这么深的地方。这地方可不是随随便便就能来的,工程还没结束,现在进来很危险的,谭大侠。"

"还不是因为在下的好友前来做客,至今未归嘛。我怕他喝多了找不到路,给贵社添麻烦,只好特地过来领人回家。"

"不巧,并无此人。"耳朵赵一跃登上蒸汽火车,"谭大侠请回吧。"

蒸汽火车随即启动,喷着蒸汽缓缓离开站台。

"喂!赵老板,倒是让在下参观一下贵社建的地下铁路啊。"

多说无益,谭四已经被站台上八个净社众围上。

"你们稍微长点脑子吧。"谭四无奈地说,"既然在下能到这里,你们觉得凭你们八个就拦得住在下?"

……

谭四从地上拎起一个不停呻吟的净社打手,问:"下一班车几点发车?"

已经被打得鼻青脸肿的净社打手苦笑着不知该怎么回答。

"什么意思?没有下一班列车了?"谭四控制住力道,又踹了这个倒霉蛋一脚,"那你给我想个办法,我必须赶上那趟列车。"

此人越发无奈,把求救的眼神投向另外几个躺在地上的同伴。同伴们纷纷摇头,不知道是说没有还是让他不要说话。

谭四拎着此人又瞪了两眼,似乎确实没办法,只好把他扔到一边,自己来观察这个地方。

隧道只有站台这里有几盏煤油灯照明,除此之外一片漆黑。不过,万幸的是,隧道这一头在不远的煤油灯光所及之处看到了尽头。谭四抬头看了看挂在墙上的煤油灯,对准一个,单脚蹬墙,纵身一跃,把灯摘了下来,又提着灯,跳下站台,去了隧道尾端。

整个隧道看起来像座矿洞,但要比矿洞牢固得多。

回想起张园门口已经可以看到净社包下的地下铁路工程,这条铁路恐怕已经完工了。而隧道还从吴淞江下方穿过,竟能够承受住整条吴淞江的压力,实在是了不起的壮举。可以说,仅仅建一条这样的隧道,就已经是多少中国人魂思梦绕的理想。而这一理想竟是让一个见不得光的净社率先完成的,倒还真是值得玩味了。

或许是所有轨道交通在修建阶段都会有的东西,轨道一边停着一辆手压式轨道车。

谭四提着煤油灯看了看这辆轨道车,能用,便又跳回到站台,刚好看见两个伤势最轻的净社打手正准备从吴淞江底隧道逃走。谭四立刻放下煤油灯,追上去,一手一个将两人擒拿。

"看两位能蹦能跳,不如再帮在下一个小忙。"

谭四揪着两个人,又令其中一个拎起煤油灯,一同跳下站台,登上了轨道车。

"行了,灯给在下便好,你们清楚该干什么吧?"

两个人生无可恋地站到手压杠杆两头,苦着脸,看向站在车头的谭四。谭四回头瞅了瞅他们,微微一笑,说:"能不能追上,决定着你们未来的人生道路。请吧。"

没电了……

雨果看见拳套的电弧不再闪烁,而净社的打手还在不断地从那个怪异的水寨里冲出来,他意识到自己恐怕即将止步于此了。

没想到竟能到这般地步。可是雨果没时间感叹,他迅速做出决定,摘掉拳套,卸下整套电拳装备。电拳装备重重地摔在地上,让雨果觉得浑身轻松许多,但是面对一群持械冲杀过来的打手……只能狠狠地骂了一声"Shit"。既然退无可退,那就只有迎头反击了。

对手仍然拿着刀棍,但雨果已经没了电拳。同样是闪身刺拳,却因为体力大幅下降而效果不佳。能把袭来的人打开已属不易。雨果瞬间淹没在汪洋人海中,没了先前战斗的酣畅淋漓,只是进入了消耗战的尾声。

雨果有点儿想笑,这样的冒险确实够刺激,刺激到自己都不知道该如何收场。胳膊上、背上被砍出一道道或深或浅的刀伤。帽子已经顾不上去扶,掉在了地上,被踩得乱七八糟,幸好背带裤的背带还算结实,虽然上面也挨了两刀,但好在没有断,不然还会更加狼狈。

恐怕是没法离开这里了。这个念头一旦浮现,便再也挥之不去。但就算死,也不能死得如此狼狈啊!他越是这样想就越气,可他的气力几乎耗尽,出拳变得绵软,躲闪也变得迟钝。

十来个净社打手围上了雨果,却没有一拥而上将他砍杀,而是围成了一圈,像是玩弄皮球一样,你一脚我一脚,让雨果在圈内乱撞,一边踢打一边大笑,仿佛在玩一个有趣的游戏。

雨果东磕西撞,头晕目眩,被击倒,倔强地爬起来还击,再被击倒……

肃杀的夜里回荡着流氓的笑声,忽而插入一阵马蹄声,听起来格格不入。还在踢打雨果的几个人愣了片刻,但更令他们意想不到的是,就在马蹄声迅速逼近的时候,一声枪响惊动了整条街。

尽管已经处于任人凌辱的境地,雨果的头脑还是保持清醒。就在所有人都被一声枪响惊呆的一瞬,雨果用仅存的一丁点体力,冲出了包围——顺便还捡起了帽子。

果然还是那辆马车,飞驰而来。朝向雨果这边的马车门敞开,是天泽!还是那套笔挺的西装,半探出身来,伸出左手,高喊了一声:"Mr. Gernsback!"

马车丝毫没有减速,雨果迎着马车伸出手来,天泽一把抓住,把他拉了上去。净社打手们随即反应过来,开始叫骂着挥刀追来,而此时马车已然飞驰而去。

"用力压啊!"

谭四站在车头,此时除了压杆的吱吱声,已经能听到远处蒸汽列车的轰鸣了。

就算用同样的蒸汽车头,地下列车也不能像在地面上那样跑,速度上不去是必然的。

"用力压啊!"

谭四又喊了一次。正在拼命压着压杆的两个人,经历了刚才一役,此时就算谭四背对他们,他们也不敢造次,只好乖乖地压,让车更快一些。说真的,大概只有追上去才能脱离现在的地狱吧!

现在的大清国还烧不到好煤，一烧全是硫黄味，刺鼻难闻。而在隧道里跑蒸汽火车，那硫黄味就更可想而知。再加上隧道里相当潮湿，又有蒸汽弥漫，迎着尾气冲上去，连嘴里都是浓稠的异臭。

"还追不上，你们真喜欢吃……"谭四还没说完，就被又一股更浓的异臭浓雾呛得说不出话。终于，他看到了在隧道前方的列车屁股。

"看见了，加把劲啊兄弟们！我上去了，你们也能赶紧解脱。我都替你们觉得累，何苦啊，一天到晚的。"

还不是你逼我们做的！两个人心里叫着苦，却只敢更使劲地压。

前面的列车如同一头只顾闷头向前冲的野牛，根本不知自己屁股后面已经被一只狼撵上。

"辛苦两位了，加把劲儿。"谭四继续给两个倒霉蛋打气。

两人还没反应过来，只感到一股强大的推力从压杆上传来，阻止了他们的动作，抬头一看，发现谭四已经跳上了尚有一段距离的蒸汽列车车厢尾部，一手抓着末端的护栏，一手向他们两人挥手告别，潇洒得仿佛包裹着他的烟雾都没么刺鼻难闻了。

"赵老板啊赵老板，你说说你，见了在下就坐下来好好谈谈不好吗？坐着火车逃跑是什么意思？"谭四一边嘀咕着，一边翻越护栏进了车厢。

说是火车，实际上车厢和这两年突然兴建的有轨电车车厢一样，圆头圆脑，没有座位，左右各有一排顶到车顶的钢管，供乘客站立扶靠。木框架玻璃窗一个接一个，看着就敞亮通透，要是外面不是漆黑的隧道而是地面世界……不过，算是仁慈的设计，车厢内也点着煤油灯，一共三盏，在车顶摇曳。

最末一节车厢里没有人，谭四便不停留，直接从窗户爬出，上了车厢顶，再跳到了下一节。这次他没有再进车厢，而只是从车厢的天窗探下头来看了一眼。还是没人，索性继续跳到下一节。连续跳了三节车厢，也就是到了蒸汽车头后的第一节车厢时，谭四实在忍受不了烟熏的煎熬，只好回到下面车厢里。

这第一节车厢果然不同凡响，车顶的煤油灯挂了两排一共八盏。车厢宽度没变，但里面少了扶手钢管，而设置了座椅，还有桌子。桌子如番菜馆的餐桌，四四方方，铺着白桌布。

其他桌子都靠窗摆放，但在车厢尽头有一张白桌布大方桌，摆在正中央。方桌后面正对着从车厢尾走来的谭四的，正是耳朵赵。

"赵老板，想见您一面可真是难啊！"

耳朵赵面前摆着一只欧式造型的银壶和两只银杯。他没有接谭四的话茬，而是自顾自地端起银壶，往一只银杯里倒了些黑色液体，放下银壶，端起银杯，端详了许久，才徐徐地说："这就是那帮假洋鬼子爱喝的磕肥？哦对，谷翻谷老板说叫咖啡。呵，是不是太矫情了？这种东西，比药汤还难喝。"

"这么臭的地方，您还有心情喝咖啡，在下倒是要敬您是真英雄了。"

"还是一嘴的嘲讽。"

"哪能跟赵老板比。"谭四缓缓地向前走了几步，"连自己帮口的老头子都直呼姓名。"

"哦？你果然是知道了。"耳朵赵一本正经地把银杯放下，"那看来现在更要把你解决了。"

"赵老板，看您心急的，咱们还没聊够呢。"

没有餐巾，或者说是根本不懂得用餐巾，耳朵赵拎起白色桌布擦了擦嘴，站了起来。

"其实在下有一事不明。"

耳朵赵走到了桌前，捻了捻自己的泥鳅胡，把腰间的铁钉摘了下来，说："问吧，问完了，你也好死得明白。"

"为什么偏要把在下引到列车车厢里来？"

"因为，"耳朵赵把铁钉拿在手里，用一根绳索穿过铁钉尾端的环，系上扣，满意地拉了拉铁钉和绳索，"在这种地方，你无处躲闪。"

辰正也很想躲得更利落一些，至少不像现在这么狼狈。

幸好没有人看到自己现在的样子，不然真是太丢人了。辰正万分无奈，却也无计可施，只能看准每一次傻山扑来的动作路线，用最狼狈不堪的姿势，拖着一条脱臼的胳膊躲开。

可这样拖久了也不是办法。辰正的体力在急速下降，而胳膊脱臼导致的疼痛让他的体力流失得更快。不能再这样下去，必须想办法解决。

上次在静安寺还和梁启说"要抱着必须杀了他的决心才能与之一战"，现在看来简直是自大可笑。如今就算再有这种决心，也只是推迟被对方撕碎的时间。杀了他？唯一一次交手，抽他的腰，已经算是下了狠手。人体最下面一根肋骨实际上相当脆弱，吃下那样的力道，正常人的肋骨早就断了，而且照那一击的角度，足以让肋骨斜向上刺穿内脏。虽然不能刺进致命的位置，但让敌人丧失战斗力还是绰绰有余。现在想来，确实还是决心不够，如果当时直接突刺心脏……辰正却立刻否定了这个想法，自己手里的只是一根短棍，不是匕首，更不是刀剑，抽打他的腰部都毫无作用，更何况突刺有肌肉和肋骨保护的心脏。而且傻山占据身高优势，自己想要突刺准确，必然要跳起发力。近身作战时在敌人面前腾空，是世间最危险的动作。双脚离地便失去闪躲的凭借，万一被傻山接住，那时候再想挣脱他的巨手，根本是痴人说梦。

辰正又打了一个滚，艰难躲开傻山的新一轮攻击，重新思索对策。

唯一的参考经验就是最开始那一棍了。尽管几乎没有伤及对方，终究还是有一丁点儿的收获，那就是在短棍抽在傻山身上时的手感。那一棍如同打在沙袋上，力道完全反弹回来，却又并不生硬。辰正对自己的出棍速度颇有信心，反应再快的人也不可能在那么短的时间内，让正确的位置正确的肌肉有正确的反应。也就是说，在傻山身上，保护他的不仅仅是紧绷的肌肉，而是厚厚的肉层。恐怕他全身都像覆着龟甲，可以提供无差别保护。所以……在傻山的身上不可能找到弱点。

真是让人头疼啊。

辰正站定，拖着左臂，右手右脚前伸，重新做出了准备迎击的架势。

一直逃下去终究不是办法，只能徒耗体力，直到被逮到击杀，等同于坐以待毙。仅有的一次交手，确实是自己落了下风，而且还付出了相当大的代价，但这并不表明辰正一丝胜算都没有。

　　短棍技，多是从拳法化来，道理相通，以棍代拳。警察学堂曾有短棍技教学，还说是日本国的杖术，可惜教练完全打不过辰正，不仅没能教会他什么，反倒次次被他修理得哭爹喊娘。倒是前段时间，辰正和一个南洋来的精壮劳工学的几招非常实用。他们语言不通，但只是比画了两下，辰正就发现了其中的精妙。南洋棍技全都是从短刀刀法化来，凶狠毒辣，甚至不惜搏命。这一点，辰正十分欣赏。

　　辰正喷了一声，才想起嘴里并没有叼着烟。

　　只有殊死一搏的一招了。想到这里，他兴奋起来。

　　实际上，这搏命一击的招式十分简单，就是照准人体的一大弱点——关节——发起攻击，在敌人毫无准备的情况下突然飞扑上前，出其不意地用短棍猛力抽击对手膝盖上的髌骨。这一招天知道叫什么名字，南洋人叽里咕噜地说了一大串，最后演示出来，威力之大和动作之难看，让辰正既惊叹又厌恶。可是现在，只能靠这一招来赌最后一把了。

　　连深吸一口气再做一下心理准备的时间都不给，傻山一见辰正站稳，立即又扑了上来。傻山身材巨大，速度却也极快。辰正的机会，只在一瞬之间。

　　幸好辰正的双腿完好，蓄势待发。

　　谭四一脚踹上身边的一张桌子，位置恰到好处，一根桌子腿被几乎完整地踹了出来。耳朵赵已经拴好铁钉，笑眯眯地向前走了两步，谭四却毫不在意似的，低身去捡那根桌子腿。

　　"谭大侠还真是艺高人胆大啊，还是第一次见有人敢在老子的六棱钉面前侧身捡东西的。"

　　"赵老板，您客气什么？咱们又不是第一次交手。"谭四拿起那根桌子腿，在手里颠了颠，撇着嘴说，"圆腿倒是不错，比较好握，粗细倒也说得过去，就是这重心有点偏后啊，凑合用也未尝不可。"

　　"呵！"耳朵赵冷笑一声，一抬手就要掷钉。

"且慢！"谭四果断伸出桌子腿，封住了铁钉的可能飞行路线。

"又怎么了！"耳朵赵虽然一脸无奈，但也诧异谭四竟能如此准确地判断自己的掷钉路线。绳镖虽然变化多端，不会因为被封住就注定败北，可现在还没出手就已经输了半招，多少让耳朵赵更加谨慎了些。

"在开打之前，在下还是觉得应该说明一下。"

"屁话太他妈多了。让你说三句话。"

"三句话太少了，赵老板。"

"一句。"

"啧……"谭四学起了辰正的习惯，"你知道我曾经有个师弟吧，我们原先在京城往东的通州习武。"

"两句。"

"他是用飞刀的高手，当世英豪大刀王五都赞扬他的飞刀技巧。"谭四顿了片刻，掂了一下手里的桌子腿，做出了长剑的起势动作，"可是在下用长剑，从来没输过他。"

"少他妈废话！"耳朵赵已然出手，钉一离手，立即一个马步，双手摆开，左手握紧绳索末端，右手送着绳索，时刻准备控制飞钉变线。

眼见铁钉直奔自己眉心而来，谭四却突然微微一笑，手上松开了桌子腿。

若是说傻山如猛虎扑食，相形之下，辰正就只能说是一头瘦削的豺狼了。而猛虎与豺狼的第二次正面交手，虎依然带着压倒性的气势，但因为狼出其不意地躲闪，虎一下扑空。

缠斗了将近一刻钟，基本上全是辰正单方面逃窜，终于，他的那根短棍再次有了击中敌手的机会。那一招前扑动作，看似简单，实际上要求使用者心手身意高度统一，扑出的时机也要恰到好处，早了会被察觉擒到，晚了后果更加不堪设想。

这种击中的手感不会有错，是髌骨破裂的震感。辰正借势地上一滚，闪到一身远的地方。

傻山轰然倒下，左腿已断，却连哼都没哼一声。辰正侧倒在地，心想这样的对手也的确是条好汉了，着实可敬。他喘着粗气，甚至有些心有余悸，但更多的是获胜后的喜悦和兴奋。放下了短棍，将左手重新接上，掏出一支皱皱巴巴的烟，点上深吸一口，才终于感到自己是实实在在坐在这里的。

他感受着嘴里叼着的烟，竟生出了恍如隔世的感觉。

桌子腿离手的一瞬，耳朵赵全无察觉，更不可能看清谭四的那一抹微笑。

跟着是一声枪响。

直线飞来的铁钉已经钉到了车厢顶上。

这时耳朵赵才明白刚才到底都发生了什么——谭四手里的桌子腿只是幌子，他在自己出招的同时，扔下桌子腿，掏出怀里的手枪，射飞了铁钉。全套动作瞬间完成，又快又准……

而谭四已经冲到了耳朵赵的身后，呵呵一笑，说了句"承让"，便一掌砍在满脸惊诧的耳朵赵后颈上。

"赵老板啊赵老板，在下有枪你又不是不知道。"谭四蹲在晕过去的耳朵赵身边，检查了一下他的情况，"有枪为什么还要用刀剑？聪明如赵老板，怎会不知？"

谭四起身，把转轮手枪塞回怀里，向车头走去。

路过方才耳朵赵喝咖啡的桌子，摸了一下那只银壶，居然还是热的，便随手往另一只没有动过的银杯里倒了一杯，端起银杯闻了闻，又放回去，不屑地说："没品位。"

列车车头与车厢并不相通，谭四只好再次从窗子爬到车厢顶，目测了一下驾驶室的距离，后退几步，助跑，纵身一跃，跳上了车头。

就算蒸汽机的轰鸣震耳欲聋，方才的一声枪响驾驶员也一定是听到了。他慌张地探头看后面到底发生了什么，正与谭四打了个照面。

"我说这位朋友，"谭四揪住缩着脖子的驾驶员，"都过去好几站了，咱们这趟车到底在哪一站停啊?"

"张……张园。"

"没说让你一定回答……你们这些人,不知道什么叫打趣吗?不过也好,算来确实快到张园地下了,可算能摆脱这趟该死的列车了。"

他松开驾驶员,闪身就钻进了驾驶室。

"那不如再问你个问题,这个要如实回答。"

驾驶员连忙点头。

"我的朋友到底在哪儿?"

隧道前方出现了灯光,驾驶员拉动了刹车杆。

终局

应该是在地下。

梁启虽然被腥臭的布袋套着头,但还是能感受到周遭的潮湿阴冷。这样的风,只有地下的隧道才会有。

地下。会是什么地方?无从判断,只能静候。

方才听到有铁门的声音,显然自己是被关在了某个地下牢房中。净社不可能去用别人家的牢房,所以一定是净社的私牢,这就更难断定现在身处何地了。而且更奇怪的是……明明从体感上判断是在地下,为什么隐约却能听到蒸汽火车在铁轨上行驶的声音?

紧接着是刺耳的刹车声和打斗声。

打斗得相当激烈,像是一群人在围攻一个人。

这一个人该不会……

喊叫声、厮杀声、哀号声、呻吟声、咒骂声,全都是单方面的,而被围攻的那个人,似乎一直只是默默地打着,没有出声。

这么安静?反倒有些不像他了。

又是源源不断的奔跑声,从关押自己的牢房周围杀出了一伙人。显然这些是净社的援兵,而在另一头,那人还是闷不作声地迎击,缓慢而坚定地向自己这边靠近。

更多的人杀了过去，计算下来，恐怕已经超出了三十人。但他依然在一步步前进，击溃一拨又一拨的围攻。

这家伙绝对是吃错了药。

他到底有多大的能量，到底隐藏了多少实力……认识他已经五六年了，直到此时，才发现自己仍旧不算彻底了解他。就好像只要他想，单枪匹马消灭整个净社也只是翻掌之间。

四十、五十、六十……

被击倒的净社打手还在不断增加，他也越来越近，连梁启自己都变得紧张起来。

要不要喊一声，告诉他自己的确切位置？

但因为被布袋蒙头，根本不清楚自己到底是怎样的处境，周遭又是什么样的设置。一来，如果有看守因为自己的过激行为而下了黑手，那反倒得不偿失；二来，万一自己被置身于机关陷阱之中，那岂不是害了他？还是听天由命，任凭他前来救援好了。

已经不知道他到底打倒了多少净社打手，只能听到哀号遍地，呻吟满堂。没了援兵奔跑的脚步声，也没了厮杀声，只是些许呻吟求饶声，以及"怪物啊"之类恐惧的叫喊声。

"我的朋友到底在哪儿？"

终于听到了他的声音。

果真是谭四。

终于放下心来，梁启正要高喊以示自己的位置，就感到身后有一股力量，一把将自己提了起来，同时那个熟悉的冰冷刀刃再次架到自己的脖子上。

"他妈的不许乱动。"范稀奇原来一直在这里，声音颤抖，大概也是被谭四单枪匹马打倒一片的恐怖实力吓到了，"走，别他妈的想有小动作，给我往前走。"

"范少爷，我这蒙着头，走不快啊。"

"他妈的！"范稀奇骂着，可还是把梁启头上的布袋扯了下来，"现在给老子往前走，别耍花样！"

面前有一道铁栅门，但并不是想象中的牢房。刀刃和脖子之间有一点空隙，梁启悄悄侧眼看了一下，刚才的位置，与其说是地下室，不如说是一间地下办公室。虽然只能瞥见一点细节，但亮着的电气灯和堆放文书的柜子已经说明了房间的功能。

有刀架在脖子上，梁启不敢怠慢，只好随着范稀奇的节奏向前走。

出了铁栅门，外面竟是一条拱顶隧道，隧道由煤油灯照明，算不上有多明亮。沿这条隧道再走不远，就看到了一个站在东倒西歪的人群之中的人。

谭四显然也看到了范稀奇用刀押着梁启过来，把手里提着正在拷问的人重重摔到地上，迎面走了上来。

"不许动！"范稀奇嘶哑地喊，"再往前走半步……"

"就弄死他？"

"你试试看。"

"呵。"谭四双臂抱胸，一脸满不在乎的表情。

可是在梁启眼里，谭四显然体力早已透支。他到底是用什么样的毅力才摆平了如此之多的净社打手，一时间难以想象。

"把武器扔过来，束手就擒。"

谭四摊开双手给范稀奇看，说："哪儿来的武器？手倒是有一双，但并不太想被你这样的人擒。"

"别想耍花招！"

谭四依然伸着双手。

却听到隧道深处传来一阵拍手的声音，就像洋人鼓掌一样。

"谭大侠还真是演得一出好戏啊。"

熟悉的阴阳怪气，说话者从隧道深处逐渐现形。梁启看在眼里，只感到了更深的绝望。

耳朵赵拍完手，把夹在腋下的一根桌子腿握到了手里，迈过或者踩过满地的净社打手,走到谭四身边,说:"你有一把转轮手枪。还是赶紧交出来吧,免得你的挚友受罪。"

谭四虽然与耳朵赵近在咫尺,却完全不敢动武,一来自己的体力透支严重,二来也是为了梁启的安危。对视片刻后,只好把怀里的转轮手枪掏了出来,老老实实扔到地上。

耳朵赵自然不满意枪和谭四之间的距离,一脚就将那把转轮手枪踢向了范稀奇。随后,又看向了谭四。

"恐怖恐怖,谭大侠,原来你隐藏了这么深的实力,我这个和你交过两次手的人都有些心有余悸了。"

话音刚落,那根桌子腿已经狠狠地抽在了谭四的头上。

"你姥姥的敢阴老子!你姥姥的打老子兄弟!你姥姥的侠肝义胆!你姥姥的喝老子的咖啡!"

耳朵赵每骂一句,就抽谭四一桌子腿,头上肩上腰上背上随便什么地方。再是硬汉,已然体力透支的谭四也架不住如此痛揍,终于跪倒在地。

耳朵赵把桌子腿打折了,似乎也算消了气,一脚踹倒谭四,笑着看向梁启。这样的笑容挂在一张泥鳅脸上,简直比这条隧道里的阴风还要阴冷。

"梁小哥,我们也是好久不见了。你们俩这出双簧,老子看得很满意。给你成绩打B+。"

"……"恐怕他的文盲举止全都是装的。

"老赵,地契已经到手了,不如我干脆杀了他,以除后患。"范稀奇的匕首又压紧了一点,完全没有了在藏书馆时的沉着。

"别急,梁小哥和谭大侠为了咱们的事,追查了那么多。我想多少也该让他们知道自己到底有多愚蠢,一会儿再杀他们也不迟。懊悔着去死,更有意思。"

"你可真是十足的变态。"

"真不知道你们为什么会对'周华明'那么感兴趣。有意义吗?那只是一个代号。对,那个名号曾经统治过我们净社,呵,可是有老子在净社一人之下的地位，再加上范小兄弟对他叔父的背叛，一个名字，能有多少控制力？"

一瞬间，梁启眼前一花，感到有个东西从自己耳边飞过，脖子上的刀随即松开，范稀奇闷声倒地。

突如其来的变故，吓得梁启瘫倒在地，思量片刻，还是忍不住回头看了一眼。一根六棱铁钉深深地插在了范稀奇的眉心，他连惊恐的表情都还没来得及做出，就一命呜呼了。

铁钉没有拴绳索，耳朵赵还是那副阴冷笑容，走了过来。他并不搭理瘫软在一边的梁启，蹲下来从范稀奇眉心拔出铁钉，用范的西装擦干净了上面的脑浆和血迹。收好铁钉，再去摸范稀奇衣兜，翻出了那张地契。

"价高者得，天经地义。净社不净社，老子没兴趣。再说了，净社折腾这么长时间，霸占着河道，还开始弄地下铁路，到头来呢？想上陆？"他捏着地契晃了晃，"比他妈登天都难。还有什么意思？你们这些聪明人，早该明白这里面的门道才对。"

倚在墙根的谭四缓缓扶墙站起。他满脸是血，一瘸一拐地向耳朵赵和梁启的方向走来。

"姓谭的，咱俩没仇没怨，虽然我揍了你，但你也揍了我，还揍了我的手下。就算两清了吧。"就算是面对现在这样的谭四，见他一步步靠近，耳朵赵还是感到了恐惧，"你救你的朋友，我找我的钱路，两不相干。"

谭四继续向前走，路过了他那把转轮手枪，便缓缓地弯下腰，捡起枪来。耳朵赵当然紧张，立刻又把铁钉从腰间带出，握到了手中。

随即四声枪响，耳朵赵应声倒地。

梁启不敢相信谭四会开枪，立刻回头去看，才发现耳朵赵依然活着，只是双手双脚都中了枪，已成废人。

梁启立刻站起来冲向谭四，扶住这个几乎无法站稳的家伙。谭四挑了挑眉，示意还要走过去说话，梁启便扶着他过去了。

耳朵赵躺在地上，突然大笑起来，笑得肆无忌惮，到最后咳了许久，说:"我赵某,也该谢谢谭大侠才对吧!咳咳!姓范的,我赵某一个人是斗不过的。咳!就他攒的百十号亲兵我赵某就……咳!"

"最后一个问题,"谭四声音虚弱,"康揆现在在哪儿?"

耳朵赵勉强坐了起来,看了看自己被射穿的手腕,并没有大量出血,但沾了血迹的地契,自己已经无法拿起,又抬起头看看谭四和梁启,说:"往前走走看吧。你们全都是不懂世事的疯子。"

知道耳朵赵不会再有威胁,梁启就扶着谭四"往前走"。依旧是隧道,没有太多的照明,但至少不算是摸黑前行。刚进隧道时,梁启忍不住又回头看了一眼耳朵赵。那家伙双手双脚都已经废掉,却还是翻过了身,用嘴叼起了地上的地契,艰难地爬走了。

隧道不长,走不多时就看到了尽头,那里有一扇紧闭的木门。

木门没有上锁,谭四点点头,梁启便把木门推开了。

房间里一盏电气灯照明,原本应该挺亮堂的,但因为堆满了书籍和图纸,房间变成了迷宫一样曲折,照明也明暗不均。梁启扶着谭四从纸堆成的夹道穿行,终于看到了那个肥硕的身躯。

和机械特科中栋里的斜面木桌一样,桌子上方同样垂下来一盏电气灯。康揆正站在桌前埋头工作。可以听到铅笔在纸张上画线的声音,还有圆规旋转的声音。如果仔细听,甚至会觉得这样的声音富有音乐的韵律。

梁启扶着谭四走到康揆身边,见图纸上正在设计的是隧道建筑结构。梁、谭两人一时愣住了,这个康揆……竟然还懂得建筑设计,看来整条隧道,大概都是出自他一人之手吧。

人,竟能天才到如此地步。

康揆心无旁骛地画着图,根本没有理会,抑或是不屑于理会走近的梁启和谭四。

谭四拉了拉梁启的肩,两人默不作声地转身离开了。

已经是清明时节了,魔都上海阴雨绵绵。

虽说天气糟糕透顶，但没了净社的潜在威胁，梁启终于能回家住了。回到公寓，当然少不了房东老头的漫天抱怨。不过，房东老头也知道，梁启是个不错的租户，又不拖欠房租，又是单身，还讲究干净。因此，抱怨归抱怨，但绝不舍得把梁启赶走。

没有多少人知道为什么雄霸一方的净社突然一蹶不振。短短几天，公共租界的河浜上那些瘪三流氓就都不见了踪影，一个又一个河浜的净社据点消失了。甚至几天后，连垃圾桥那里的净社总社都已人去楼空，日夜不停地冒着黑烟的烟囱不再运作，水寨日夜不息的隆隆轰鸣也已停息。

不知是哪位胆大的第一个在夜晚划着船上了洋泾浜。没有人再来打砸他的船，那一晚这个人简直如同英雄一般，得到了沿岸民众的欢呼和赞誉。

河浜宵禁没有了。

到了夜晚，洋泾浜、泥城浜，甚至吴淞江上终于恢复了昔日的繁华，舢板游船商船妓船川流不息，夜夜笙歌。

然而，老百姓并没觉得松了一口气。因为在净社销声匿迹的同时，玉兰公会却突然壮大，甚至迅速成为公共租界第一大帮会。新的帮会来接管，放开了河浜的禁忌，没有了大街小巷四处游荡的流氓，还开始出资开发地下铁路，看似都是好迹象。但从四马路和远在公共租界西区的康脑脱路开始，一条街道一条街道地纳入了玉兰公会的掌控，未来会怎样，是福是祸，没有人猜得透。对普通的老百姓来说，这一切只是换了一批人来摆布自己的生活吧。

当然，民间也有另外的传说，说在这偌大的公共租界里，有一个整日吸着纸烟卷，自称"无照警察"的怪人，专为老百姓打抱不平，洋人也好，流氓瘪三也罢，只要欺负了人，全都逃不过他的铁拳教训。

有些事情翻天覆地，有些事情却亘古不变。

比如，新新日报馆的经理吕大雄。《新新日报》辉煌了一期，结果现在还是没有销量。吕经理又开始了他的日常哀号。

"小梁，你说怎么办，怎么办！"

"经理您别着急。"同样的戏码时不时地重新上演，每个人的对话内容、语气，甚至表情都已成了固定模式。

"能不着急吗？再这样下去根本连秋天都坚持不到了。小梁啊，你想想，没了咱们报馆，你怎么办？房租那么贵，吃饭也越来越贵，你还怎么在上海生活？快想想办法吧！"

"……经理，其实我有个计划，一直想实施，就是怕您觉得太费力。"

"说啊，吞吞吐吐的救不了报馆。"

"咱们可以单独印一些摘要文章出来。开本不用太大，只要用报纸裁边切下来的边角料就行。几乎不用成本。然后，我们就可以把这些摘要文章送出去。看到摘要文章，感兴趣的读者自然会来买咱们的报纸。"

"你在逗我吗？赠送摘要文章？"吕经理仍旧瘫在那把藤椅上，语气倒是从有气无力的泥潭里拔出来了一点点，"我们可是堂堂正正的大报，不是那些上不了台面、靠低俗内容捞钱的小报。我们不做钓读者的勾当。"

"这不是钓，您听我慢慢说。"梁启从怀里掏出一张纸，铺开给经理看，"这个我早有统计。"

经理饶有兴趣地坐起来，拿过那张纸看了看。纸上全是住在上海的达官贵人和洋人买办的名字，名字旁边还写着他们都会看哪些报纸，多数集中在《申报》《新闻报》这些响当当的大报上。

"光是报纸名字远远不够，所以我早就派各路线人着重观察了这个。"梁启又掏出一张纸来，"这里就只是以陈老爷为例。您看，在我的线人长期观察下，发现陈老爷对《申报》第二版中间部分十分感兴趣，每次读报时眼睛停留在那个地方的时间都是最长的。特别是每隔三天的第二版。那么我们就太容易了解到他到底对什么感兴趣了。是的，《申报》第二版中间位置是泰西要闻，从当月起每隔三天就会有一次俄国要闻。所以，陈老爷非常关心俄国，那么我们就可以每次刊登俄国新闻的时候，特意印一张专为陈老爷量身定制的新闻摘要送到他府上。陈老爷看到了，必然想看我们的报纸,来买也是不在话下。这还不算完,久而久之,陈老爷自然就有了订阅我们报纸的习惯,还会逢人就推荐,以陈老爷的影响力,还不愁每天多卖掉二十份报纸?我这个名单上统计到的'陈老爷'不下五十人。这笔账您不妨算算。"

"哈!有点儿意思!"经理已经坐直了身子,一边看着梁启的名单,一边在脑子里飞速地算起了账,"不过……"

"我知道您担心什么,这些定制的新闻摘要,本身只是一张纸,打上包也没多大分量,门口找个流浪的小报童,给他一辆小推车,一趟跑下来,全送到也没多长时间,比铺零售摊都便宜,简直跟不花钱一样。而且,您想想,第一批老爷习惯订阅咱们报纸以后,也就没必要再给他们送摘要了,到时候这份钱就又能开辟第二批第三批第四批老爷。雪球越滚越大,成本当然也就越摊越薄,岂不是皆大欢喜?"

"对呀!小梁,你可真是我们报馆的宝啊!"

"经理,整个计划我都想出名字了。"

"哦?"

"就叫'新闻推送计划',怎么样?"

"好!太好了!我们就来做这个新闻推送!"

总算从经理办公室解放出来,梁启没精打采地坐回到自己的办公桌前,脑子里浮现出来的却还是多日前的画面。

看看窗外的景象,又到傍晚了。

没了净社,不仅河浜上重获生机,就连街面看上去都焕然一新。这就是钟天文他们"归国四杰"和谷翮五个人的理想吗?实在是讽刺。

再看看现在,归国的五个人,只剩下曾传尧、范世雅两人,做着并不出奇的事情,铳报馆也好,雅世律师事务所也罢,和一个本土成长起来的人才所能做的又有多大差别?而康揆,从那天之后再没露过面,就连南洋公学的机械特科,最终都放弃了寻找康揆,发出了招聘启事,再寻特科教师。

更为讽刺的是钟天文。

梁启又把一个多月前那场举世瞩目的划船大赛的照片拿出来仔细打量。一代英杰钟天文的飒爽英姿，只是留在这些恐怕永远也不可能上报的照片上。就连他的死，大概也只能成为人们一时的谈资，甚至钟天文是怎么死的，为什么死，也不会有多少人真的去关心。

无所谓的真相。

不过关于真相，梁启那天倒是听谭四说过两句，大体上是从宗义民那里听来，什么几个人共用着"周华明"的名号，实为净社老头子，却已经被耳朵赵和范稀奇由下而上架空了。几个归国的英才一手建起的庞大帮会，最后却视自己为绊脚石，更别提其中还有一个是自己一手教导成才的亲人。实在是莫大的讽刺。

而钟天文的死，在这种现实中，显然变得合情合理。一个最为碍手碍脚，影响也最大的人，当然要首先除之而后快。

然而……

梁启依旧拿着那几张照片，看着康揆打旗语的那两张，摇着头。

太多不合理的地方。

况且那只是宗义民的一面之词，他那样说必然有他自己的目的，必然和他酝酿已久吞掉净社的计划有关。

再想想范世雅和曾传尧，两个人言语中对整个事件暧昧不明的态度，似乎多少掺杂着几分对钟天文之死的复杂感情，懊悔？不满？遗憾？还是愧疚？

"取消，"梁启对着照片低声嘀咕着，"到底是要取消什么？"

这其实并不算是一个问句。一种猜想早已在梁启脑中开始扎根，现在已然确定：取消钟天文的死。

只有这样，所有的事件才更合理。关于净社，关于那五人的理想，以及关于他们理想的一步步破灭。

以范世雅的能力，他不可能没有察觉自己一手培养起来的侄子已经在背地里做着各种肮脏的动作。可是，他并没有干预。同样地，曾传尧也与净社渐行渐远，甚至不愿承认自己早就认识谷翮。大概这就是谷翮在咖啡馆里所说的，他们已经逐渐被现实打磨掉了最初的斗志，走上了各自的职业道路，放弃了集体的理想。

所谓的影子幼童身份，或许有其作用，但并没有起到决定性的作用。谷翻和康揆肯定有着更深的默契，但他们和钟天文并不能说就有多么疏远。他们一同想要的是，自己亲手建起一个足够强大的组织。这个组织到底要强大到什么程度，实际上从谷翻的文章中已可以窥见——武装，有序，机动，高效。

可是现实就是这样不遂人愿。再远大的理想，到头来都难免被现实侵蚀腐化。可更让他们心寒的，可能还不是组织的背叛和自身的无力，而是范世雅、曾传尧的放弃和退出。这一点，从谷翻的言语中都感受得到，虽然他没有直接指明是谁，也没有提到自己。

所以，钟天文的死，是他们的共谋，是钟天文的舍生取义。所以，那次划船大赛，恐怕也是为了他的死而促成的。这样想来，钟天文最后的个人表演就更显悲壮了。

大赛结束，钟天文就要以自己的死，刺激同志们的斗志，让他们重拾理想，让辛辛苦苦建立起来的净社重归正轨。

那他为什么会死于洋泾浜带钩桥？理由很简单。带钩桥正对着的望平街是著名的报馆街。尸体必然会在第一时间被报界中人，无论是哪家报馆的哪个报人发现。刚刚办完举世瞩目的划船大赛，任何一个报人都不会错过把钟天文的死当成大新闻去大书特书。而这个被计算进来的报人，正好就是梁启。

"取消"，打了两次"取消"，抑或在照片没有拍下来的动作中还有更多次"取消"。大概那个时候的康揆已经完全失去了理智。相较于理想，恐怕这位挚友才更重要，更无法替代。

梁启拿着这两张照片，忽然觉得感慨万千，然而，就算他猜到了这许多隐情，却并不打算写成报道。没有意义了，只能给活着的人平添痛苦。特别是这样舍生取义的激进计划，其结果反倒……让净社更加失控，同时害死了另一位周华明——谷翻。

更何况，这些依然只是猜测……

"梁先生，"一个报馆后辈站到梁启身边叫道，"下面有一位先生找您。"

梁启把照片收起来，说了一声"知道了"，便下了楼。

下楼一看，竟是一位稀客。

电线杆一样的天泽。

还是那身笔挺的西装，还是那副不苟言笑的表情。

"天泽先生？是什么风把您吹来了。"梁启赶紧一副笑脸迎了上去。

"两件事。"天泽说。

"好，给我几分钟来理解？"

"第一件，"天泽没有理会梁启的打趣，"雨果·根斯巴克先生已经买好回国的船票，明日启航，小姐希望咱们一起去港口送行。"

"可以呀，这当然可以。不过，谭四的伤……不知道能不能动弹，大不了咱们租辆平板车拖着他去。"

"不用考虑谭先生了。他已经不见了。"

"啊？！"梁启惊讶得差点掉了下巴，或者说，心中一慌，只剩不安。

"陆家嘴的发电厂已经是玉兰公会的了。就连那个铁爵爷也归玉兰公会所有。"

"这！"梁启想起了宗义民那副早就吃定一切的嘴脸，全都明白了。这恐怕都是自己的鲁莽种下的恶果，结果却让谭四去承受……

"不用担心，应该只是一时的变动。大招和刘龙的墓都没有动，谭先生一定还会回来。"

梁启全身颤抖，满是悔恨和自责。

"第二件事，"天泽依然并不理会梁启的状态，拿出厚厚一沓稿纸，交给正在发呆的梁启，"小姐最近写了一部新小说，希望你们报纸连载。"

梁启心不在焉地点了点头，翻看了一下稿纸。

"《问君西来意》？写什么的？"

天泽没有回答。

梁启只好自己翻看，看了两页不禁又有点儿想笑，这都是些什么啊……一个书生和侠士的纠葛，之后还冒出一个从泰西来的英俊洋人？

"三个男人之间的……嗯……的故事？"

"是小姐的意思，不允许修改。"

梁启嘴角抽搐了一下，只好点头认可，收起了稿子，说："好，我看看怎么发表。署名还是'荒江钓叟'？"

"不，用小姐的本名——安帛。"

"呃……"

这意味着荒江她终于认可了自己的女性身份？在这样的小说上认可了？抑或是自己想得太多……

"告辞。"天泽交代完两件事后，一秒也不浪费，转身便走。

梁启则拿着荒江的稿子又看了起来。

或许真的应该努力让这部奇怪的小说问世。

她曾经写出了《月球殖民地小说》这种相当新颖的科学小说，这一次似乎又创造出一个崭新的类型来，大清国头一份，不，没准儿是全世界头一份吧……

只是梁启看得多少有些不自在，心里奇怪得很。

再看看门外，天已经黑了。

他想起方才天泽说的话。谭四这个浑球，不知又跑到什么地方逍遥游荡了。他叹了口气，自己是离不开这里啦。拿着荒江的稿子，梁启默默回到二楼，继续工作去了。

至于谭四，只要那家伙还活着，总能相见。

完